漫時光
山河枕
第一部・生死赴
下卷
墨書白 著
高寶書版集團

目錄

CONTENTS

第二十一章 鳳陵城之役

「我在華京與妳的人走散後，由侍女護送我，掩入流民中。」楚錦穩住情緒，慢慢開口：「我本來打算跟著流民往洛州去找大哥，但路途中太過天真，不小心外露了手中銀錢，於是被流民洗劫，而後侍女與我走投無路，她意圖將我轉賣給別人，被我發現之後，我與她爭執，失手將她錯殺。」

「逃脫路上，我被買家追上，對方意圖強迫我，我劃破臉嚇退他，當時在荒郊野外，有一位夫人帶著人前往鳳陵，她聽到我呼救，便讓人停下，然後救下我。」

「這位夫人姓李，」整個過程楚錦說得很冷靜，楚瑜靜靜聽著，心中五味陳雜，她不敢驚擾她，只能等著楚錦繼續道：「李夫人是鳳陵城中一位官員的妻子，心地善良，如今戰亂，她與幾位小公子前往鳳陵城找那位官員。她聽聞我乃華京貴女，也沒有生疑，反而承諾說到達鳳陵後，讓她丈夫給我人馬，送我去洛州。我本生疑，但走投無路，還是跟著夫人前往鳳陵。」

「夫人待我極好，我卻不信。世道太亂，我們遇上了流寇，夫人為了救我和幾位小公子死於亂賊刀下，我按照夫人囑咐，帶著幾位小公子沿路乞討來到鳳陵。我按照夫人的描述想去尋找那位大人，卻發現那位大人，有些奇怪。」楚錦皺起眉頭，回憶道：「夫人曾說過，那位大人官階極高，乃正三品。可正三品官員，為何會在鳳陵城中？鳳陵城的縣令，也不過下六品而已。」

「這位官員姓韓，夫人描述裡，他並不管理鳳陵，只是在鳳陵借了一處地方來用。她說自己夫君自幼喜歡做東西，年輕時沉迷於煉丹，後來又愛上製劍，總之沒做過正經事。當官沒有考科舉，而是雲遊時去了趟華京，然後就拿了官印回來，當地官員對他禮遇有加。而後他便離開家鄉，來了鳳陵。如今戰起，他給妻兒書信，說鳳陵固若金湯，絕不會有失，讓妻兒趕來鳳陵避難。」

「姐姐不覺得奇怪嗎？」楚錦分析道：「朝中三品以上官員算不上多，我大多知道，卻從未聽聞一位出身鄉野，姓韓的官員。可官員對他禮遇有加，他還有官印封地以及俸祿，若非這韓大人說謊，就是說，朝廷有一位三品官員被安排在鳳陵，做不可告人之事。如今妳也來了，我便猜測，這鳳陵城之中，怕是藏著陛下什麼祕密。」

楚瑜點了點頭，楚錦說這些她都想到了。如果放在以前，這位韓大人她可能會當成一個江湖騙子，然而如今皇帝欽點兩萬兵馬來鳳陵，再說這位韓大人，她卻是信了。於是她點頭道：「除此之外，可還有其他異常？」

「我曾在這附近見過三次疑似北狄的人。」楚錦又道：「他們來一下就撤走了，我不知道他們想要做什麼。」

「除此之外，鳳陵城不收流民。」

「不收流民？」這一次楚瑜有些詫異了，楚錦點頭道：「我是從鳳陵城下來的，他們不收流民，我沒有文牒，進不去城。」

楚瑜皺起眉頭，心裡有些不安。

飯食送了上來，放在楚錦身前，楚錦盡力保持著優雅和鎮定，可是卻克制不住動作的頻率，她吃飯的模樣，比起以前，明顯狼狽很多。

楚瑜靜靜看著，一時竟是連自己都不知道自己到底是怎樣的情緒。

她曾經恨過楚錦。有些時候，恨不得食其骨啖其肉。她對楚錦的感情，早在上輩子磨光了，重生回來，也不過是偶爾有片刻觸動。哪怕是抱著她說自己愛這個妹妹，也不過是寬慰。

她不願楚錦走上當年的路，但是當年的姐妹情誼，也早就在時光裡湮滅了。

她對楚錦，無愛無恨。她不打聽楚錦的事兒，也不關心她的事兒。

可是看見楚錦滿臉傷痕低頭急促地吃著東西，楚瑜又覺得有那麼幾分不忍。

她知道楚錦內心素來高傲，本來想說一句「慢著些」，又生生忍耐住，只是讓人上菜慢些，讓楚錦緩一緩。

楚錦好不容易吃完了，幾個小孩子也被人帶了進來。

那些小孩子一進來，就朝著楚錦湧了過來，焦急道：「姐姐妳還好吧？她有沒有欺負妳？」

那些孩子一面說，一面看楚瑜。楚瑜有些好笑，環手瞧著這些孩子，逗弄他們道：「哎呀呀，你們姐姐都被我欺負哭了，你們要怎麼樣啊？」

「妳！」最年長那個孩子看見楚錦紅著的眼，怒氣衝衝道：「妳等著！我一定讓我父親來收拾妳……」

「哦？你父親要怎麼收拾我啊？」楚瑜挑了挑眉。

那孩子漲紅了臉，憋了半天道：「妳……妳別囂張，妳要是再欺負姐姐，我就拿……拿火藥來炸死妳！」

「火藥？」楚瑜愣了愣：「這是什麼東西？」

那孩子冷哼了一聲，扭過頭去。

楚錦笑了笑：「他說是他父親做的玩意兒，約莫和鞭炮差不多。」

楚瑜聽到這話，笑出聲來：「行吧，我等你父親拿鞭炮來炸我。也別多說了，」楚瑜揮了揮手，讓人上來，帶著幾個人下去：「你們先去梳洗休息。明日我們進城。」

楚錦應了聲，隨著人下去。等他們都走了之後，楚瑜想了想，抬頭同晚月道：「我是不是該去勸勸阿錦？」

「這要看您的心意。」晚月也看明白這對姐妹之間的糾葛，垂眸道：「二小姐過去有諸多不是，您不喜也正常。但如今二小姐已經不一樣了，您想要勸，也正常。」

楚瑜沒說話，楚錦的遭遇，她雖然只是隻字片語帶過，楚瑜卻能明白，這一路走來，楚錦有多不容易。

她從小錦衣玉食，手無縛雞之力，又生得美貌，雖然功於心計，卻從未識得人間疾苦。

她與謝韻囿於後宅，以為名聲大過天，以為在背後多說人幾句就是惡毒，以為毀壞一門親事就能害一個女子一生。

卻不知道，在亂世之中，人命如草芥，她們後宅中的惡毒與這世間比起來，太微不足道。

楚瑜嘆了口氣，站起來，往楚錦的帳篷走去，剛走到帳篷外，楚瑜正要出聲，就聽見裡面傳來隱約的啜泣聲。

楚瑜微微一僵，站在門口聽了一下後，她終究是轉過身去。

衛韞同她說過，有些路得自己走。

站在楚錦帳篷外時，楚瑜突然特別清晰的知道，的確如此。

她轉身回了帳篷裡，不再多想楚錦的事，閉上眼睛準備休息。

然而她才合眼不久，就聽見兵馬之聲！地面微微顫動，她猛地清醒，從床笫旁邊提了長劍，便見長月衝進來，揚聲道：「夫人，敵襲！」

楚瑜一手撈起兵甲，一面穿一面往外衝。衝出去後，只見鐵騎從周邊如潮水湧來，在夜色中呼聲震天！

楚瑜翻身上馬，目光往鳳陵城上看去，卻見鳳陵城外並無士兵。

「入城！」她高喝，旁邊戰鼓聲大響。

這時楚錦拉了幾個孩子，匆忙跑來。楚錦頭髮還是濕的，身上只披了件薄衫，若是在華京，她絕不可能這樣出來。

她匆忙來到楚瑜面前，將孩子往楚瑜面前一推，焦急道：「帶他們走！」

楚瑜二話不說，和長月、晚月各自撈了一個孩子上馬，楚錦跟著翻身上馬，拉了一個孩子護在懷裡。

楚瑜扛起一面軍旗，在夜色中一馬當先，大喊道：「入城！入城！入城！」

她聲音在夜色中傳開，本來被敵襲驚亂的隊伍開始迅速整隊，楚瑜將軍旗扔給長月，冷靜道：「護著二小姐，領著人上山。」

說完，她便提著劍回去找張雲。

張雲正在安排人斷後，楚瑜在中間迅速梳理著人往山上去。

敵方來得突然，但被發現得早，大部隊還沒趕到，楚瑜等人疏散得快，倒沒有十分吃力。

楚瑜與張雲領著人斷後，見大部隊上了鳳陵城門口，鳳陵城開了城門後，楚瑜大喊了一聲：「撤！」

張雲便領著人同楚瑜一起狂奔。

追兵在後面引箭齊發，楚瑜和張雲一同衝入林中。

叫喊聲從身後傳來，楚瑜和張雲加快了速度，第二波箭雨瞬間落下，張雲的馬絆在草藤上，只聽馬一聲嘶鳴，張雲猛地摔落下去，一支羽箭瞬間扎在他身上，疼得他哀號。

楚瑜勒馬停住，大喊一聲：「張將軍！」

「走！」張雲嘶吼，旁邊士兵瘋了一樣往鳳陵山衝去，張雲在月色中，臉上帶著血，「快走！」

楚瑜抿了抿唇，卻是駕馬俯衝回來！

第三波羽箭再次落下，追兵也近了，楚瑜在馬上彎腰，用劍鞘挑起張雲腰帶將他往馬上一帶，同時將外套往頭頂一旋，攔住了落下的羽箭後，翻身提馬便往前衝去。

追兵追上來，將楚瑜團團圍住，楚瑜長劍橫掃而過，單手提著張雲，抗在肩上，足尖一點便朝著前方直刺而去，破開人群，直接落到樹上，藉著樹枝一路朝著山腳下狂奔而去。

北狄軍中瞬間衝出十幾道黑影，追著楚瑜一路往前。張雲捂著傷口，沙啞道：「衛夫人，妳放下我……」

「閉嘴。」

楚瑜剛說完，就將張雲往前方猛地一扔！

張雲睜大眼，楚瑜卻是單臂掛在樹枝上猛地一甩，藉著慣性先一步來到張雲面前，一把抓住張雲的褲腰帶，再次抗在肩上。

張雲臉色煞白，哆嗦著道：「衛夫人，妳還是放下我吧……」

楚瑜在月色中笑開，朗笑道：「張將軍要受些委屈了。」

說話間，楚瑜將張雲再次猛地一扔，手中數十支飛鏢往旁邊掃射而去，而後再次抓住張雲，彎腰提劍一個橫掃，躲過了北狄殺手第一次偷襲。

楚瑜身形靈巧，劍如白蛇吐信，又似遊龍入海，動作看上去又輕又慢，卻每一次都恰到好處躲過對方的襲擊。

十幾個人拿楚瑜無可奈何，張雲被楚瑜扔得腹內翻江倒海，再一次扔出去時，正逢一個殺手俯衝過來，張雲實在沒忍住，「哇」得吐了出來！

對方嚇得疾退而去，就是這一刻，楚瑜緊隨而上，劍狠狠刺入對方身體之中，旋即又退了出去，提著張雲便往前數十丈。

「幹的好啊。」

楚瑜笑咪咪看著張雲，張雲閉上眼睛，他這輩子沒覺得自己不行過，但這一刻他覺得，自己真的要交代在這裡了。

一路且戰且行，越來越多人朝著楚瑜湧過去，北狄的注意力被楚瑜所引，其他將士逃脫容易得多。隊伍迅速入城，最後只剩下楚瑜還在糾纏。

楚錦等人站在城頭，遠遠看著山下那場激戰。

所有人都從林中出來了，她清點著人。

楚瑜呢？她姐姐呢？

楚錦渾身顫抖，咬著牙關不敢說話。

再也沒有人從密林裡出來了，楚瑜捏著拳頭，鳳陵縣令正要說什麼，就看見一襲白衣提著人從密林裡衝了出來！鳳陵山山腳下是單獨清出來的一片空地，以便視野清楚，如今大家清晰地看見一個女子提著一個男人衝出來，身形如鶴，身後緊隨著十幾個身影。

那十幾個身影將她團團圍住，她卻不見分毫懼色，甚至帶著幾分酒灑青鋒的豪氣。

「快快快！救人！」

鳳陵縣令立刻出聲，戰鼓聲鳴起，楚瑜便見鳳陵山密林之中，猛地跳出十幾個青年。

那些人統一青衫白玉面具，甚至起劍姿勢都一模一樣。

他們上前一阻，楚瑜便迅速退進鳳陵山中。這些人毫不戀戰，立刻退了回去。

楚瑜不敢鬆懈，將張雲往其中一個青衣人手中一扔，便道：「我同將士守山。」

「不必。」

那青衣人搖搖頭，話音剛落，楚瑜便看見北狄軍往山上衝來，而這一刻整座山彷彿立起了一張大網，數萬小箭朝著敵方同時射出！

那些小箭間隔的距離似乎被提前計算過，保證箭與箭中間必中一人！

一波射過之後，北狄便倒了一大片下去，這時楚瑜才看清，這密林中樹起了一張張弓弦所結成的網，每一張網旁邊站了一個人，網上每個縱橫交錯點上有安放箭的位置，網的頂端有一盒箭匣，第一波發射完成後，箭匣會自動落下羽箭在網格每一個位置上，然後由旁邊的人操控整張網完後，統一發射。

萬箭齊發。

楚瑜從來沒見過這樣詭異又震撼的防守工具，而她身邊青衣白玉面具的人卻是一臉平常一般，平靜道：「鳳陵山有自己守山之法，這位夫人還請先上山吧。」

楚瑜並不遲疑，她點了點，再看了那張網一眼，便提著張雲往山上去。

青衣人卻拿劍攔住她，同她道：「請隨我來。」

說著，青衣人便帶著楚瑜到了一旁，一旁有一條木製軌道，軌道上有一個巨大的木箱，對方指手指著木製大箱道：「請將這位將軍放入此木箱中。」

楚瑜如今面對這詭異的一切，心中雖然不安，卻還是聽話地將張雲放了進去，對方點了點頭，從木箱一側拉出一根繩子將張雲固定住之後，他站進木箱右側，扶住木箱上的橫欄，同楚瑜道：「請您站到我左側來。」

楚瑜沉默著站到木箱左側，學著那人的模樣，握住了木箱上的橫欄。那人贊許地點了點頭，彎下腰，在木箱旁邊那個把手上一用力。突然之間，楚瑜發現自己腳下那條軌道動了起來！木箱在這條軌道上像被人推動一樣直直往山上衝去！

楚瑜被這詭異場景驚住，卻是一動也不動，而張雲則嚇得兩眼一翻，昏死了過去。

不過片刻之間，三人就到達了山頂，青衣人停住木箱，同楚瑜道：「此物名為木梯，日後夫人可節省體力使用此物上山。」

楚瑜僵著臉點頭，城內衝出人來，將張雲抬了進去，這時候，一個身著知府官服的老者跑出來，朝著楚瑜鞠了一躬道：「微臣劉榮，見過衛大夫人！」

「劉大人快快請起。」楚瑜忙道：「在下奉命而來鎮守鳳陵，這一月還望大人多多指點。」

「指點談不上，」劉榮嘆了口氣，看了她後面一眼道：「罷了，還請衛大夫人進來詳談。」

楚瑜點了點頭，同劉榮一起入城。

劉榮迎她進了縣令府衙，讓人給楚瑜上了茶，隨後摒退了下人，認真道：「衛大夫人，此番前來守城，陛下可說城中東西，打算帶往何處去？」

楚瑜微微一愣，有些詫異道：「您說的東西是指？」

劉榮見楚瑜反問，面上閃過一絲憂慮，隨後立刻道：「罷了，那不知衛大夫人來時，陛下是如何說的？」

「陛下讓我守城一月。」楚瑜認真道：「劉大人放心，這一月內，楚某必與鳳陵生死與共。」

劉榮皺了皺眉，繼續道：「那您可帶糧草來了？」

「此番……」聽到這話，楚瑜有些不好意思道：「怕是要鳳陵城開糧倉救濟了。」

聽到這話，劉榮面色一白，急促道：「鳳陵城並無糧倉，衛大夫人來時不知嗎？」

楚瑜猛地抬頭，聽劉榮焦急道：「老臣三番兩次寫信入京，便是求糧草一事，您竟不是帶糧草過來的嗎？」

聽到這話，楚瑜瞬間明白，一座沒有糧草的城駐紮這麼多的兵馬和人意味著什麼。她立刻起身，焦急道：「我帶人走，我們不能留在這裡守城！」

然而話沒說完，就見方才帶楚瑜上山的青衣人拐了進來，冷靜道：「大人、大夫人，北狄將鳳陵包圍了。」

「外面有多少人？」楚瑜焦急道，然而不等青衣人開口，她立刻又道：「我帶人出去。」

「十萬有餘。」青衣人平靜開口，楚瑜僵在原地。

若是來人只是幾萬，兩倍之差，楚瑜或許還有那麼五五的把握帶著人殺出去。

然而對方十萬人，足足十萬人！

「他們正在修整，暫時攻不上來，」青衣人聲音裡不帶半分生氣，彷彿對面前事毫不在意一般，平靜道：「看人數還在增加，應是正在調兵，打算一舉拿下。」

楚瑜沒說話，劉榮急得走來走去。

「陛下這是在想什麼！陛下到底想要幹什麼！」

劉榮還在問，楚瑜卻已經明白了。

她抬起頭，目光落到華京的方向。

這位陛下在想什麼，她大概明白了。

而八百里外的華京宮廷中，此刻歌舞昇平，淳德帝站在水榭之中，背對著自己的太監總管黃全友道：「楚瑜應當已經到了鳳陵城了。你說北狄什麼時候才動手？」

「陛下，您這番心思，都讓老奴糊塗了。」黃全友上前，給淳德帝披上披風道：「您在鳳陵城設的兵械部設了這麼多年，韓大人好不容易把火藥研製出來了，您又將這個消息告訴北狄，這是圖什麼啊？」

「圖什麼？」淳德帝冷哼：「不給北狄找個目標，他們馬上就要打到華京了！朕如今給蘇查找個目標，蘇查知道鳳陵城的價值，一定會不惜一切代價打鳳陵，你以為朕送楚瑜過去做什麼？真當我大楚要讓一個女娃娃去領軍了？楚瑜過去，楚家能睡得安穩嗎？衛家能睡得安穩嗎？瞧著吧，楚臨陽和衛韞，一定會出兵幫楚瑜。他們出兵幫朕牽制住蘇查的主力軍，朕就讓姚勇騰出空來打北狄剩下的殘兵。姚勇只要打出幾場勝仗，朕就尋個理由把衛家和宋家的軍權剝給他。」

「陛下，」黃全友嘆了口氣：「其實吧，鎮國候如今不就是和您賭氣姚將軍的事兒嗎？姚將軍一直不打，您逼著鎮國候上前線，鎮國候心中自然不樂意。您若也逼一把姚將軍，我想鎮國候也不至於此吧？」

「糊塗！」淳德帝罵出聲來：「你以為衛韞逼著朕罰姚勇是為什麼？姚勇是朕的親軍，是對抗他世家一把刀，他現在保留著衛家的實力，逼著朕讓姚勇的軍正面對敵，為的就是損耗姚勇的軍力，姚勇的軍力損耗了，他若謀逆，誰能攔得住他！」

「你以為戰場上幾萬幾萬的逃兵去了哪裡？不是他衛韞指使，逃兵能有這樣多？你以為衛韞在洛州大量購地種糧是做什麼？沒有軍隊要養，他何必如此！他這黃口小兒盤算著謀逆，以為朕不知道嗎？」

「是老奴愚鈍，陛下聖明！」黃全友趕忙抬手搧自己耳光子。

淳德帝冷哼一聲：「他想用北狄威脅朕，當朕是傻的嗎？待客之前先得將家裡打掃乾淨，這些小兔崽子就給朕等著吧。」

「等姚勇掃平了北狄正面軍隊，衛楚兩家和蘇查主力鬥得你死我活，朕立刻帶人踏平他衛家，朕待他這樣的恩情，他如此回報，論罪當誅！」

「是是是，」黃全友跪著道：「陛下與姚大人聯手，姚大人忠心耿耿，必護陛下萬古千秋！」

這話說出來，淳德帝剩下的話突然說不出來。

黃全友沒說什麼，可他不知道怎麼的，驟然想起顧楚生來。

顧楚生之事，到底是姚勇真的瞞著他，還是顧楚生由人指使，設計陷害？

淳德帝沒說話。

有些種子一旦播下，總會藏在心裡。

淳德帝的目光看向衛家方向，開始思索，此時此刻，衛韞在家中，正做什麼打算？

而此刻的衛韞，正靜靜聽著顧楚生說著鳳陵的形勢。

上一輩子顧楚生對鳳陵之事，大致有幾分瞭解，鳳陵一事藏得極為機密，一般百姓根本不明白當年經歷了什麼，顧楚生卻是大致知道。

當年的鳳陵城，楚臨陽遭遇了北狄主力圍困，然而鳳陵城與一般城池不同，一般城池中都有糧倉，鳳陵城卻從不存糧，與其說這個地方是個城池，更不如說這個地方像某個巨大的府衙。沒有糧食，士兵和百姓都困在裡面，當時戰場上四處膠著，宋家楚家沒像如今一樣避其鋒芒，於是在戰場上多有折損，而姚勇保命惜兵，從不正面交鋒，因此顧楚生守城三月，卻都沒有人前去救濟。沒有糧草的三個月，可想城中成了怎樣的人間地獄。然而城中一直沒有暴亂，可見楚臨陽必然是規定了什麼。

三個月後，衛韞終於前去救援，城中卻沒有一個活人。

有人死於戰場，有人死於他人腹中。

這樣的人間地獄，當他聽見楚瑜去的第一瞬間就瘋了。

他知道宋文昌出事後鳳陵會出事，本就打算尋個由頭來找衛韞商議，卻不想來之前就聽到了楚瑜去的消息。

顧楚生失了分寸，說話都是抖的。衛韞靜靜聽著他說著鳳陵的情況。

顧楚生沒有說楚臨陽守城後發生了什麼，只說明了北狄軍力和糧草一事，衛韞便明白楚瑜要面對什麼。

他神色平靜，卻是道：「北狄為什麼要把主力放在鳳陵？」

顧楚生微微一愣。這個問題，他前世就想過，卻一直沒想明白。當年楚臨陽是淳德帝叫過去的，楚臨陽死之後，淳德帝讓親信處理了這件事，所以當年鳳陵城到底為什麼被攻打，或許只有淳德帝和楚臨陽明白了。

衛韞看出顧楚生回答不上來。他也沒問顧楚生消息的真假，只是看著臉色慘白的青年，慢慢道：「你同我借五萬人馬，就是想去救我嫂嫂？」

顧楚生冷靜了許多，他點頭應聲。

衛韞捧著茶，平靜道：「你以為陛下為什麼要讓我嫂嫂一個女子領兵？」

顧楚生微微一愣，隨後睜大眼睛，明白了過來。

這是皇帝的引子，皇帝送楚瑜過去，本就是打算用她的生死，來牽制衛楚兩家！

可一個女子這麼重要嗎？

顧楚生看著衛韞，心跳得飛快，他問得急促：「所以，你不打算管她了？」

衛韞抬眼看向顧楚生，一字一句，堅定道：「管。」

在顧楚生舒了口氣之前，他接著又道：「可是，你不用去鳳陵，我會過去。你另外辦一件事。」

顧楚生皺著眉頭，衛韞面上鎮定，心跳得卻是飛快，他的手心全是汗，整個人都是木的。

他僵硬地開口道：「我要你當說客，去找北狄新皇蘇舊，勸他來打天守關。」

顧楚生微微一愣，隨後他反應過來。

蘇查足智多謀，蘇舊卻是個好大喜功的，天守關才是大楚的關鍵，蘇舊若是要打，必然要從鳳陵調兵，那楚瑜的壓力就會大大減小。

「在此之前，我會帶輕騎在鳳陵打騷擾戰。他圍困鳳陵，我就劫他糧草。」

顧楚生沒說話，許久後，他咬牙道：「好。」

說完他便站起身，同站在門外的薛寒梅道：「你幫我同長公主說一聲，就說我跑了。」

薛寒梅微微一愣，隨後笑出聲來：「好。」

顧楚生停在門口，他轉過頭，看著衛韞道：「衛韞我告訴你，這次我聽你的，可是若楚瑜因此有三長兩短，我拼了命，也要踏平你衛家！」

聽到這話，衛韞抬眼看他。

「若她死了，」衛韞聲音如死：「你以為，我衛家還有什麼給你踏平？」

顧楚生微微一愣，衛韞撐著自己，慢慢站起身。

他的動作很重，很緩，似承載著千鈞之力。

顧楚生驟然意識到，對於這一輩子的衛韞而言，楚瑜撐起了衛家的門楣，撐起了衛家半邊天。

如果說這裡有誰最不想楚瑜死，他是一個，剩下的，必然是衛韞。

而衛韞起身後，咬緊牙關，撐著自己回到內堂。他走在長廊中，周邊再也沒有其他人，他才澈底放開，靠在牆上，呼吸急促起來。

「小侯爺！」衛夏驚呼。

衛韞閉上眼睛，咬牙出聲，「點人備馬，即刻啟程！」

鳳陵城裡沒有糧食。

然而皇帝卻還是將她派了過來。她本來還想，皇帝為什麼這麼輕易就讓一個女子為將，如今想來，他哪裡是要她當將領？真正當主帥的是張雲，她不過就是一面旗子，立在鳳陵，吸引衛楚兩家來救。

就算衛楚兩家不來，也是讓這兩萬人以命拖住鳳陵。至於鳳陵中那些費盡心機造出來的東西？

本來北狄也沒打算讓大楚拿到，所以鳳陵連著幾次傳遞消息都傳不出去，北狄根本就是在拖著時間，鳳陵求援的時間裡，雖然北狄沒有進攻鳳陵，卻是一直調兵過來。

既然大楚拿不到，便乾脆在戰火裡付之一炬。

楚瑜深吸一口氣，轉頭看向劉榮：「陛下給你們下了死令對吧？」

劉榮微微一愣，楚瑜卻是了然：「若是城破，你們都不會活下來，對嗎？」

劉榮沉默不言，青衣男子開口道：「若刀不為我大楚所用，便寧願毀了，也不能留給他人。」

所以上一輩子，鳳陵城中沒有一個活人。

所以上一輩子，鳳陵城城內大多被付之一炬。

楚瑜看著他們，平靜道：「沒想過投降嗎？北狄是銜著你們手裡的東西來的，若是降了，以你們的能力，在北狄也會受到禮遇。」

「妳要投降？」劉榮激動道：「萬萬不可，萬萬不可！妳可知我建鳳陵城費了多少心思？妳這女人……」

「我等若是降了，大楚何如？」

那青衣人卻是十分鎮定：「如今陛下昏庸多謀算，將士被逼著以政治手腕四處抗衡，君不君，臣不臣，北狄區區二十萬鐵騎，不足半年拿下半壁江山，我鳳陵若再有失，大楚當真是要亡國了嗎？」

青衣人抬眼，目光裡隱隱帶著激動：「我等在此隱姓埋名十幾年，難道就是為了看著國家亡於我等手中？」

「我明白了。」楚瑜點了點頭，她退了一步，展袖躬身：「方才楚某多有冒犯，望大人海涵，兩位大人放心，」楚瑜抬起頭，認真道：「楚瑜必以身護此城，城在人在，」說著，她一字一句，說得格外堅定：「城亡人亡。」

「夫人放心，我等也會拼盡全力幫助夫人。」劉榮連忙說，扶著楚瑜直起身。

楚瑜轉頭看向旁邊青衣男子：「敢問大人貴姓？」

「韓。」對方淡然道：「韓秀。」

楚瑜愣了愣，旋即立刻道：「貴夫人是否姓李？」

對方目光微微閃動，點了點頭。

「貴夫人……」

「方才我看見了。」韓秀平靜開口，聲音中帶著沙啞：「我四個孩子都進城了，她不在，必然是不在了。」

楚瑜一時不知如何言語，韓秀轉身道：「北狄準備後應該很快會第二波攻城，張將軍說您是此戰主帥，就請您準備吧。」

說完，韓秀便往外走去。劉榮上前打圓場：「他平日就是這脾氣，您不要介意。」

「無妨。」楚瑜搖頭道：「勞煩大人將如今城中人口和糧食清點給我，我讓軍中去清點馬匹，我等可能要苦守一陣子，關鍵時刻只能以戰馬為食了。」

或許不僅是一陣子，而是很長時間。楚瑜沒有多說出來。

上輩子楚臨陽守了三個月。而今局勢雖然不一樣，但明顯對於楚家和衛家來說，來救鳳陵並不是明智之舉。

「還有，城中水源是從哪裡來？」

「這個您放心，」劉榮點頭道：「鳳陵城都是天水和地下水，山下河流從山上往下走。」

楚瑜應聲，同劉榮將所有地方都熟悉一遍後，韓秀來給她說明了鳳陵山幾道防線。

作為軍事重地，鳳陵山防守做得極好，楚瑜帶著兵馬連夜熟悉了鳳陵山各種防衛器具，不由得有些驚嘆道：「這樣的好東西，韓大人為何不讓軍部知曉？」

「造價太高，知道也沒用。」韓秀平淡道：「而且對比北狄，大楚本就擅長守城，這麼多年來，北狄也就只是打秋風而已。」

楚瑜皺了皺眉，她不免覺得有些奇怪。如果說這麼久以來鳳陵城所造出的東西都是這些華而不實、無法普及的東西，皇帝還如此看重鳳陵嗎？

北狄到底是衝著什麼來的？北狄一定知道鳳陵城裡有什麼。

然而韓秀不說，楚瑜便知道韓秀不會回答他。歸根到底，雖然目前在一條戰線，韓秀始終是淳德帝的人。

兩人各懷心思，韓秀帶著楚瑜熟悉了鳳陵山後，楚瑜終於去歇下。

睡下不過一個時辰，鳳陵山便響起了號角之聲。

北狄第二次攻城！

這次雙方都修整好，楚瑜翻身提劍，便衝出房中。領著晚月、長月一路衝下山去。

劉榮站在城樓上看整個局勢，韓秀在後排指揮著城裡士兵操縱著機關，楚瑜帶著士兵守在第一線。韓秀先射第一波箭雨，北狄人太多，殘留上來的人衝上來，面對鋪好了釘子和荊棘的第二波機關。再往前就來到鳳陵山前，對上楚瑜等人。

他們用沙袋建了壘，做出簡易城牆，保護後排的射手，而後楚瑜這批人衝上去，肉身貼肉身砍殺。

人一波一波湧上來，楚瑜自己也不知道是廝殺了多久，從清晨第一縷陽光落下，一直到夜色降臨，楚瑜一直在前線之上，戰鼓聲不停，戰場之上，聞鼓聲退則戰，聞金聲不往前。

不能退，不能退。

楚瑜殺得神智麻木，身邊人一波一波換下去，又一波一波湧上來。

一個士兵倒在她腳下，楚瑜一劍逼退衝上來的敵軍，提著人往後疾退，就扔到身後沙壘之後，一雙素手接住人，楚瑜抬頭一看，見楚錦穿著士兵的衣服，她面上帶著血，神色堅毅，朝她點了點頭，就接住士兵，快速抽出布條綁上士兵傷口。

楚瑜只是這麼一愣神，便迅速回了前線。

生死之前，不問前塵。

疆場之上，不計得失。

北狄明顯是想強攻打完這一仗，他們人多兵強，而楚瑜等人則據天險而立，一時之間，打得難捨難分，北狄強攻兩天兩夜，未能往前寸土。

如此一來，北狄士氣大減。第三日前夜，北狄終於停下，暫做修整。楚瑜殺得眼前一片血紅，提著刀坐在北狄不遠處，盯著士兵虎視眈眈。

她的劍早就砍斷了，在戰場上撿了什麼兵器用什麼，頭髮用髮帶高束，銀白色輕甲在夜色裡泛著涼意。

她說話的時候目光一直盯著北狄，彷若某種野獸和獵物對峙，北狄人不敢對上她的目光，她殺得太過凶狠，如今北狄人看見她就覺得膽寒。

劉榮提了壺酒上去給她醒神，蹲在她身邊，苦著臉小聲道：「再這麼打下去撐不住了，士兵都累了。」

「我知道。」楚瑜舔了舔乾裂的唇，喝了口酒，「你別擔心，至多後日，他們就會退兵。」

「妳如何知道？」

劉榮有些詫異，楚瑜沉默片刻。她又喝了一口酒，沒有說話。

她如何不知道？

皇帝如今就等著楚家或者衛家來救她，衛韞只要知道鳳陵的情況，無論如何都會想辦法過來。

鳳陵城距離華京兩天的距離，如果衛韞知道消息，算一算，也該來了。

楚瑜閉上眼睛，那酒有點苦。

就是這時候，北狄的軍號聲突然響起來！楚瑜猛地睜開眼睛，看見北狄兵馬如潮水一般退去。

「退兵了……」

劉榮的聲音裡有些顫抖，楚瑜站起身，她毫不猶豫，足尖一點，便迅速跳到樹頂之上，看著向遠處。

只見遠處有一隊人馬，白衣銀甲，高抗軍旗，大大的寫著一個「衛」字。

他們朝著鳳陵城衝過來，北狄軍馬則是朝著他們湧過去。

他們排成尖頭陣，陣前一少年，手握長槍，氣勢如虹，一路破開軍潮，帶著身後輕騎朝著鳳陵城狂奔而來。

他們身後還帶著追兵，身前全是敵軍，彷彿被海水包圍的小船，在浪中疾馳。

楚瑜遠遠看著，身子微微顫抖。

北狄不是退兵，那分明是去攔截援軍！

來的軍隊人不多，他們本可以轉身離開，卻還是朝著楚瑜來了。

楚瑜的目光落在為首之人身上，他越來越近，隔著千萬人馬，楚瑜甚至可以看到少年抬起頭，目光落到她身上，然而揚眉笑開。

「整軍……」楚瑜提聲：「整軍接應！」

「夫人！」劉榮驚詫：「人太多了，我們救不了的。」

「還能站起來的兒郎且起身來！」楚瑜揚聲：「如今援軍已到，且隨我殺去！」

大喊之後，楚瑜一馬當先，率先衝了出去，長月、晚月完全沒有思考，便跟著衝了出去。而後陸陸續續有人站起來，打了兩天，許多人早已習慣跟在楚瑜身後。

而這時楚錦正在城牆上包紮好一個士兵的傷口，她站起身，看見那帶人衝出去的身影，而韓秀站在城樓之上，白色面具下看不出喜怒。

那身影帶著人陷入軍中，韓秀仍舊不動聲色，楚錦咬了咬牙，突然奔向戰鼓，握住鼓槌，猛地敲出聲。

「妳做什麼！」

站在旁邊的將士驚詫，想去拉楚錦，韓秀卻突然抬手，平靜道：「由她去。」

戰鼓的鼓槌很重，同楚錦過往彈過的琴截然不同，她揚聲擊打在鼓面之上，還在前線的將士隨著鼓聲站起來，追隨著楚瑜衝了出去。

鼓聲激昂高亢，震得人心頭熱血翻滾，北狄軍隊戰了兩天，面對鳳陵城種種詭異的武器和士兵不要命的打法，早就被磨掉士氣，此刻聽到身後戰鼓聲響，殺聲震天，一時不由得亂了陣腳。

而前方衛韞帶的軍隊皆乃精銳之師，於是楚瑜和衛韞中間的北狄兵頓時亂起來，開始四處逃散。

一旦兵馬開始潰逃，便不成氣候，衛韞瞬間失了阻力，他抬頭看去，便見女子朝他駕馬而來。

哪怕她面容染血髮髻凌亂，神色卻明亮璀璨，如月色於夜，雨後天光。

她破千軍萬馬朝他奔來，那一刻衛韞驟然覺得，天地似乎失去顏色，一切變得安靜起來，她成為世上最亮的色彩，馬蹄彷彿踏在他心上，震出驚天巨響。

他向來知道她美麗，卻是在這戰場之上，第一次認識到，這個人真正動人無雙！

她的馬與他擦身而過，留下一句：「我斷後！」之後，便衝向前方。

衛韞抿了抿唇，壓住笑意，給自己隊伍開路，一路馳向鳳陵山。

衛韞的軍隊人不算多，動作極快，沒有多久就安穩進入了鳳陵山，而這時楚瑜也帶著人打了個轉折回來。

北狄人太多，逃跑的和追人的混在一起，早就亂了起來，如果不是鳳陵山內如今沒多少能用的兵力，此刻是最佳追擊時間。

楚瑜有些遺憾地看了戰場一眼，便聽旁邊有人聲笑道：「別看了，妳若再追，便是肉包子打狗有去無回了。」

楚瑜轉過頭去，看見衛韞含笑立在她邊上。

他似乎從見到她那一刻開始笑意就沒停過，楚瑜突然意識到自己兩天沒洗澡，身上全是血和汗混在一起的臭味。而衛韞則好上很多，他沒有怎麼正面交鋒，身上雖然沾染了血跡，但是髮冠未亂，面上血跡也已經被擦乾淨，看上去仍舊是翩翩兒郎。

第一次這樣狼狽和衛韞見面，楚瑜莫名其妙生出幾分不好意思。她輕咳了一聲道：「先上山去，我有話同你說。」

「嗯。」

衛韞點了點頭，轉身同楚瑜一起往山上去。這時候楚瑜才注意到有大袋大袋糧食放在「木梯」旁邊，劉榮正神色激動指揮著人往木梯上送著糧食。

楚瑜睜大眼，回頭看向衛韞道：「這糧食哪裡來的？」

「我劫了蘇查的糧草，」衛韞說得輕描淡寫，楚瑜卻知其中艱險，驚詫地看著衛韞，聽他平靜道：「所以蘇查就讓人追著我一路來了。我見無處可躲，乾脆躲進鳳陵來。」

楚瑜一時不知道當罵不當罵，看見少年滿臉無所謂的樣子，憋了半天道：「你劫他糧草做什麼？你燒了不就好了嗎？」

衛韞沒說話，低下頭去。

楚瑜心裡咯噔一下，覺得衛韞不至於這都沒想到吧？

然而衛韞卻無法將話說出來。

他早到了一天，按計劃，他人數不多，的確是燒了糧草會更好。然而他遠遠看著楚瑜被困，遠遠看著鳳陵山和北狄這樣血拼，他終於還是沒能忍住。

他想陪在楚瑜身邊，想陪同她一起守城。他知道皇帝的意思，無非就是讓衛家牽制北狄主力，讓姚勇攻打北狄後方。最後姚勇再來打北狄，澈底贏了這一場。

如此一來，既守住了江山，又保證了皇權不倒。

只是所有虧都是衛家吃，功勞都是姚勇占，如今皇帝綁了柳雪陽，又送楚瑜來送死，可見在皇帝心裡，他已與亂臣賊子無意，若讓姚勇拿到首功擊退北狄，戰後清算，他怕是凌遲都不夠泄皇帝心中之憤。

然而他還是太年少。

做不到作壁上觀，做不到眼睜睜看著楚瑜一人廝殺於疆場。他太想與她並肩而戰，甚至擋在她前方，為她頂天立地，為她開疆拓土。

於是他乾脆劫了蘇查糧草來到鳳陵城。

守城就守城吧。

有時想想，若能死在楚瑜身邊，其實也無妨。

然而這些話他不敢說，連日征戰讓他腦子一片麻木，他甚至無法去思量，所謂死在她身邊也無妨，是怎樣的情緒。

他只是跟在楚瑜身邊，感覺內心一片安定。

楚瑜見他不語，思索他畢竟年少，有失誤也是正常。笑了笑道：「無妨了，你帶了糧草過來，已是很好。先上去，我們再定下一步。」

衛韞點點頭，同楚瑜來到山上。

楚瑜剛入城，便看見楚錦站在她面前。

她眼裡帶了擔心，卻又止在唇齒間。

楚瑜驟然想起戰場上這個姑娘接過士兵那堅毅的眼神，楚瑜笑了笑：「阿錦。」

「姐姐……」楚錦打量著她，卻是什麼都說不出來。

楚瑜明白她的意思，點了點頭道：「我挺好的，妳別擔心。」

「那就好。」楚錦舒了口氣。

楚瑜看著她的神色，溫和笑開：「阿錦長大了。」

她自己也長大了。

當她發現，自己此刻看著楚錦，能夠平和溫柔，甚至帶著幾分欣賞的時候，她便意識到，成長來得悄無聲息。

衛韞一直靜靜看著她，目光沒有挪過片刻。他走在楚瑜身旁，看著她在城裡一路打著招呼進去，然後帶他來到她的住所。

長月、晚月提前過來準備了洗澡用的水，因為節省物資，楚瑜用的是冷水，她隨意沖刷一下，洗得很快。衛韞就等在外面，沒多久，看見楚瑜裹了袍子出來，坐在他身邊。

戰時吃東西都很緊，此刻終於停下來，楚瑜和衛韞慢慢吃著東西，開始說話。

楚瑜將自己得到的消息同衛韞說了一遍，衛韞將京中發生的事說了一遍。說完之後，楚瑜皺起眉頭：「你說顧楚生對你說的？你都不知道的消息，他怎麼知道的？」

楚瑜心中閃過一絲寒意，然而太久沒有休息，她的腦子還有些遲鈍，沒多想什麼，就聽衛韞道：「他說是長公主說的。」

如果是長公主知道，也就不奇怪了。

楚瑜點點頭，沒有多問，吃著東西道：「那他去說服人打天守關，你現在困在鳳陵，打算做什麼？」

衛韞沒說話，他慢慢道：「到時候妳哥應該會隨機應變……」

聽到這樣沒章法的話，楚瑜嘆了口氣，放下碗道：「別說孩子話了，尋個機會，你帶著人馬，我送你出城去。」

衛韞抿緊唇：「妳能送我出城，何不同我一起出城？」

「這便是我要同你說的了。」楚瑜放下碗，看著衛韞：「我……」

「妳先別說這些。」衛韞打斷她：「妳先睡一覺，睡好了，想好了，再同我說。」

楚瑜聽到這話，看著少年抿緊唇，她有些無奈，兩人僵持了一會兒，衛韞終於道：「先讓我再陪妳一天。」

從見到她那一刻到現在，是這些日子，他覺得最安心的時候。

他貪慕這份溫柔，想在此刻，再多停留一會兒。

楚瑜聽著，覺得這話真是孩子氣極了，卻湧出一股暖意來。

楚臨陽和楚建昌不擅長表達感情，這兩輩子加起來，都沒有這樣直白的對她表達過關心。她知道衛韞對她的依賴，這樣的依賴和關愛她放在心裡，便想進一步回報他。

她無法拒絕這樣的請求，只是嘆口氣道：「那吃了飯，先睡吧。」

楚瑜吃了最後一口飯，放下飯碗。而後她打了個哈欠，站起身，同衛韞道：「你吃完自己找地方休息，我先睡了。」

說著，楚瑜便拐進房間裡，直接倒了下去。

衛韞坐在外間，慢慢吃飯。

他也不知道怎麼的，吃飯動作變得格外緩慢。吃了好久，他聽見裡面呼吸聲平緩下來，才放下碗筷。

他就坐在大堂裡，聽著她的呼吸聲，竟覺得這裡是最好的歇息之處。

他一直坐到半夜，就這麼倒在蒲團上睡了過去。長月、晚月都睡了，其他人不敢打擾衛韞，反而拿了毯子過來，收了餐桌，讓衛韞就這麼睡在地板上。

楚瑜一覺睡到接近天明，她迷糊著走出來，就看見睡在地上的衛韞。

楚瑜微微一愣，忙上前，入眼就看到衛韞的睡顏。

正是介於成年與少年的容顏，俊朗中帶著些稚氣，他睫毛極長，顯得眼睛色彩對比極為鮮明，哪怕沒上任何顏色，都讓人覺得有那麼幾分豔麗風流。

未來的衛韞，曾被評為當世第一貌美。楚瑜一貫知道他生得好，卻是在這一刻才被這樣的美貌驚住，她呆愣了片刻，心跳竟是不自覺快了幾分。

她被驚得慌忙退了一步，隨後又覺得好笑。她竟是被一個十五歲少年的容貌震住了，她又蹲下去，推了推衛韞，小聲道：「小七？」

衛韞聞得她的聲音，迷迷糊糊睜開眼來。

他應該也是累得太過了，想也是，華京和鳳陵的路程，他竟是昨天就到了，應是不眠不休趕過來，來了就劫了糧草打過來，睡得怕是比她還少。

楚瑜有幾分心疼，看見衛韞搖著頭撐著自己清醒過來，慢慢道：「嫂嫂對不住，我昨日太睏了……」

「趕緊去睡吧。」楚瑜揮了揮手，催促他去休息。

衛韞點了點頭，到了門前，卻是道：「嫂嫂可知我住哪兒？」

楚瑜愣了愣，看向下人：「劉大人未曾安排嗎？」

侍女露出尷尬神色，楚瑜頓時明白，一場大戰下來，劉榮怕是忙瘋了，安排客房這種小事，估計以為她會做。

此刻怕是客房都沒收拾好。

楚瑜有些無奈，看著衛韞眼下發青，她揮了揮手道：「你先去我屋裡睡著吧。」

衛韞腦子有些懵，楚瑜起身道：「別嫌棄，將就著睡完，我讓人去收拾房間給你。」

衛韞木木的，他站在原地，也不知道該不該去。

然而他最後終究還是躺上那張床上，床上還帶著楚瑜的味道，是他記憶裡的蘭花香。

他躺在床上，頓時清醒了過來。

他猛地起身，掀開被子下去，急促地出了房中，詢問了衛秋的房間後，趕緊走到衛秋房中，擠上衛秋那張硬榻。

楚瑜回來時衛韞已經走了，她有些奇怪道：「人呢？」

侍女們搖了搖頭，只是道：「小侯爺突然起身就走了。」

楚瑜有些茫然，讓人去找，卻道衛韞在衛秋那裡睡下了。

楚瑜想了想，衛韞這個人果然是比她守規矩太多。

等到天澈底亮起來，衛韞總算是醒了。

楚瑜聽劉榮在報傷亡人數和城中剩餘物資，沒一會兒，衛韞便走了進來。

楚瑜邀請他進來，在劉榮這裡將城裡情況摸清楚以後，笑咪咪看著衛韞道：「昨天不能說，今天可以和你商議後面的事兒了吧？」

睡了一夜，人也冷靜了很多，衛韞點了點頭，發出一聲「嗯」。

「我是這樣想。」

侍女端著粥進來，放在桌前，如今城中嚴格控糧，濃粥已算奢侈。楚瑜喝著粥道：「鳳陵城中必然有什麼是蘇查一定要拿到的，他下一次再攻城，定會鉚足了勁兒。我們讓幾步，他看我們退後，必會拼命往我這邊進攻，你就趁機帶著兵馬出城離開，回華京去。你不要出兵幫我，我死守這裡牽制蘇查。以顧楚生的能耐，一定能說服北皇攻打天守關，到時候我這邊壓力會小很多，你就按照原本計畫進行，守住天守關逼著陛下斬了姚勇後，再來救我。」

衛韞沒說話，他垂眸看粥，楚瑜休息了一晚，興致很高：「鳳陵城最嚴重的問題就是糧草不足，你帶了糧食進來，我們還有戰馬，守一個月綽綽有餘，你就放心吧。」

衛韞還是不語，楚瑜猶豫道：「你還有什麼擔心？鳳陵城的防守兵具你也看到了……」

「我還有什麼擔心？」衛韞抬起頭，靜靜看著楚瑜：「妳說我還有什麼擔心？」

楚瑜微微一愣，這話說得太直白，便是遲鈍如楚瑜，也體會出那麼幾分不對來。

而衛韞只是盯著她道：「妳要守鳳陵，能守幾日？妳守太狠，蘇查會退兵，所以妳得適當的讓。讓多了，他攻下城，又要如何？而且妳拖著他，等北狄在戰場上戰敗，蘇查將憤怒放在妳身上，到時候傾盡全力攻城，妳又怎麼辦？」

「妳要以兩萬人馬拖住北狄主力，妳當蘇查是吃素的嗎！」

楚瑜聽著衛韞分析，他說的她何嘗不知道？

「可是你又能怎麼辦？」楚瑜靜靜看著她：「小七，你要是陪我守在這裡，陛下的目的就盡到了。你做的一切，都是為姚勇做嫁衣。你讓宋世瀾和我哥不迎敵，不就是為了天守關破以後，逼著皇帝處置姚勇，給你帥印嗎？可你現在在這裡，衛家軍在這裡，姚勇就可以在後面大大方方掃了北狄殘兵。戰事一旦結束，就是你的死期，也是我的死期。」

「你來這裡，已是不該。你還要留在這裡，難道不是意氣用事？這天下，你還要不要？」

「那妳要我怎麼辦？」衛韞猛地提了聲音，抬頭看她，他像一隻被激怒的小獸，紅著眼，又凶又狠：「看著妳被圍在這裡，死在這裡嗎？我不來救妳，還有誰來？」

「天下重要，」衛韞沙啞著聲：「妳不重要？」

這話出來，楚瑜便呆住了。一絲微妙浮現出來，衛韞扭過頭去，沙啞著聲道：「我陪妳守住鳳陵，等姚勇打過來，我們就跑。」

「胡鬧。」楚瑜忍不住笑了，知道衛韞說的是氣話，嘆了口氣道：「先將韓秀請來，我先搞明白，這鳳陵城到底值不值得蘇查如此攻打。」

說著，楚瑜便讓人召了韓秀過來。

韓秀進來時，手裡拉了個十歲的少年。此刻他換了衣服，楚瑜卻仍舊認出來，這是護著楚錦同她爭執的少年。

少年恭恭敬敬拜見了楚瑜後便坐到一邊，韓秀向衛韞行了個禮，隨後和楚瑜互相行禮之後道：「衛大夫人讓我過來，不知道所謂何事？」

「我想要城裡所有武器的名冊。」楚瑜直接開口：「城裡你們研製的所有東西，我想都瞭解清楚。我想知道蘇查對此城勢在必得到什麼程度？」

聽到這話，韓秀喝著茶，點頭道：「夫人稍等，我下午就送過來。」

楚瑜應聲，轉頭看向韓秀身邊的少年道：「你叫什麼名字來著？」

「草民韓閔。」

少年聽到楚瑜問他，轉過身來，正對楚瑜，恭恭敬敬回答。

楚瑜眼中浮現一絲笑意，衛韞轉頭看楚瑜身上，目光落到韓閔身上，帶了幾分冷意。

等韓秀和韓閔走出去後，衛韞慢慢道：「我發現，嫂嫂似乎對於少年人，格外有耐心。」

「嗯，」楚瑜笑著道：「我喜歡少年人，覺得有朝氣。」

說完這話，楚瑜便察覺失言，她不過十六歲，哪裡又能說什麼朝氣不朝氣？她輕咳了一聲，趕忙道：「而且少年人，長得好看。」

衛韞沒說話，楚瑜站起身道：「我去做其他事兒了，你點一下你帶過來的人損傷如何吧。」

說著，楚瑜往外走去，衛韞卻突然道：「可他不夠好看。」

楚瑜愣了愣，回過頭，看見衛韞僵著身子，目光直直看著前方：「我不覺得韓閔多好看。」

聽到這話，楚瑜「噗嗤」笑出聲來，笑彎了眼道：「是是是，我們小七最好看。」

衛韞抿了抿唇，沒有說話，等她走了之後，衛韞露出些茫然。

衛夏走進來，恭敬道：「小侯爺，要去看一看將士嗎？」

「嗯。」衛韞應聲，慢慢站起來。

走在長廊裡，衛韞突然開口：「衛夏。」

「嗯？」

「我不喜歡嫂嫂誇其他少年人。」他神色茫然：「我是不是不對？」

衛夏面露尷尬之色，衛韞轉頭看向衛夏，抿著唇道：「我為什麼會這樣？」

衛夏答不上來，也不敢答，只能輕咳聲道：「小侯爺您別想了，要做的事兒可多著呢。」

衛韞在清點了自己的人馬，他沒有正面交戰，只是往戰場過了一道，兵馬折損得不算嚴重。然而因為人多，衛韞又點得仔細，等弄完的時候，也到夜裡了。

衛韞回到府中就往楚瑜房間奔去，剛進門，便看見楚瑜正翻著下午韓秀送給她的冊子。

她皺著眉頭，衛韞便知道她有疑惑，走過去道：「嫂嫂可是有何疑慮？」

「嗯。」楚瑜點了點頭，扔了一本冊子過去給衛韞，皺眉道：「韓秀給我這冊子裡的東西，都是一些小玩意兒的改進，要不就是造價成本太高，根本不適合普及。你說就這麼些東西，值得蘇查這麼打嗎？」

「他不可能讓妳知道關鍵的東西。」衛韞看都不看，直接道：「蘇查肯定是皇帝引來的，他花了大價錢建了鳳陵山，不會將鳳陵山拱手讓給北狄。他必然是給韓秀下了死令，一旦城破，韓秀不會活下來。」

衛韞嘲諷道：「一個能接陛下死令的人，怎麼可能把關鍵東西給妳？雖然此刻妳護著他，可妳畢竟是衛家大夫人，東西到妳手裡，也就是到我手裡。他怎麼可能給妳？」

楚瑜皺著眉，韓秀不肯配合，她就不能知道自己牽制蘇查的辦法能不能實施，又能實施到什麼程度？

兩人正說著話，就聽外面突然傳來少年的聲音道：「衛大夫人可在？」

聽到這個聲音楚瑜和衛韞對視一眼，衛韞起身躲到屏風後面，楚瑜抬手道：「請。」

說話間，卻是韓閔走了進來。

他進來先是恭敬向楚瑜行了個禮，隨後道：「小民偷跑前來，不能耽擱太多，若有失禮，還望大夫人見諒。今夜來尋大夫人，便是想問大夫人，可是想知道北狄之所以圍攻鳳陵城，為的是什麼。」

「你知道？」

楚瑜不敢小覷面前這個少年，對方雖然只有十歲，但言語間全然沒有半點忐忑惶恐，反而是從容點頭道：「知道。」

「我父親這輩子最大的驕傲，就是研製了一種叫火藥的東西。」韓閔說著，從懷裡拿出一個筒狀模樣的東西。

楚瑜有些好奇，韓閔道：「這是威力最小的一種，夫人且看。」

說著，韓閔便起身，拿了一根蠟燭，走到庭院中，遣退眾人後，他舉起燭火，點在那東西的引線上，然後往庭院一扔。

片刻後，庭院轟然作響，火光大作，不過頃刻之間，整個院落就被夷為平地。

楚瑜呆呆看著這東西，韓閔轉過身：「這是平日他們用來調試配方的分量，實際用在戰場上的，威力大概是這個火藥數倍乃至數十倍不止。我想，北狄如今前來，為的大概就是這個。」

「這個東西，」楚瑜終於明白了這個東西可怕之處，也明白這東西在戰場的價值：「若是大量生產，可昂貴？」

「如今我父親已將成本控制得極低，完全可生產用於戰場。」韓閔說得平靜。

楚瑜眼中帶著冷意：「那鳳陵城中，此刻有多少？」

「您是打算用鳳陵做引子，牽制整個戰場是嗎？」

韓閔的神色在火光下十分冷靜，完全不像十歲的孩子。楚瑜沒說話，韓閔慢慢笑開。

「很多很多，我想，足夠妳用來牽制主力了。」

韓閔這樣說完，楚瑜終於知道，當年鳳陵城發生了什麼。

鳳陵城破後，衛韞前去接應，城樓上就一個楚臨陽，卻守住了城，而城外面還有火燒灼的痕跡，可見當年鳳陵城中五千人，正是靠著火藥一直支撐到了最後。而城中浮屍遍野，是因為饑荒所致。

蘇查之所以會圍困鳳陵三個月，必然有楚臨陽故意激他的作用在，楚臨陽不是跑不出來，他能出來，卻甘願為了牽制北狄主力，留在鳳陵城中。

蘇查派主力攻打一個只有五千人的鳳陵卻久攻不下，心中必然激憤，就像一場賭博，輸了總想贏，尤其是明明看著下一局就要贏。

楚臨陽定是同她如今一樣，想方設法引誘蘇查留在鳳陵，蘇查要走，就讓他產生一種馬上要贏的錯覺。

如果說蘇查一開始打鳳陵是為了火藥，那麼後來打鳳陵則完全失了理智。

北狄的主力在這裡，也正是因此，衛韞當年從天牢裡出來，毫無準備之下，仍舊能橫掃疆場，最後保住大楚。

當年的楚臨陽一人守城，他不是為了楚錦，也不是為了楚瑜，他是明知前路修羅地獄，卻仍舊持刀而立，用一城五千人，換來了大楚正面疆場最低損失的勝利！

而他最後撐在那裡，活活餓死於城中。

楚瑜想起上輩子楚臨陽死訊傳來之時，她忍不住捏緊拳頭。熱血翻騰於胸中，那是她的兄長，她楚家的兒郎！

如今是她在這裡，讓她選擇，她覺得，自己和楚臨陽的選擇並無不同。

而且此次她有了糧食和兩萬戰馬，不會出現當年彈盡糧絕之苦。

她抬頭看向韓閔，認真道：「多謝韓公子，只是您父親乃陛下的人，您來說這些，回去不怕被父親責罰嗎？」

「我不回去了。」韓閔平靜道：「我想留在錦姐姐身邊。」

聽到這話，楚瑜微微睜大了眼：「你要留在阿錦身邊？」

「要不是為了錦姐姐安危，」韓閔抿了抿唇，有些彆扭道：「我在這裡做什麼？」

楚瑜輕輕笑了，嘆了口氣道：「行吧，你去找阿錦，她若願意收留你，便留你吧。」

韓閔恭恭敬敬行了個禮，便起身去了。楚瑜看著他離開的背影，轉頭同坐在一旁的衛韞道：「你也聽見了吧？現在放心了？」

衛韞沒說話，楚瑜嘆了口氣道：「小七，你看現在城中有水有糧，還有這些東西，加上鳳陵山天險，我沒問題的。」

「一個月沒問題，」衛韞抬頭看她：「兩個月、三個月呢？」

楚瑜沒說話，衛韞平靜道：「如果蘇查只守不攻，如果我被北皇的嫡系纏住無法來救妳，妳被困在這裡，怎麼辦？」

楚瑜依舊沉默，衛韞冷著聲音：「妳這裡有兩萬人，加上城裡的百姓官員，那些糧食和戰馬能撐多久？我一個月若是回不來，你們吃什麼？吃人嗎？」

上輩子楚臨陽被圍困了三個月，衛韞被糾纏在正面戰場上，三個月後的鳳陵是什麼樣，楚瑜知道。

「那你，」楚瑜抬起頭，認真地看著他：「一個月後，回來接我。」

衛韞微微一愣，楚瑜目光堅定：「你多久來，我等多久，等到我不能等。可是若我真的等到了不能等，在我拖著蘇查的情況下，你還打得如此艱辛，證明你那邊的確打得太艱難，那我不拖著蘇查，大楚必敗。」

「如果能用我換大楚正面最少損失贏下來，換衛楚兩家好好的，我不覺得吃虧。」

就像上輩子的楚臨陽，君臣鬥爭、內外交患，各大世家為著自己著想之時，他用命換來了最後的勝利。

「一個國家有蠅營狗苟之輩，有爭權奪利之人，然而也要有人願意犧牲，才能維持一國盛世。若這人一定要在我等之中選擇，」楚瑜平靜開口，抬眼看著衛韞：「願始於楚瑜。」

她說得太平靜，彷彿生死早已置之度外。

衛韞整個人都在顫抖，他艱難地站起來，指著她，沙啞著聲道：「妳去犧牲……那妳想過我嗎？」

楚瑜微微一愣，衛韞提了聲音：「妳走了，我怎麼辦？衛家怎麼辦？」

她怎麼能死呢？

這一輩子，他想要她在身邊，她怎麼能死呢？

說話間，衛秋匆匆進來，焦急道：「侯爺，泉州方向點了烽火臺！」

楚瑜和衛韞猛地回頭，泉州之後就是天守關，泉州點了烽火臺，離天守關也就不遠了。

楚瑜站起身，焦急道：「即刻準備，黎明時我送你出城。」

天亮之前北狄軍中大多數人必然還在睡覺，此時突襲最為安全。

然而在楚瑜往前的一瞬間，衛韞一把抓住她的手腕，惡狠狠道：「妳同我一起出去。」

「說了那麼多你不明白嗎？」楚瑜帶了怒意，亦是盯著他，怒道：「放開！」

「我不放！」衛韞高吼道：「這天下誰都能死妳不能！」

「為什麼？」楚瑜盯著他：「為什麼我不能？我由父親養大，我父親吃朝廷俸祿，朝廷俸祿由百姓稅收供給，我由百姓供養長大，我為什麼不能？」

「衛韞你睜眼看看，」楚瑜抬手指向外面：「戰亂之間，餓死者有之，戰死者有之，人命本如草芥，只因做出選擇不同，方才有重於泰山輕於鴻毛之別，我若能死得有價值，我怎麼不能死？」

「那妳想過我嗎？」衛韞紅著眼：「妳死了，想過我嗎？」

楚瑜皺起眉頭：「小七，天下無不散之筵席。」

衛韞微微一愣，楚瑜平靜道：「沒有人會伴你一生，你父母不能、你哥哥不能、你孩子不能，我更不能。若你要許誰生死同衾，除了你妻子，誰都沒有資格。然而哪怕是你妻子，也未必能做到。」

衛韞呆呆看著她，楚瑜嘆了口氣：「我知道你依賴我，可小七，我終究只是你嫂子。我的生死，並不對你負責。」

我的生死，並不對你負責。

沒有人會伴你一生，除了你的妻子，誰都沒有資格。

楚瑜的話如同平地驚雷，炸在衛韞腦海之中。

他呆呆看著她，就這麼幾天，她瘦了許多，面色蒼白，然而那堅毅清明之色，讓她宛如一把出鞘利劍，帶著淡淡華光，美得令人炫目。

楚瑜看見衛韞呆愣在那裡，嘆了口氣，拉開衛韞拉著她的手，吩咐旁邊站著沒敢進來的衛夏道：「去給小侯爺收拾行李，黎明前準備出發。」

說完，楚瑜便轉身離開，衛韞呆呆站在原地，看著楚瑜走在長廊間的背影。

鳳陵春花已蓄勢待發，探出枝頭，春風帶著些許暖意，吹得花枝輕輕顫動。

她從來如此，從容而來，從容而去，衛韞驟然發現，認識她以來，他看得最多的，就是她的背影，然而哪怕是她的背影，他卻仍舊能迷戀如斯。

他腦中是亂的，被衛夏拖著到自己房間裡，衛夏收拾著行李，衛韞跪坐在蒲團前，看著跳動的燭火。

他第一次深究自己的內心，過往他從來不敢，然而今日他卻明白，他不能不敢，他必須清楚，必須明白。

他要什麼？他到底要做什麼。

這麼久以來，他一直以孩子氣做遮羞布，遮掩著自己的心思，他不敢揭開，不敢深想。

可是如今他卻必須想明白。

唯有妻子能有此資格。

可他卻想她陪伴一生。

衛夏收拾好東西，看見衛韞散著頭髮，跪坐在蒲團之上，面對著牆壁，一聲不吭。

衛夏想要說什麼，最後還是什麼都沒說，嘆了口氣，退了下去。

房間裡只剩下衛韞，他的目光凝在燭火下，思緒清晰許多。

他想起第一次見楚瑜，少女身著嫁衣靠在長廊邊上，仰頭含笑瞧他。

又想起女子一襲嫁衣站在秋日平原之上，說要等候他和父兄歸來。

當年看不過驚豔，然而如今回想起這一刻，卻有些許痛楚縈繞上來。

盼她等的人是自己，願她等的是自己。

然後她在他帶著父兄棺木歸來那天，含笑而立，周邊哭聲震天，為她破開雲霧，抬手覆在他額頂，說出那麼一聲——回來就好。

從此她立在他的世界裡，再也沒離開。

他以為這是依賴，這與他對他母親、對姐姐的感情，並無不同。然而直到她質問——她的生死，憑什麼，要對他負責？

他目光平靜，伸手拿出自己的袖中劍。

那把劍是年幼時衛珺送他的。

從小他就帶在身邊。小時候劍太長，他拿不了，等成年後，這把劍就再也沒離身。

劍被他從劍鞘中抽出來，在夜色中露出寒光，映照出他的面容。

一瞬之間，他覺得那裡面並不是他。

是衛珺。

衛珺在那長劍之中，靜靜審視著他，兄弟兩隔著陰陽對視，衛珺神色平靜，似乎在質問他——

想要她嗎？

你的嫂子，我的妻子。

衛韞，你想要她嗎？

成為你的妻子，陪你一輩子，從此之後，成為那個生死為你負責，與你相關之人。

從此她留給你的不是再是背影，她去何處要惦念著你，哪怕去死，也該同你說一句，對不起。

而不是這樣輕飄飄告訴你，我的生死，與你無關。

衛韞的手微微顫抖，腦海中衛珺和楚瑜的身影瘋狂交替。

——「小七，她好看嗎？」

——「我夫君衛珺何在！」

——「我想為你娶一位嫂嫂，性子最好活潑一些，像我這樣，未免太悶了。」

——「我做了一個夢，衛家滿門，只有你回來。」

——「楚府護得住她，我衛府護不住嗎？驕縱一些，又有何妨？」

——「從未有人對我這樣好過，你哥哥是個很好的人。」

——「小七，今日隨我，去接你嫂嫂。」

——「小七，你哥哥去了，還有我陪著你。」

衛韞痛苦地閉上眼睛，猛地將劍合入劍鞘之中。

她留下是為了衛珺，她陪伴是為了衛珺。

他識得她是因為衛珺，他照顧他也該是為了衛珺。

可是為什麼在意識到這一刻，他終於察覺內心那份壓抑著的、隱藏著的痛苦。

是什麼時候變質？什麼時候動心？

是從她將手放在他額頂那一刻？是醉酒後在他面前舞動長槍逗他一笑的那一刻？還是某個午後，長廊之上，仰頭朝他一笑的那一刻？

她用蘭花香，他就讓身邊人都換成了蘭花香的香膏。

她誇讚顧楚生姿態風流，他也慢慢學著顧楚生的模樣，穿上華服，戴上玉冠。

改變得悄無聲息，甚至他自己都不曾察覺，什麼時候，那分本該只是單純依賴和敬重，化作成這一份——

「我喜歡妳……」

衛韞喃喃出聲。

於此夜色之中，他慢慢睜開眼睛。

「楚瑜……」

他顫抖著念出她的名字。

他喜歡她。

他從未有一刻，如此清晰意識到，這份感情，竟是這樣的模樣。

然而意識到的那刻，他卻忍不住將劍抱在胸口，慢慢躬身。

「對不起……」

對不起，大哥。

怎麼能有這麼齷齪的感情？

怎麼能去覬覦楚瑜這樣無暇之人？

他緊咬住下唇，微微顫抖，眼淚在眼眶中打著轉，面對牆壁，抱劍跪俯而下。

彷彿面前是衛珺站立在前方，他如此鄭重而虔誠，說那麼一句：「我錯了。」

錯了就得迷途知返，錯了就得懸崖勒馬，錯了就要將這份感情藏在心裡，埋在暗處，哪怕是死了，都不該讓任何人察覺。

外面傳來士兵往來之聲，隨後有人敲門。

「小七，」楚瑜的聲音從外面傳來，她似乎有些無奈，嘆了口氣，慢慢道：「出來吧，準備走了。」

衛韞跪在地上，一點一點平靜了自己顫抖的身子。

楚瑜站在外面，低著頭道：「我先前的話雖然說得重了些，但的確是實話。你不用太過擔心，我心裡有數。蘇查是個聰明的，說不定不圍困我，便去找你了……」

衛韞慢慢睜開眼睛，隨著楚瑜的聲音，緩慢又堅定地直起身子。而後他站起來，將劍放到一邊，同楚瑜道：「妳且進來。」

楚瑜在外面聽見衛韞沙啞的聲音，愣了愣後，垂頭應聲，然後推門進去。

進門之後，衛韞便道：「關門。」

「啊？」

楚瑜猶豫片刻，然而衛夏卻是十分聽話，立刻將門關上了。

房間裡比外面暖和許多，屋裡就衛韞一個人，他背對著她，白色廣袖華衣，墨髮散披於地，背影清瘦孤高，從背影來看，已是一個青年男子的模樣。

楚瑜覺得氣氛有些壓抑，她沒敢動，站在門邊不遠處，低著聲認錯：「你先別和我置氣，我給你道歉，等以後回華京，所有事兒……」

說話間，衛韞慢慢站起來。衣袖隨著他動作垂落而下，他在燭火下轉過身。

眉目昳麗風流，然而那神色卻剛毅如刀。

他靜靜看著她，神色之間是楚瑜從未見過的清明冷淡，而後他朝著她走來，每一步都走得極其緩慢，彷彿踏在刀尖上，卻又穩又堅定。

最終他停在她身前，低頭看她。

他近來個子躥得快，如今已比她高出大半個頭，少年的氣息猛地湧入鼻尖，讓楚瑜驚得下意識想往後退去。

然而在動作之前，理智讓她生生止住自己的行為，若是她真退了，氣氛難免更加尷尬。她只能扭頭看向旁邊，摸了摸鼻尖道：「你長高了不少啊……」

話沒說完，衛韞猛地伸手，將楚瑜一把拉進懷裡，死死抱住她。

這是他第一次擁抱她，少年的胸膛炙熱溫暖，廣袖將她整個人攏在懷裡。她可以清晰感知道他繃緊的肌肉，跳得飛快的心臟。

楚瑜愣在原地，鼻尖縈繞著一股蘭花香氣。

楚瑜這才察覺，衛韞用的香囊，一直是與她一樣的。只是他的分量用得極少極輕，如今靠近了，才能聞出來。

或許正如這人的感情，只有走近他心底，才能窺見那麼一兩分痕跡。

楚瑜呆呆地被他擁在懷裡，整個人都傻了。也不知怎麼，內心又緩又沉的跳動起來。

「妳好好守城，一個月內，我一定平了這場戰亂，前來接妳。」

他沙啞出聲，那聲音已經帶著青年清朗，聽得人心怦然。

他的氣息劃過她耳邊，她像一隻被人抓住要害的貓，睜著眼睛，根本不敢動彈。

衛韞緊緊抱著她，死死擁著她，彷彿這一輩子，只能擁抱這個人這樣一次。

有許多話沒說出口，也不必說出口。

例如此番前去，或許就是陰陽相隔。

例如哪怕活著回來，亦是人不如初。

衛韞緊咬著唇，眼淚滾落下來。

「妳放心，」他堅定道：「妳不會死。」

他死了，她也不會死。

聽到這裡，楚瑜慢慢緩過來。

衛韞的身子微微顫抖，楚瑜內心軟成一片。

她依稀明白，此時此刻，衛韞不過是覺得，或許這一次見面，便是訣別。她放開那些男女之防，順著內心，抬手擁抱住他，用手心順撫著他的背，溫柔道：「你別怕，小七。」

「生死無畏，哪怕我真的遭遇不測，未來還會有人陪你走下去。」

衛韞沒說話，他閉上眼睛，感受著這個人擁抱著他的感覺。

或許這輩子，他也只得她這樣，擁抱他一次。

許久之後，外面傳來劉榮的聲音：「大夫人，都準備好了。」

楚瑜和衛韞同時睜眼，眼中帶了冷色，衛韞放開楚瑜，迅速轉身，他轉到屏風後換了兵甲，同楚瑜道：「妳守城一個月，這一個月我會想辦法平了前方，逼蘇查回頭，妳只要做一件事，」衛韞從屏風後轉出來，他穿上銀甲，腰上佩劍，頭頂銀冠，手握紅纓長槍，靜靜看她，平靜道：「等我。」

「若我等不了了呢？」楚瑜忍不住笑了。

衛韞垂下眼眸：「那便不等吧。」

她若等不了，他便追著去就好。

若是黃泉路，便無所謂了。追上她，到衛珺面前，看他們在地府團聚，也是圓滿。

然而這話他沒說出來，只是在楚瑜驚詫的目光中，往門邊走去，迅速點兵。

楚瑜趕緊追上去，將一個匣子交到衛韞手裡，同他道：「這是鳳陵城這些年來所有弄出來的東西，你帶在手裡。火藥的方子也在裡面，韓閔偷來的，你到了華京，趕緊讓人生產。」

衛韞應聲，一行人到了門口，楚錦正帶人給將士分發火藥，同時讓韓閔反覆給他們示範使用方法。

衛韞出來，等候了片刻，所有人便準備好了，這時韓秀匆匆忙忙趕進來，怒吼：「韓閔，你給我滾出來！」

韓閔迅速往衛韞背後躲去，衛韞轉頭迎上韓秀憤怒的眼神，平靜道：「大人並非對百姓不聞不問之人，為何要為陛下鞠躬盡瘁至此？」

「陛下對我有知遇之恩，」韓秀冷靜道：「天下誰當皇帝不是當？如今陛下乃皇室正統，我不為陛下做事，難道要為你這亂臣賊子不成？」

衛韞聞言冷笑：「若非陛下，大楚江山何以至此？」

「如今追究得失有什麼意義？」韓秀抬手同韓閔道：「韓閔，你出來。」

「父親，」韓閔站在衛韞身後，探出半個身子：「您自己都說了，如今追究得失沒有意義，火藥我已經送了他們，方子我也偷了，您守著也沒有意義，何不和小侯爺、衛大夫人澈底結盟，早日了了這亂世？」

韓秀抿唇不語，韓閔提了聲音道：「父親，您忘了母親是怎麼死的嗎？錦姐姐已經同我說清楚了。若不是那狗皇帝縱容姚勇，讓衛家死在白帝谷，我大楚怎會淪落至此？若不是我大楚如今國破，母親又怎麼會在路上被流民所殺？」

「夠了！」韓秀提了聲音：「你給我滾出來！」

說著，韓秀衝過去，想要抓韓閔出來，衛韞一把抓住他的手，平靜道：「韓大人，我要出城了，請您別耽擱。」

韓秀冷冷看著衛韞，衛韞迎著他的目光，許久後，韓秀冷笑：「你與陛下，又有什麼不同？他玩弄權術，你不是？」

「我此刻站在這裡，他棄了鳳陵，這就是不同。」

「可你還不是棄了鳳陵！」韓秀怒吼：「你若不是棄了鳳陵，你此刻怎麼要走？」

「我不是棄了鳳陵，」衛韞平靜道：「我有很重要的東西放在鳳陵，我怎麼可能棄了鳳陵？」

韓秀微微一愣，楚瑜也回過頭去，不明白衛韞放了什麼在鳳陵。

旁邊韓閔見韓秀動搖，衝出去跪在韓秀面前，抱住韓秀大腿道：「父親，您別鬧了，讓他們走吧。」

韓秀沒說話，衛韞抬了抬手，所有人馬便往城門集結而去，韓秀的目光隨著那些人朝向遠方，許久後，他閉上眼睛，轉過頭去，沉聲道：「我準備開路。」

韓秀說完之後，楚瑜跟著衛韞一同上街出城，而後她便發現，許多青衣白面具的人從城池後方湧了出來。

她來之前根本沒見到這麼多人，不由得詫異道：「這麼多人是哪裡來的？」

「韓秀專門研究這些東西的地方建在地下，我也沒去過，」劉榮的聲音從後面傳來：「如今他大概是將人都帶了出來。」

楚瑜看著這些人，這些人許多明顯不是將士，腳步虛浮，他們匆匆忙忙上了城池，按照韓秀的話在做什麼。

劉榮同旁邊衛韞鞠了個躬道：「還請小侯爺聽韓大人吩咐，等韓大人擊鼓之後再行。」

衛韞點點頭，在劉榮帶領下下山，卻是藏在林子裡，根本沒往前。

楚瑜爬上城樓，看見韓秀指揮人將一個個小型圓筒裝在一個兩尺寬的弓弩之上。

片刻後，韓秀道：「開弓。」

所有人集體拉弓，而後韓秀手中小旗再揮：「點火。」

箭矢上都點起火。

最後韓秀提聲：「射！」

一瞬之間，羽箭如雨而出，帶著火光在天空劃出弧度，一路朝著遠方疾馳而去。

這弓弩射出的箭去得極遠，只見漫天火光而落，發出「轟轟」巨響。

北狄瞬間亂起來。

「天罰！」有北狄士兵用北狄語大吼：「這是天罰啊！」

這一番變故自然驚動了帳篷裡的蘇查，他匆匆忙忙出去，看著帶著火的羽箭落至地上，隨後發出轟然巨響，炸出大概三尺神坑。

士兵瘋狂逃竄，蘇查卻是十分冷靜，立刻道：「後退十里！」

然而也就是此刻，一路人馬從鳳陵城中衝了出來，蘇查立刻反應過來，怒吼：「守住他們！守住！」

話沒說完，第二波箭雨已經落下，轟轟在地面炸開，炸得地動山搖。

北狄軍已經澈底亂了，蘇查親自出戰，怒道：「都停下來，怕什麼！」

說完之後，他領著自己的親兵逆著人流，朝著衛韞奔了過去，大喝：「北狄兒郎，隨我來戰！」

北狄戰鼓聲響了起來，所有人看著蘇查朝著衛韞衝去，第三波箭雨落下，蘇查已經摸清了這箭雨落下的距離和炸開的程度。

這些箭雨雖然看上去聲勢浩大，但是間隔太大，實際上能炸毀的面積不大，命中率極低，不過是嚇人罷了。北狄軍看見蘇查靈巧穿梭在爆炸聲中，士氣慢慢凝聚起來，終於再一次扛起軍旗，嘶吼著朝著衛韞衝去。

楚瑜站在城樓上，看見衛韞銀甲衛隊如龍入潮水，陷入北狄戰場之中。她捏著拳頭，沒有言語，旁邊韓閔焦急道：「父親，再打啊！再射箭啊！」

「不行，」韓秀平靜道：「兩方人馬距離太近，不能再用了。」

然而說話間，戰場卻是再一次轟隆隆響起來，卻是衛韞等人開始用炸藥開路。

衛韞身上帶的火藥比箭矢射出來的火藥威力大得多，在密密麻麻的人群中，一抓一個準。

楚瑜只看見火光在戰場上不斷響起，那支銀甲軍隊艱難前移著，她來到戰鼓前，舉起戰鼓狠狠錘響！

那鼓聲帶著殺伐之意，攝得人熱血沸騰。衛韞長槍挑開攔路之人，在夜色中回頭，便見女子素衣散髮，立於城樓之上，震天火光之中，女子白衫獵獵作響，合著血色殘光，美不勝收。

他只看了一眼，便回過頭，無限勇氣湧上來，看著前方被炸出來的屍山血海之路，大喝一聲：「衝！」

他要活下去。

他必須活下去。

他不但要活下去，他還要踏平北狄，接她回家。

那一聲嘶吼喝著鼓聲，激得他身後人士氣大振。

陽光升起時，這條白色巨龍終於來到了包圍口，他們一直保持著陣型沒有亂過，於是當衛韞破開北狄圍阻之後，後面的人立刻緊隨而上，順利跟著衛韞衝了出去。

此時泉州烽火臺狼煙滾滾，衛韞帶著人狂奔而去，蘇查駕馬欲追，卻被一個男人拉住，冷靜道：「不用追了。」

那男人戴著銀色面具，穿著水藍色長衫，卻是大楚人的打扮。

蘇查被他攔出幾分怒氣，怒喝：「他肯定帶著火藥的方子，孤不追他就拿到華京去了，華京若是生產了這東西，北狄還打什麼！」

「你追不上。」藍衣男子直接道：「若再追下去，鳳陵裡的人就跑了。」

蘇查愣了愣，藍衣男子抬眼看向鳳陵城，見到鳳陵城上白衣獵獵的女子，細長薄涼的唇微微勾起：「韓秀還在鳳陵城裡，你若得了韓秀，也能拿到火藥的方子，還怕大楚不成？」

聽到這話，蘇查冷靜了，片刻後，他又道：「你同我說鳳陵城裡的人貪生怕死，如今他們這副樣子，我若強攻，他們把東西都毀了怎麼辦？」

「無妨，」藍衣男子平靜道：「你先假裝攻城困住他們，等他們感覺到了生死關頭，這時候我們暗中派人去找韓秀，只要韓秀還想活，就會自己出來。」

「打一棒子給顆紅棗，」藍衣男子摸著手中玉戒指，瞇起眼道：「強攻不行，你又焉知，強攻不是手段？」

蘇查沉吟片刻，然而如今兵馬已經調來了鳳陵，鳳陵不過區區兩萬人，就算有火藥支撐，被圍困久了，糧草必然出事。

想了許久，蘇查終於定下心來，依了這男子所言，繼續圍攻下去。

只是他還是有些感慨：「若陛下肯聽我的，不去打什麼天守關，只攻鳳陵，今日必就拿下了。天守關易打，可若大楚拿到了火藥北狄卻沒拿到，日後再打就難了，你說陛下怎的如此糊塗？」

「陛下有陛下的考量。」

藍衣男子淡淡說了這麼一句，見城樓上的女子轉身離開，他也覺得無趣，同蘇查打了聲招呼，便轉身離開了。

衛韞衝出重圍之後不敢停歇，帶著楚瑜給他的匣子一路狂奔回京。他提前讓人先到衛府通知做好準備，一到家中，衛府所有人便已經候在正堂。顧楚生站在前列，他消瘦許多，他一進來，他便迎上來，張口就道：「楚瑜呢？」

衛韞深深看了他一眼。

過往不知自己在想什麼，不過是覺得這個人討厭。

如今知道自己在想什麼，便是厭惡又欽佩，如此之下，還要將自己所有情緒壓下，儘量正視這個人，平靜道：「先坐下來，我將事情同你們說清楚。」

衛韞迅速將鳳陵城所有事完整說了一遍，隨後道：「現在情況就是這樣，嫂子如今在鳳陵城，她最多能守一個月，所以我們要一個月之內掃平北狄後方。」

「這不可能。」沈佑果斷開口：「北狄軍隊其實分成兩支，蘇查的人馬在鳳陵城，可北皇蘇燦手中人馬也不少，如今蘇燦正在全力攻打泉州，一路朝天守關過來，我們要在一個月內掃平蘇燦人馬，怕是不容易。」

「若我將火藥帶來了呢？」衛韞盯著沈佑。

沈佑卻是盯著他道：「你能短時間產出多少火藥？」

哪怕有方子，然而如今大楚全線狼煙，安全之地，卻很難馬上就建起一個像鳳陵城這樣批量生產的軍事基地。

一個月時間，對於一場舉國之戰來說，的確太難了。

顧楚生聽著他們說話，慢慢笑了起來。

衛韞看向顧楚生，對方死死盯著他，眼裡彷彿滴出血來：「沒事兒啊，鳳陵城還能再守兩個月。」

當年楚臨陽就守了三個月，楚瑜如今有兵有糧，不可能比當年楚臨陽守得還短。

顧楚生搖搖晃晃站起來，大笑：「拿你嫂子的命，去換這三個月啊！你不是早就料好的嗎？一個月平了北狄？」

顧楚生「呸」了一聲，冷聲道：「癡人說夢！」

衛韞沒說話，他靜靜看著地面，顧楚生見他不語，無數憤怒與無力湧上來。

「衛韞，」他沙啞道：「她待你不薄啊。」

「沈佑，」衛韞抬眼看他，平靜道：「你回北狄去，我想辦法給你一個假身分，你偽造一件蘇查的信物帶在身上，到北狄皇城等我。」

沈佑皺起眉頭：「你讓我過去做什麼？」

「到時候我會告訴你。」衛韞抬了抬手：「你先先去，今日啟程。」

「衛韞！」顧楚生提了聲音：「你當真就這麼放她在戰場上了嗎？」

「衛夏，」衛韞平靜開口，同衛夏道：「去前線找宋世瀾，讓他棄了泉州，直接走，順便把二夫人接回來。然後讓宋世瀾候在一丈峽，等姚勇帶兵從天守關逃脫往青州，就在在那裡守著姚勇，格殺勿論。」

「是。」衛夏應聲，退了下去。

「衛秋，你去找楚臨陽，」衛韞迅速寫了封信，同衛秋道：「告訴他，讓他給姚勇去一封信，邀請姚勇共守天守關，打起來之後，立刻棄城逃了，留姚勇一個人守天守關。」

「是。」

「衛韞！」

「顧楚生，」衛韞抬頭，靜靜看著他，語調沒有一點波瀾：「楚臨陽棄城後，你去勸說姚勇棄了天守關。而後同秦時月一起，守住天守關，等我過來。」

「衛韞，」顧楚生冷著聲音：「你聽明白我說什麼了嗎？你記不記得我同你說什麼，我給你賣命，是因為我要娶楚瑜。如今你如此對她，你憑什麼以為，我還要幫你？」

衛韞垂眸看著白紙，死死握著手的中玉製毛筆，克制著自己情緒。

不能說，不能嫉妒，不能言語。

他與顧楚生不同，顧楚生喜歡那個人，可以坦坦蕩蕩喜歡，可他這份喜歡，註定該爛在黑暗裡。

「楚臨陽棄城之後，你勸說姚勇棄城，到時華京岌岌可危，我便同陛下手中要過帥印，回去拿下天守關。而後我會讓楚臨陽和宋世瀾一路奪城，你回到華京來，華京衛家的軍力由你全全掌握，你周旋世家，將淳德帝困在宮裡，拔了他的爪牙。」

聽到此刻，顧楚生終於品出那麼幾分不對來。

衛韞平靜道：「奪下天守關後，我會帶五千輕騎，攀過雪山，從雪山入北狄，直入王城，劫持北帝，命蘇燦下令，全線退兵。」

聽到這話，顧楚生睜大了眼睛，一副看瘋子的眼神看著衛韞，衛韞平靜道：「這時蘇燦的人會有所損耗，蘇查從鳳陵撤軍時，楚臨陽和宋世瀾再追北狄亂軍，蘇查顧忌都城，必不戀戰，此戰儘量多絞殺他們兵力，一路追到北狄，往皇城打過來。」

「我會在皇城與他們裡應外合，而嫂嫂出鳳陵之後，如果姚勇還活著，讓她封住姚勇的軍隊，逼著姚勇不出青州。陳國若有異動，你就往前，許之以重金，穩住陳國。」

衛韞神色淡然說著所有要發生的事的可能性。

顧楚生聽著，慢慢沉默了下來。

「衛韞，」他終於開口：「且不說你們如何過了那雪山，如何五千人馬攻下北都，就算你攻下了北都，你用五千人馬在北狄腹心等楚臨陽和宋世瀾，一旦大楚兵至，蘇查第一個就要殺你陪葬，你此一去，活下來的機會小之又小，你可明白？」

聽到這話，衛韞慢慢笑了。

「我知道。」

「那你……」

「可是，我不能不管她。」

說著，衛韞抬起頭來，目光穿過春日澄澈如洗的天空，越過那層層雲海，彷彿看到了遠方城樓上那襲獵獵雪衣。而後他將目光落到庭院裡。

那人曾在這個庭院裡，月華如水，長槍如龍，給他一場旖旎又華美的夢境。

那時他坐在長廊上，聽著室內女子們合歌而唱，看著眼前女子姿態風流。

那時候他想著什麼？

他想——能得此一舞，願死效卿前。

第二十二章　北狄王庭

顧楚生沉默下去。

其實從上輩子他就知道，論起擔當二字，他從來比不過衛韞。他和衛韞都是亡命徒，差別卻在於，他自己從來都是用命賭自己的前程，而衛韞從來是用命換他人的前程。

有這麼一瞬間，他想問一聲為什麼。

為什麼為楚瑜做到這樣的程度，不過是嫂子而已，這戰場上生生死死，要他衛韞的命換楚瑜的命，值得嗎？

可是他卻有些不敢問，想來少年人那份執著和不顧一切，內心早已被世俗侵染。他深吸一口氣，退了一步，躬身道：「謹遵侯爺吩咐。」

說完之後，顧楚生就走了出去。

所有人各自領了任務下去，奔赴疆場，衛韞在家中，沉默片刻後，將管家叫了過來。

管家沉穩上前，衛韞沉默著開始寫信，慢慢道：「日後我若是不幸離世，將我這封信交給母親，從此以後，衛家全權由大夫人掌管，若他日大夫人出嫁，衛家一半財產作為她的嫁妝。」

「侯爺！」管家抬頭，有些詫異。

衛韞寫著信，又道：「除此之外，到時候你讓大夫人去我母親那裡領一把鑰匙，她拿到鑰匙會知道做什麼，從此衛家暗部全部交給大夫人，衛家家主令也交給他。」

說著，衛韞提起紙，吹乾之後，連著鑰匙交到管家手裡：「若是我活著回來……」

衛韞垂下眼眸，慢慢出聲：「就將這信燒了，誰也不必見著。」

管家沒說話，他紅著眼上前，接過衛韞上了火漆的信件，沙啞道：「小侯爺，您的心意，我等都明白。」

「你明白什麼？」衛韞不免笑了。

管家低下頭：「小侯爺，人這輩子在世上，遇到一個喜歡的人不容易。大公子與大夫人就見過一面，您算不上……」

「退下吧。」衛韞打斷管家，平穩道：「把事兒爛在肚子裡，別太聰明。」

衛韞說到這樣的程度，管家也不能再說什麼，只能跪著磕了頭，而後起身，彷彿再也克制不住情緒，匆匆離開。

房間裡空蕩蕩的，就剩下衛韞一個人，他就這麼跪著，好久後，輕笑出聲。

原來所有人都知道他喜歡她，原來只是他自己不知道。

當真還是年少。

還好，還是年少。

衛韞撐著自己，踉蹌著起身。

所有人離開之後，他終於可以放縱自己的情緒，去享受這一刻的狼狽了。

當天夜裡，從衛府發出的兩道消息，分別奔往前線，書信幾乎是一前一後，到達了宋世瀾和楚臨陽手裡。宋世瀾看信的時候，蔣純匆匆從外面趕了進來，焦急道：「將軍，我聽說衛府來信了，可是？」

宋世瀾聽到蔣純的聲音，含笑抬頭，迎上蔣純擔憂的目光：「二夫人勿憂，這是小侯爺給我討論行軍之事的信件，並無噩耗。」

聽到這話，蔣純舒了口氣，隨後想起來：「那大夫人呢？大夫人可救出來了？」

「這……」宋世瀾遲疑片刻，蔣純的心瞬間提起來，期盼的眼神看著宋世瀾，宋世瀾迎著那澄澈又擔憂的目光，也不知道怎麼的，便連語氣都變得輕柔起來，怕驚擾了面前這人一般，溫和道：「大夫人留在鳳陵，替我們牽制主力……」

話沒說完，蔣純身形猛地一晃，宋世瀾忙抬手扶住蔣純，驚道：「二夫人！」

蔣純借著宋世瀾的手站穩身子，她紅著眼，顫著唇，許久後，卻是道：「你們……怎可以這樣做？」

「二夫人……」宋世瀾嘆了口氣：「這是小侯爺的意思。」

「他怎可以這樣做！」蔣純猛地甩開宋世瀾，退了一步，大吼：「鳳陵城十萬人馬在那裡，他將他嫂嫂留在那，不是送死是什麼？我要回去，」說著，蔣純便轉身要走，怒道：「我要去找衛韞，我要去問問他，他的良心安在？」

「二夫人。」宋世瀾平穩卻帶著不容拒絕的聲音從背後傳來：「如今戰時，您若要回去，還是同我一道吧。若您出了岔子，我和小侯爺不好交代。」

蔣純頓住腳步，背對著宋世瀾：「有什麼不好交代？我們這些嫂嫂在他心裡，和棋子有什麼差別？」

「二夫人，」宋世瀾輕嘆：「何必循著理由發脾氣呢？這到底是小侯爺的選擇，還是大夫人的選擇，您不明白嗎？大夫人向來風光霽月，小侯爺從來，也只是縱容著大夫人罷了。」

蔣純沒說話，她慢慢捏起拳頭。宋世瀾瞧著那人微微顫抖的背影，驟然湧出幾分疼惜。

他走上前，站在蔣純身邊，溫和道：「二夫人，拳頭別捏得太緊，小心傷了手。」

蔣純不語，外面再一次響起攻城之聲，宋世瀾走出去，揚聲道：「疏散百姓往浚縣先撤，黎明前棄城！」

說完，宋世瀾轉過頭，看著蔣純緊抿著唇，好久後，他嘆息：「二夫人，妳別擔心，很快就回家了。」

與此同時，衛韞的書信也到了楚臨陽手中。

楚建昌看見信，暴怒道：「衛韞這小子不是去救阿瑜了嗎？阿瑜沒救回來，他還有臉給你來信？」

楚臨陽看著信，好久後，他慢慢合上信件。

他的手微微顫抖，面上卻依舊鎮定，楚建昌在屋裡走來走去，拼命罵著衛韞、罵著姚勇、罵著北狄。

楚臨陽聽著，吩咐軍師研墨，平靜道：「給姚勇去信，告訴他，天守關乃我大楚最後一道防線，我願與他冰釋前嫌，一起對敵。」

軍師愣了愣，有些猶豫道：「您說這些，姚元帥會信嗎？」

「軍師以為，姚勇心中，我與父親是什麼人？」

軍師認真想了想：「世子乃為國為民之忠臣。」

「那軍師以為，我真的會放棄天守關？」

「自是不會！」軍師神色嚴肅開口，冷靜道：「世子，天守關決不可丟，若是丟了，要再奪回來就難了！」

「軍師都覺得我不會放棄天守關，」楚臨陽平靜道：「那姚勇自然也是如此想的。」

軍師微微一愣，楚建昌卻很快反應過來：「臨陽，天守關你真的不要了？」

楚臨陽露出嘲諷的笑容，「若真是如此昏君，我就算守住了天守關又怎麼樣？我守住天守關，就能守住大楚了嗎？」

楚臨陽閉上眼睛：「壞在根子裡的東西，不拔乾淨，終究是壞的。」

「可是你們也不能拿天守關當兒戲啊！」

「我信衛韞。」楚臨陽慢慢睜開眼睛，神色堅毅：「或者說，我信阿瑜。」

聽到楚瑜的名字，楚建昌終於反應過來，他不敢置信地看著楚臨陽道：「你和衛韞是一夥兒的？你同意他把阿瑜放在那裡？」

楚臨陽沒說話，這件事輪不上他說同意不同意，可是哪怕來問他，他也是同意的。

楚建昌猛地跳起來，怒吼：「那是你妹妹！」

楚臨陽沉默著開始整理自己的摺子，平靜道：「父親若是無事，便請回吧。」

「楚臨陽！」楚建昌大吼：「你給我去救阿瑜！」

「父親，」楚臨陽抬起頭，平靜地看著楚建昌：「今日若是我在鳳陵城中，也會做同樣的選擇。我相信若是您在那裡，也是如此。阿瑜不過是做了一個楚家人都會做的選擇。」

楚建昌沒有說話，好久後，這個頭髮已經斑白的老人落下淚來，他狠狠抹了一把臉，轉過身去。

等他走了，楚臨陽同旁人平靜道：「都下去吧。」

軍師看了旁邊守著的侍衛一眼，終於還是點頭，應聲退了下去。

等所有人都退下去後，楚臨陽一個人坐在房間裡，看著燭火，好久好久，才閉上眼睛。

「阿瑜……」

而此刻千里之外的楚瑜，卻是坐在城樓上，看著月亮喝酒。

北狄軍隊就在不遠處，楚錦站到她身後，好奇道：「姐，妳在看什麼？」

「嗯？」楚瑜有些疑惑，轉頭看向楚錦：「妳怎麼來了？」

楚錦笑了笑，如今她臉上一大道傷疤，像蜈蚣一樣攀附在面容上，一笑隨之動起來，看上去分外可怖。

然而她笑容清澈，神色清明，看在楚瑜眼裡，卻是比在華京好了太多。

「我聽人說妳在城樓上，妳向來貪杯，我怕妳醉了睡在城樓上著涼。」

楚錦語調溫和，像少年時一樣囑咐著她。

她向來比楚瑜心細，那些年無論是虛情還是假意，總是照顧著的。

楚瑜聽著這話，往旁邊挪了挪，拍了拍城牆邊上的位置道：「敢不敢坐？」

楚錦抿了抿唇，卻是有些不服氣，扶著石頭，小心翼翼坐上去。

坐上後，風輕輕吹拂在臉上，舉目望向遠方，是平原千里，是明月當空，是帳篷千萬帶著些許火光，螢火蟲在月色下飛舞旋轉，讓這死寂的夜裡，帶了幾許鮮活。

「妳同我說句實話，」楚瑜笑著道：「以前給我噓寒問暖的時候，是真心實意，還是噁心透了？」

聽了這話，楚錦認真想了想，隨後道：「看心情吧。」

「哈，」楚瑜毫不詫異這個答案，抿了口酒，將酒壺遞給對方：「會喝酒嗎？」

「不會。」楚錦搖了搖頭。

楚瑜靠近她：「不會就好了，來，自罰三口，當給我賠罪。」

楚錦沒說話，楚瑜想了想，覺得楚錦大約是不會喝的。她骨子裡的脾氣向來驕縱，只是被藏在那份溫和之下，才鮮少被人察覺。但如今回想起來，楚錦不願意做的事情，哪一件，又何嘗是真的做了？

於是她伸手要去拿酒壺，卻被楚錦攔住，楚錦拿著酒，認真看她：「給妳賠什麼罪我不多說了，妳明白就好。對不起我放在這裡，以後咱們姐妹，就當重新開始吧。」

說著，楚錦仰頭就喝了一口，酒的辣味兒猛地衝入口中，楚瑜笑著看她咳嗽急促起來，抬手給她拍背。

楚錦臉漲得通紅，楚瑜靜靜看她。

這是和她前世記憶裡完全不一樣的楚錦。

或許這個人，才是她一直所期待的，想要擁有的妹妹。

「行了，」她拍著楚錦的背，笑著道：「要是咱們能活下來，就重新當姐妹。要是活不下來，」

「那就下輩子。」楚錦抬起頭，認真地看她：「下輩子，我當妳姐。」

「妳想幹嘛？」楚瑜挑眉：「造反？」

「沒，」楚錦笑起來：「我當姐姐，我來照顧妳。」

楚瑜心中微微一動。楚錦轉過頭，看著遠方，「這輩子妳照顧我很多，我很感激。」

楚瑜沒說話，好久後，她抬起手，搭在楚錦肩膀上：「行吧，衝妳這口酒，我再給妳說句實話吧。」

楚錦轉頭看她，有些好奇，楚瑜湊近她，小聲道：「我以前瞧見妳，就想，這可真是頭小王八羔子啊……」

話沒說完，楚錦就憤怒甩手抽過來，楚瑜足尖一點，便跳下城樓，笑著落到遠處去。

楚錦在夜色中看她面上笑意盈盈，微微愣住，好久後，她慢慢笑起來。

「行吧，」她有些無奈道：「我是小王八羔子，妳也好不到哪裡去。」

楚瑜想了想，覺得楚錦說得有理，正要說什麼，就聽韓閔的聲音從樓梯上一路傳來：「大夫人！妳快隨我來，我父親要見妳！」

楚瑜一聽，連忙跟著韓閔下樓，來到韓秀府中。

剛到韓秀府邸前，楚瑜就看見劉榮也帶著人來了，劉榮後面還帶著兵馬，她不由得微微一愣，詫異道：「劉大人這是做什麼？」

劉榮沒說話，氣勢洶洶上前，一腳踹開府門，隨後就指揮著人大喝道：「將這通敵賣國的賊子韓秀抓起來！」

楚瑜面色變了變，將手背在身後，不動聲色看著劉榮的人衝進去，隨後傳來爭執打鬥之聲，沒多久，就看見韓秀有些狼狽的被抓了出來。

他的面具還戴著，頭髮散亂下來，被人按著跪在地上。

他還在掙扎，劉榮衝上前，抬手就往韓秀頭上打了一巴掌，怒道：「你還學會當內奸了？你小子行啊！老子平時待你不薄，你就這麼回報我？」

劉榮一面說一面打。韓秀有些忍不住了，怒道：「行了！」

劉榮被他嚇得往後退了一步，韓秀抬眼看他，神色裡是壓抑著的憤怒：「士可殺不可辱，要殺要剮悉聽尊便。」

「我就不殺你，」劉榮立刻道：「我就辱你！」

「你！」韓秀往前猛地一掙，似乎想要去打劉榮，劉榮趕緊又跳回楚瑜身後，從楚瑜身後探出頭，叱喝道：「什麼你你我我？我給你三分薄面你就開染坊了？你且等著，來人！」劉榮將韓秀一指，怒道：「將他給我帶到地牢去！本官要親自用刑！」

聽到這話，韓秀嘲諷出聲，劉榮頓時就有些心虛。

然而士兵還是一絲不苟地執行了劉榮的命令，拖著韓秀就往牢房走去。楚瑜靜靜看著韓秀，擦肩而過的瞬間，楚瑜明白了。

她放下心來，也不再多說，候著人離開後，劉榮以談論公事為名，將楚瑜留了下來，而後帶著楚瑜去了大廳，剛進門，劉榮便匆匆關上門，正要開口，楚瑜便笑著抬手道：「劉大人不必解釋，我都明白。」

「大夫人都明白？」

「如今城中，怕是混入奸細來找韓大人了吧？」楚瑜坐到位子上，給自己倒了茶：「韓大人便將計就計，假裝答應了奸細的條件，同他一起出逃，然後你和我再做戲將韓秀抓起來。這樣一來蘇查便有了盼頭，只要能強攻下城池，韓秀便會答應他的條件將火藥給他。」

「大夫人果然什麼都明白。」劉榮舒了口氣：「我與韓大人的確是如此打算。既然打算用鳳陵城當誘餌，就要做得到位些。不然蘇查覺得強攻下來也是個玉石俱焚的結果，怕是會掉頭去打天守關。」

楚瑜點點頭，誇讚道：「二人大人說得極是。便先給蘇查一個盼頭。」

兩人商量了一陣後，便各自回去歇息。沒過三日，楚瑜便看見天守關的烽火臺，燃起了狼煙。

宋世瀾棄了泉州之後，北狄軍隊便直接趕往天守關。這時楚臨陽也與姚勇集結人完畢，到了天守關上，楚臨陽朝著姚勇躬身，認真道：「臨陽見過元帥。」

「楚將軍多禮了，」姚勇趕忙扶起楚臨陽，歡喜道：「楚將軍少年英才，老朽能與楚將軍並肩而戰，便沒什麼憂慮了。」

「姚元帥乃前輩，臨陽不敢托大，」楚臨陽平靜地打著官腔：「這一戰，怕還是要姚元帥多加照顧。」

姚勇還要推脫，就是這時，外面傳來急報：「報！北狄軍打過來了！」

楚臨陽和姚勇迅速回頭，楚臨陽提劍轉身，冷靜道：「傳令下去，備戰迎敵！姚將軍，」楚臨陽頓住腳步，轉過頭：「請吧？」

姚勇愣了愣，隨後迅速反應過來。

楚臨陽向來是個打仗拼命的，到時候他只要跟在楚臨陽身後就好。楚臨陽一個二十多歲的毛孩子，自己卻是這場仗的主帥，到時候就算贏了，功勞是誰的，也就是他一封信的事兒。

若是輸了……再推楚臨陽擋刀不遲。

可是——姚勇皺起眉頭——若天守關都沒了，華京怕就再也守不住了。淳德帝的忍耐怕也到了極限，到時候討論功過，或許就晚了。

姚勇拼命思索著，同楚臨陽一起到了天守關前。

天守關前殺聲整天，楚臨陽看著城樓下拼命想要攀登上來的人，大喝：「點烽火臺，迎敵！」

烽火臺燃起那刻，衛韞坐在自家庭院前，靜靜喝茶。

管家焦急趕入庭院，大聲道：「小侯爺，天守關的烽火臺燃起來了！」

「哦？」衛韞抬眼，神色平靜。

管家匆匆踏著臺階走上來，急著道：「侯爺，天守關不能丟，您看……」

「我前些時日讓你將留在洛州的兵馬調過來，人都來齊了吧？」

衛韞抿了口茶，那從容不迫的模樣，與管家的焦急形成鮮明對比。

管家愣了愣，隨後點頭道：「準備好了。」

「那讓衛秋帶人過去，」衛韞淡道：「點了兵，準備著吧。」

「是。」管家得了吩咐，立刻出聲，趕緊走了下去。

等管家走了，衛韞起身，在侍從服侍下進屋，換上捲雲紋路素白色華衫，頭頂戴上玉冠，腰上配上玉佩，再掛劍懸在腰前。

等他做完這一切，外面傳來焦急之聲：「衛韞！衛韞何在？衛韞接旨！」

衛韞轉過身，大門緩緩大開，露出裡面素白色華衣玉冠的少年，他站在房間裡，陽光落在他前方，持著聖旨的侍衛愣了愣，衛韞平靜看著那人，開口道：「衛韞在此，已準備好入宮，煩請大人引路。」

聽到這話，那人明顯舒了口氣，動作鎮定許多，退了一步後抬手道：「小侯爺請。」

衛韞點了點頭，同那人一起走了出去。

那人引著衛韞到了宮裡，來到大殿前。侍衛上來收了衛韞的劍，又檢查過後，才放衛韞走進去。

衛韞進入大殿之中，皇帝坐在金座上，頭頂十二琉冕冠，身著黑色五爪龍紋帝王服，冷冷看著衛韞。

平日大殿只在早朝開啟，早朝時大殿裡文武百官齊聚，倒也不覺得空曠，此時大殿中只有衛韞和皇帝，衛韞才發現，原來大殿這般空曠冷清。

皇帝坐在高位，猶如一隻盤恒的孤龍，審視著衛韞。

衛韞走進來，恭恭敬敬行了禮，隨後跪坐在地上，抬頭看向座上帝王。

兩人目光碰撞在一起，沒有人退讓分毫，皇帝冷笑：「如今北狄打到天守關，可如你所願了？」

「這話該我問陛下，」衛韞平靜道：「寵幸奸佞，讓國家動盪至此，可如陛下所願？」

「荒唐！」皇帝怒道：「這動盪是朕做的嗎？你不迎敵，反倒怪起我來，是什麼道理？」

「送死的時候想到我衛家，太平盛世就想著制衡，」衛韞嘲諷：「我衛家若有半分不滿，就是欺君罔上，就是罪過，您這算盤，打得可真夠精明的。」

「朕對衛家不公，是朕的錯，」淳德帝咬牙，「可是你有原因，就可以為所欲為？你身為將士卻不上疆場，還在背後經營謀反之事，你還有理了？」

「謀反之事……」衛韞聽著這話，咀嚼著這四個字慢慢笑起來：「陛下可真是開玩笑了，我衛家怎麼會謀反呢？」

衛韞看著淳德帝，目光裡帶著冷意：「衛家若要謀反，還輪得到您當皇帝？」

「大膽！」

「您的皇帝怎麼當上的，您自己心裡不清楚嗎？」衛韞大笑：「若非你父親謀逆害死高祖，你以為你能當皇帝？」

「衛韞！」皇帝站起來，指著衛韞鼻尖怒喝：「你太放肆！」

衛韞笑了笑，盯著皇帝：「怎麼，說到痛處了？這樣激動？」

「來人！」皇帝提了聲音：「將他給我押下去，割了人頭來見！」

聽到這話，所有人遲疑了片刻，衛韞喝了口茶，慢悠悠道：「天守關至此處行軍大概需要一天時間。可您知道若是快馬加鞭，多久就能有前線嗎？」

皇帝皺了皺眉頭，衛韞卻是笑了：「兩個時辰。」

「你賣什麼關子？」

「陛下不是問我，那些戰場上的逃兵去哪裡了嗎？」

衛韞又換了個話題，皇帝的眉頭越皺越深，衛韞自己給自己倒茶，慢慢道：「今日我告訴你，他們就在皇城外。」

聽到這話，皇帝的臉色猛地變得雪白，衛韞吹了下茶葉，淡道：「陛下不是要取我人頭嗎？」

說著，他抬起頭，笑咪咪道：「衛韞在此，陛下且來。」

但來之後要面對的是什麼，皇帝不用衛韞說，便已明白。

一旦衛韞死了，不用北狄打到皇城，衛韞的人馬便會先攻城，他這個皇帝，也算是坐到頭了。

淳德帝面色極為難看，衛韞抬起頭，含笑道：「陛下不殺微臣了？」

「衛韞，」淳德帝軟了口吻：「朕有什麼不對，你同朕說，何必拿這天下開玩笑？」

「陛下保太子的時候，又怎的不說，自己拿這個天下開玩笑？」衛韞笑咪咪看著淳德帝道：「陛下用姚勇時，怎麼不說，自己拿這個天下開玩笑？」

淳德帝想要反駁衛韞，然而想到如今局勢，他只能將氣忍下來，憋了一口氣在胸口道：「那這些，都算是朕的不對，如今大敵當前，鎮國候既然手中有兵，還望鎮國候對得起自己的名號，鎮國安民。」

淳德帝將鎮國安民四個字咬得極重，衛韞聽著，便輕笑出聲：「陛下說得好笑了，您說自己做錯了，就只是一句輕飄飄的錯了？」

「那你要怎樣？」淳德帝咬牙，已是瀕臨極限的忍耐了。

衛韞抬頭，平靜道：「當初白帝谷之事，是太子做指揮吧？」

淳德帝不說話，衛韞眼中卻全是了然：「以我父兄的性格，絕不會行如此險計。知道地方有埋伏，不去就是。若不是太子強逼，我父兄怎會去白帝谷冒這樣的險？」

「就算是，」淳德帝咬牙：「朕又不是不辦太子，只是要尋另一個理由。」

「為何要尋其他理由？」衛韞抬眼看淳德帝，眼中帶著嘲諷：「為了維護住你皇家名譽，還是因為七萬人的罪名太子承受不起，你終究想給自己兒子一條活路？」

「那你還想怎樣？」淳德帝怒吼：「朕可以廢了太子，但你莫非還要殺他不成？」

「有何不可？」衛韞提了聲音：「他做錯了事便要承擔，哪怕以命相抵，又有何不可？」

「衛韞你莫要太過分，」淳德帝咬牙切齒：「得饒人處且饒人，太子的確決策失誤，但若決策失誤的責任要以命相抵，誰還敢做那個決策的人？白帝谷一事，絕不是任何人想要看到的，你也別糾纏於此了。」

「那你叫他過來。」衛韞冷著聲：「我有話問他。」

淳德帝壓著火氣，還想同衛韞說什麼，最後卻是一句話都不敢說。

他憋著氣，招了招手，吩咐將太子召了過來。

不一會兒，太子便趕了進來，匆匆行禮之後，抬頭看著淳德帝，焦急道：「父皇，如今他們打到天守關了，我們怎麼辦？」

「你過來，先同衛大人道個歉。」皇帝沒有看他，有些疲憊地開口。

太子一臉茫然，詫異道：「道歉？」

「你不該道歉嗎？」衛韞開口，太子赫然回頭，這才發現衛韞跪坐在暗處。

他的面色瞬間僵了，卻還是硬撐著道：「孤不明白鎮國候在說什麼。」

「不明白，要我提醒你？」衛韞輕笑著將手中茶杯猛地摔碎，瓷裂之聲響徹大殿，衛韞撚了一塊碎片，含笑看著太子道：「太子需要提醒嗎？」

太子沒說話，他的目光凝在衛韞手上，明白衛韞這次是來興師問罪的。

他腦海中迅速閃過所有法子，淳德帝抬起頭，看向太子，皺起眉頭。

衛韞含笑瞧著他：「其實邀請太子過來，衛某並不是為了他事，就想問幾個問題。」

太子看了淳德帝一眼，淳德帝疲憊地朝他點了點頭，太子這才穩定下心神。

「當初我父兄前後出城，按照我父兄的習慣，絕不可能舉家遷往白帝谷，可他們卻都死在了白帝谷中，太子覺得，這是為什麼？」

「這我如何知道？」太子僵著聲音。

衛韞抿了口茶，淡道：「您不知道沒關係。」

衛韞抬頭看向淳德帝：「那陛下，所有罪我就算在太子身上，還請陛下允衛韞取太子一物。」

「你要什麼？」淳德帝皺起眉頭。

衛韞微微一笑：「項上人頭。」

聽到這話的瞬間，衛韞已經撲了出去，太子被衛韞猛地按著臉按在地上，他的臉狠狠撞在地面之上，在黑色大理石地板上砸出一個坑。

血從太子頭上流出來，太子拼命掙扎，旁邊侍衛舉著刀槍衝出來，將淳德帝死死護住。

淳德帝看見突然動手的衛韞驚恐萬分，躲在侍衛身後驚詫道：「衛韞，你當真要謀反不成？」

「陛下，」衛韞抬起頭：「臣就是想知道，當時到底發生了什麼，這也是錯嗎？」

「那是太子！」淳德帝怒吼。

太子在地上拼命掙扎，衛韞卻是按住他的頭，半蹲在他身前，神色平靜道：「陛下廢了，不就不是了嗎？」

淳德帝被這話激得雙眼血紅，衛韞轉過頭去，聲音柔和：「殿下，您說清楚，我父兄到底為什麼死在哪裡，他們為什麼會一起進白帝谷，若您不說清楚，我就當人是您殺的，您看這是幾條命？一、二、三……」

「不是我……」太子掙扎著，含糊出聲，反覆道：「不是我……」

「五、六……」

「是姚勇！」太子吼出聲來，含著哭腔道：「真的不是我！」

衛韞眼中眸色沉了沉，面上卻仍舊含笑：「姚勇如何讓我父兄一起進白帝谷的？殿下若說不清楚，我便當殿下說的是假話……」

「是他騙進去的。」太子慢慢沒了力氣，他感覺血從自己身體流出去，他微微顫抖，艱難道：「衛將軍兵分兩路，自己先帶了兩個兒子進去，留另一支人斷後在不遠處。姚勇見敵軍多了之後，不敢上前，但是若是退兵，衛珺知道，不會饒了他……」

「所以呢？」衛韞的手微微顫抖。

太子含糊道：「所以，姚勇讓人去給衛珺傳信，說衛忠讓他前去支援。衛珺讓衛榮回去報信求援，姚勇派人攔截殺了衛榮……」

「然後我衛家一家，都葬送在裡面。」衛韞平靜道。

其實並不意外。

這樣的結果，對於衛韞來說，本就是意料之中，沒有半點奇怪。

然而仍舊覺得心上翻湧著什麼，咆哮著讓他想將手下人捏死在手中。

「那你呢？」

衛韞的聲音越發冷漠，而淳德帝坐在金座上，看著自己兒子，滿臉震驚。

他本以為那一戰只是太子決策不力，卻不曾想，那一戰姚勇竟是在關鍵時刻當了逃兵！

若只是當了逃兵就罷了，姚勇竟是在當了逃兵之後，怕被人知曉自己所作所為，將衛家軍剩下的人騙進白帝谷，甚至親自動手，殺了前去求援的衛榮！

為了一己之私，竟做到這樣的程度！

淳德帝好半天才反應過來，隨後怒極攻心，竟是一口血噴了出來，大喝：「逆子！」

「你在哪裡？」衛韞手上用力。

太子瞬間嚎叫起來：「我在山上看著！看著！」

說著，太子哭出聲來：「我真的什麼都沒做……」

聽到這話，衛韞不免笑了。

「殿下，」他看著他，平靜道：「我此刻讓人捅你一刀，然後看著你流血死去，您說我做什麼沒有？」

說著，衛韞學著太子的語氣，嘲諷：「我什麼都沒做。」

太子沒有說話，淳德帝卻是從金座上走下來，對著太子拳打腳踢，怒道：「混帳！王八蛋！如此廢物，怎堪為太子？你毀了朕的江山，你毀了衛家！衛忠的命啊……」

淳德帝蹲下身子，一把拽起太子的衣領，怒吼：「你還有半分良心嗎？」

太子被淳德帝拽起來，他臉上全是血，神色有些茫然。然而片刻後，他慢慢找回焦距，他看著皇帝，大笑道。

「我有良心？父皇，我沒良心！」說著，他盯著淳德帝，洩憤一般道：「我是您的兒子，您沒有的東西，我怎麼會有？」

「混帳！」

淳德帝一腳踹在太子身上，太子被他踹得在地上滾了個圈，狠狠撞在柱子上，隨後因疼痛拱起身子，低低喘息。

太子不再說話，淳德帝猶豫著，轉過身，看向還跪在地上的衛韞。

衛韞低著頭沒說話，淳德帝猶豫片刻，慢慢道：「此事……是朕虧欠了衛家。朕以為他們只是做錯了決定，卻不想……」

這戰爭之所以走到這一步，全是因為這些人。

淳德帝支支吾吾道：「這件事……朕會補償……」

「殺了他。」衛韞抬起頭，神色冷靜。

淳德帝臉色巨變，看見衛韞站起來：「廢皇后、太子，殺了他，殺了姚勇，姚氏一族奪其封地，貶為庶民。將帥印給我，拜我為帥，大楚將士，皆聽我令。」

聽到這話，太子動了一下，他似乎想說什麼，卻沒了力氣。

淳德帝捏起拳頭，沒有言語。

衛韞笑著開口：「怎麼，是您的兒子，所以心疼了？」

「那我呢？」衛韞怒喝：「那是我的父親，我的兄長，我衛府滿門！你們天家尊貴無比，我等就命如草芥嗎？」

「衛韞，以命換不來命……」

「那我換一個公道！」衛韞提高聲音：「七萬人的命，還換不了太子和姚勇兩個人的命嗎？」

淳德帝不說話，衛韞面露嘲諷。

「陛下可以繼續保他們，可是我卻不知，姚元帥對不對得起陛下這份信任。」

「你什麼意思？」淳德帝皺起眉頭。

衛韞慢慢坐回自己位子上，平靜道：「方才我說的話，在姚勇棄天守關前，陛下還有時間，慢慢想。」

「不可能！」皇帝震驚道：「姚勇不可能棄天守關。」

天守關是皇帝的底線，天守關後就是華京，姚勇若是棄天守關，棄的不是一個關卡，而是華京，是他淳德帝！

看著皇帝的神色，衛韞端著茶，輕抿了一口，「陛下若不信，那就等著吧——」

「看天守關，姚勇棄是不棄。」

而此時天守關上，號角聲響後，第一聲戰鼓擂響，北狄開始攻城！

這一次姚勇不敢托大，大楚哪裡都可以丟，天守關卻絕對丟不得。若是天守關丟了，對於姚勇來說，就等於澈底失去了皇帝的信任。

姚家本就不是那些根基深厚的百年世家，若是失去了皇帝的信任，太子一旦被廢，姚家就完了。

然而哪怕是這時候，姚勇還是將希望寄託在楚臨陽身上，暗自吩咐副官道：「你帶人去邊上的位置，關鍵位置讓給楚臨陽，不到萬不得已別拚命。」

副官心裡明白，姚勇手下軍隊從來都是這樣打仗，姚勇這樣吩咐，一上來所有人就守在了不會被強攻的位置。

而諸如城門之上這樣的關鍵據點，姚勇卻都給楚臨陽讓了出來。

楚臨陽看了姚勇的布置一眼，平靜道：「我帶人馬出去近戰，姚將軍城樓上守候吧。」

攻城戰的關鍵，第一是最好不要讓敵人靠近城牆。若是靠近城牆，一方面護住城門，另一方面就是要防止雲梯攀牆。

城門前派兵近戰守住城門是一個策略，但是傷亡太大，姚勇就等著楚臨陽說這一句，等楚臨陽說出口後，他忙道：「將軍大義，您放心，姚某必然在城牆上讓弓箭手協助，護將軍周全！」

楚臨陽嘲諷地勾了勾嘴角，沒有多說，轉身下樓。

下樓之後，他領了兵馬，整軍開了城門出去。

姚勇也讓所有弓箭手準備，他得意滿滿，旁邊副官看了，不由得道：「元帥何以如此欣喜？」

「楚將軍大義啊！」姚勇笑道：「此戰有楚將軍相助……」

「元帥！」副官猛地出聲，不可思議道：「楚臨陽跑了！」

「你別胡說……」話沒說完，姚勇就瞪大了眼睛，只見楚臨陽帶著兵馬朝著城外奔去，卻是直接豎起了白旗，完全不和北狄交戰，繞開北狄軍隊，從旁邊又急又快打馬而過，彷彿逃命一般，一騎絕塵而去！

姚勇瞪大了眼睛，然而此時北狄喊殺聲傳來，已經攻到城下了！

所有士兵看著姚勇，姚勇怒喝：「看個屁的看，打啊！」

說話間，姚勇朝著遠處怒喝：「楚臨陽！你他娘給老子滾回來！」

姚勇的聲音夾雜著內力，吼得整個戰場都聽到他的聲音，然而楚臨陽卻是頭都沒回，只是揚起手朝他擺了擺，算作揮別。

姚勇一口血悶在胸口，這才明白，他算是著了楚臨陽的道了。

他從來沒想過，楚臨陽這樣看上去忠軍愛民的人，居然有一天也能做出這種事兒。

天守關他不要了……

大楚最後一道天險，華京兩個時辰路程外的天守關，他居然不要了！

姚勇都不敢跑，楚臨陽居然毫不猶豫點兵全跑了！

姚勇咬著牙，副官小心翼翼道：「元帥，如今怎麼辦？」

「能怎麼辦？」姚勇怒道：「去通知周邊最近的所有兵力，宋世瀾呢？他不才從泉州退回來嗎？去給我找他！告訴所有人，全部給我死守！死守！誰都不能逃！」

吼完之後，沒有多久，便有侍從上來，焦急道：「元帥，有一個叫顧楚生的人自稱是宋將軍的信使來見。」

「顧楚生？」姚勇愣了愣，隨後想起這個名字到底是誰來。他旋即明白，這個顧楚生來，怕也不是什麼好事兒。他立刻道：「將人給我抓起來，等打完仗我再去找他！」

士兵立刻下去，沒過多久，士兵又回來，猶豫道：「元帥……」

「又怎麼了？」姚勇快被逼崩潰了，怒吼著。

士兵小聲道：「顧楚生說……您是不是不想要宋將軍過來幫忙了？」

這話說出來，所有人都沉默了，片刻後，副官小心翼翼道：「元帥要不還是考慮，見一見顧楚生？」

姚勇氣得整個人都在顫抖，然而他還是只能咬著牙道：「讓他上城樓來見我。」

說著，姚勇便轉過身去，進了城樓中間的布防室。

顧楚生很快上來，他穿著一身緋紅色官袍，面上帶著喜色，一進來就朝著姚勇拱手道：

「恭喜將軍，賀喜將軍啊！」

「有話就說！」顧楚生這喜氣洋洋的樣子，看得姚勇心裡發慌，冷著聲道：「別給我繞這些彎子。」

顧楚生笑了笑：「下官聽聞將軍在天守關守關，特意趕過來給您賀喜啊。」

姚勇本不想聽顧楚生多說，但是顧楚生這樣賣關子，他實在有些忍不住，便追問了一句：「喜從何來？」

顧楚生上前一步，感慨道：「如今大楚上下所有將士逃的逃，散的散，只留姚元帥在這裡守關，等天守關守住，北狄退兵之後，姚元帥就乃我大楚第一功臣，皆是滿朝文武，誰不得聽姚元帥號令？這乃第一喜。」

一聽這話，姚勇心裡咯噔一下，瞬間明白了顧楚生的意思。

如今所有將士都跑了，他守天守關必然困難重重。而一旦守住之後，他便是這大楚功臣，可是他為什麼被淳德帝看上？因為他在朝中沒有根基，一旦他有了這樣的根基，再加上以前淳德帝給他的，那就是功高震主。

他對淳德帝太瞭解了，他如此大功，淳德帝還留得下他？

顧楚生這一句話，就敲打了他兩件事，他要用命來守天守關，卻還落不到一個好。

可顧楚生面上神色太真誠，姚勇都看不出來顧楚生到底是真的在恭喜他還是敲打他。他只能沉著聲音道：「第二喜又是什麼？」

「這第二喜便是，如今鎮國公在皇城之外，集結了四萬人馬，將華京團團圍住和陛下下棋，等姚元帥守住天守關後，便可回到宮中勤王救駕，這不又是大功一件嗎？」

「顧楚生！」聽到這話，姚勇猛地站起身：「你們這是反了嗎！」

「姚元帥此話從何說起啊？」顧楚生一臉疑惑：「如今天守關正在被攻打，一旦天守關破，華京如果是用輕騎直下，不過兩個時辰便可直取，鎮國公提前派兵保護華京，這可是對天家一片忠心，怎的就變成了反了呢？」

說著，顧楚生嘆了口氣，露出無奈的神色：「果然是眼髒的人，看什麼都髒啊。」

「顧楚生你不要太囂張！」姚勇猛地拔劍，指著顧楚生道：「否則休怪本官不客氣了！」

顧楚生迎著劍尖，面色不動，仍舊笑意盈盈。

他上輩子十四歲入仕，五十二歲終老，為官三十八年，什麼大風大浪沒見過？

他同衛韞一樣，從來都是賭命之人，不過姚勇的劍尖，他瞧著，便如稚兒一般。

顧楚生抬起手，雙指夾著劍尖，搖了搖頭道：「姚大人不要急躁，顧某還有第三喜要報呢。」

這個第三喜已經沒人期待，顧楚生將姚勇的劍尖挪到一邊，笑著道：「第三喜，想必姚大人會喜歡。如今宋將軍正在趕來的路上，姚大人再撐一天，宋將軍就趕到了。」

姚勇沒說話，如果說在楚臨陽之前他聽見宋世瀾要來，必然很是高興。然而如今聽見宋世瀾要來，他卻總覺得有什麼陰謀在等著他。

「他為什麼不現在來？」

他才不信宋世瀾真的是還要趕路一天，他們一定有陰謀……

對了。說到時間，姚勇立刻意識到，宋世瀾這比楚臨陽老奸巨猾得多的小滑頭，如今就是等著他和北狄交戰，打到後面來撿漏子的。

他們全都篤定了他不敢棄天守關！

可是……

姚勇捏緊拳頭。

他的確不能棄。

他死死盯著顧楚生，顧楚生笑著道：「所以您放心，只要堅守一夜，宋將軍就趕來了，您不必太過憂慮。」

狗屁的一夜！

一夜之後，北狄的主力都和他交戰過了，宋世瀾來了就是撿漏子！

姚勇一句話都說不出來，顧楚生卻是怡然自得坐在了一邊，平靜道：「姚元帥，顧某就不打擾你們了，顧某在這兒喝杯茶吧？」

「你……」姚勇還想說什麼，他身邊的副將卻拉住他。如今顧楚生代表著宋世瀾，在場是所有人都怕宋世瀾不來，於是趕忙道：「元帥，您消消氣，我們先出去，先不和他一般見識。」

顧楚生聽到這話，嗤笑一聲，端起茶杯，輕抿了一口，滿臉自得。

姚勇心知此時不宜與顧楚生衝突，轉身出了門觀察戰局。

北狄攻打得猛烈，如今北狄重點進攻的就是兩個地方，天守關和鳳陵城，姚勇看著自己一手培養的親兵一個一個倒下去，心疼得不行。今日若是為他姚勇就罷了，為的是其他人，怎能不心疼？

而且……

一想到隨時窺探在暗處，準備取他而代之的宋世瀾，姚勇就覺得頭疼。

當年他就是這樣竊取別人軍功，如今宋世瀾想做什麼，他再清楚不過。

可是宋世瀾的軍隊，有總比沒有好。如今楚臨陽跑了，衛韞圍在皇城外面，若是宋世瀾也不來，天守關……就真的守不住了。

姚勇咬著牙，一直守到半夜時分，看見城樓上屍體一具一具抬下去，他心裡幾乎在滴血。便就是在這時，他的副官急急忙忙道：「姚大人，華京的聖旨到了！」

「華京的聖旨？」

姚勇一臉疑惑，華京此時來旨怎麼回事？

然而他還是迎了上去，看見一個白面無鬚的太監拿著聖旨走過來，看見姚勇，他似乎有些意外道：「姚元帥如今還在這裡？」

姚勇有些迷惑了，卻還是道：「公公這話什麼意思？下官一直鎮守在天守關，並沒有外逃，反而是楚臨陽那廝，如今已經跑了！還望公公回去稟報聖上，給楚臨陽治罪才是！」

那人皺了皺眉頭，但他本也只是一個傳旨太監，便直接道：「那元帥接旨吧。」

說著太監抖開了聖旨，冷聲道：「奉天承運，皇帝詔曰，姚勇身為戰場主帥，於大楚天險之前，卻有臨陣脫逃之意，罪不可恕。如今特押回京，將帥印轉交於鎮國候衛韞……」

「你說什麼！」姚勇聽到這裡，猛地抬頭，冷冷看著那太監道：「你什麼意思？」

太監被嚇得往後縮了縮，咽了口水道：「咱家正在宣旨，你站起來做什麼？」

「你把聖旨給我！」

姚勇朝著太監伸出手，旁邊人瞬間拔劍，一個北狄人拼命藉著雲梯攻上城來，立刻被士兵捅了個對穿，落到太監腳下。太監驚得往後一退，正要將聖旨交給姚勇，就聽一聲大喝道：「誰在哪裡假傳聖旨！」

話沒說完，姚勇便看見一襲紅衣撲了過來，抬手就提起那太監，在所有人都沒反應過來之前，直直將那太監朝著城樓下扔了下去！

這一番變故驚得眾人一句話說不出來，顧楚生轉過頭，拍了拍手，含笑道：「姚大人，這些都是些想騙你的小人，姚元帥您不必理會，好好守城就好。」

姚勇沒話說了。

旁邊是喊殺聲，如今開戰不到半夜，他的人馬已經銳減了一萬。他看著笑咪咪的顧楚生，開始冷靜思索著面前的情況。

顧楚生代表著宋世瀾而來，證明是宋世瀾的人。

而如今衛韞圍困了皇城，這個來的太監，必然就是衛韞的人。

淳德帝向來多疑膽小，如今被衛韞困住，衛韞對他恨之入骨，這封聖旨未必是假的。或許如今衛韞已經將皇帝說動，說他棄城而逃，給了聖旨想要來懲辦他。

若淳德帝相信他棄城，如今他棄與不棄，又有什麼意義？

而顧楚生為什麼要扔了那聖旨？

因為宋世瀾不想讓他棄城，宋世瀾還在等著當那隻黃雀。如果讓他確認了這封聖旨是真的，自己肯定不會再守城，自己若是不守天守關，宋世瀾就搶不到功勞了。

姚勇思慮許久，顧楚生的臉色卻是有些難看了，他強撐著道：「怎麼，姚元帥莫不是以為這封聖旨是真的吧？姚將軍何不想想，陛下對您是何等信任，怎會不信您去信衛韞？」

聽到這話，姚勇臉色劇變，淳德帝對他的信任，或許才是最不牢靠的。

他背著淳德帝做了這樣多的事情，他們之間哪裡來信任可言？淳德帝唯一全心全意相信的，或許就只有那個忠心耿耿的衛忠而已吧。

他抬眼看著顧楚生，咬了咬牙，終於道：「把他給我抓起來！」

顧楚生面色巨變：「姚元帥，您是不想等宋將軍的援兵嗎？」

「援兵？」姚勇冷笑：「老子不要這天守關了，還要什麼援兵！」

「姚勇！」顧楚生急促地叫罵：「天守關乃大楚最後一道防線，你如此作就不怕陛下責怪嗎！」

「哈，他如今本就當我棄城了，我棄與不棄還有什麼差別？難道還真要我傻傻在這裡給宋世瀾做嫁衣？」姚勇走到顧楚生面前，拍了拍他的臉道：「小白臉，戰場不是這麼好玩的，下輩子投胎，離戰場遠點。」

顧楚生聽到這話，輕笑出聲：「姚將軍，」他壓低了聲音：「你想殺我不是不可以，可是殺了我，您還想跑出去？」

姚勇抬眼看顧楚生，顧楚生笑了笑：「我來之前同宋將軍說過，天明之前，我會一直站在城樓上，若我不在，就代表姚將軍打算謀逆，宋將軍大可直接帶兵在城外剿滅殘軍。剿滅叛軍比守住天守關要容易的多，但也是個大功啊。」

姚勇沒說話，顧楚生的威脅他聽得明白。

如今要麼留著顧楚生，宋世瀾看著顧楚生活著，他就算跑，宋世瀾也不會立刻動手。然而若顧楚生死了，他便會立刻被宋世瀾圍剿。

姚勇盯著顧楚生，許久後，他連說三聲：「好、好、好。」

「你們這些小兒，」他放開顧楚生，咬牙道：「倒是我小瞧了你們！」

說著，姚勇將顧楚生往旁邊一推，隨後道：「將他給我壓在城樓上，用刀抵著不許動，其他人跟我來，準備撤離！」

說話間，一把尖刀抵在顧楚生身上，顧楚生沒有動，然而姚勇卻是立刻下樓，集合了樓下的兵馬後，開始撤退。

顧楚生站在城樓上，紅衣烈烈，目光看向另一個山頭，抬了抬手。

楚臨陽在山頭上看見顧楚生動手，便明白姚勇是真的棄城了。

他們盯著姚勇的動作，姚勇出城後，城樓上就只剩下秦時月帶著的衛家軍不肯撤退，死死抵抗。姚勇回頭看了天守關一眼，咬了咬牙，終於還是駕馬狂奔而去。

顧楚生看見姚勇離開，舒了口氣，轉頭同秦時月道：「秦將軍，半個時辰能堅持住嗎？」

秦時月看了顧楚生一眼，點了點頭。

然而沒有等半個時辰，皇帝安插在天守關的人，在姚勇棄城的第一瞬間就急忙趕回了宮廷，兩個時辰後，皇帝收到自己的線報。

「陛下——」那信使連滾帶爬衝進去：「姚元帥棄城！他棄城了！」

聽到這話，淳德帝和太子猛地抬頭。太子已經休息許久，聽到這話，他豁然起身，指著那信使，目眥欲裂：「你胡說！」

「真的，」信使哭著道：「陛下，您快走吧，此時天守關上就剩秦時月還在堅守了，天守關一破，華京很快就沒了。」

秦時月是衛家家奴出身，這一點皇帝知道。

最後棄城沒跑，仍護著大楚江山的，居然還是衛家人。

淳德帝聽著這線報，內心一片複雜。

他不肯承認自己的錯，可是又不得不去面對自己的錯。

他猜忌的衛韞，哪怕做到這個程度也沒真的捨棄天守關。反而是他最信任的姚勇，棄關而逃。

「怎麼辦……」太子知道來的人是皇帝的心腹，所以姚勇一定是棄城了，太子神色迷茫，轉頭看向皇帝道：「父皇，我們怎麼辦？我們逃吧！」

淳德帝沒說話，他死死盯著太子，太子被淳德帝看得有些腿軟，顫抖著聲道：「父皇？」

「衛韞，」淳德帝沙啞出聲：「我不能讓大楚送在我手裡。我可以跑，可是這會是太大的恥辱。」

淳德帝沒有用「朕」，而是用了「我」，這樣一個稱呼，足以證明此刻他對衛韞的姿態。

衛韞平靜地吹了口茶，淡然道：「哦？這與我，又有何干？」

聽衛韞的語氣，淳德帝就知道，衛韞不會善罷甘休。

他從旁邊抽出劍，咬牙道：「我答應你。」

衛韞抬眼，看向淳德帝。淳德帝提著劍，眼中盈滿了眼淚，顫抖著聲道：「廢皇后，殺太子姚勇，將姚氏貶為庶民，拜你為天下兵馬大元帥，為衛家平反。」

「如此一來，」淳德帝咬牙：「你可能出戰奪回天守關？」

衛韞沒說話，他將目光落到太子身上。

淳德帝明白了他的意思，太子也明白了。

太子轉頭就跑，淳德帝揚聲開口：「來人，壓住他！」

士兵衝進來，將太子按在地上，淳德帝提劍走過去，太子臉上傷口才包紮好，哭著道：「父皇……父皇……求你了，父皇……」

「人是姚勇殺的，事兒是姚勇做的，和我沒有關係，沒有關係的啊！」

太子拼命掙扎著後退，淳德帝顫抖著將劍指向他。

「這和對錯沒關係……」淳德帝沙啞道。

太子死命搖頭：「父皇，我是您親兒子啊，您將我一手養大的啊！您真的要這樣對我嗎？」

淳德帝沒說話，他的眼淚簌簌而落。

太子是他最疼愛的孩子，他從小抱在膝頭長大，如今看他終於長大成人，於是哪怕犯了天大的錯，他都是忍著讓著。

「孩子，這世上哪裡有對錯，」淳德帝閉上眼睛：「有的從來只是，成王敗寇，弱肉強食。」

說話間，淳德帝的劍往前探了一分。

太子愣在原地，連劍入肉的痛苦都不曾察覺了。

然而就探了這一分，淳德帝再也下不去手，衛韞走上前，從淳德帝手中接過劍。

「父慈子愛，乃人倫敦常，」衛韞平靜道：「這一劍，衛韞代陛下行。」說話間，衛韞猛地往前，劍入胸腔，直直刺過心臟，鮮血從太子口中湧出，淳德帝驚得退了一步，太子死死盯著淳德帝，慢慢倒下。

衛韞轉過身，提劍退了一步，單膝跪下，平靜道：「臣衛韞，請戰！」

淳德帝呆呆回頭，他似乎已經不知道衛韞在說什麼，靜靜看著衛韞，好久後才分辨出衛韞在說什麼。

他木然地點了點頭，衛韞抬起頭，平靜道：「陛下如今身邊侍衛不大安全，臣想為您換一遍，您看如何？」

淳德帝呆呆地看著地上還在抽搐的太子，衛韞起身，走出去，揚聲道：「來人，傳令下去，讓御林軍左使陳領帶人馬來大殿護駕！」

陳領早就候在門口，衛韞出口，便立刻帶著人湧了進來。

衛韞站在門前，回過頭，看見淳德帝走到太子面前。他慢慢蹲下身，動作很緩、很慢，彷彿一瞬間老了幾十歲，那個意氣風發的帝王，終於變成一個垂垂老人。

他將手放在太子頭頂，彷彿太子還是個孩子一般。

然而太子已經澈底沒了氣息，他躺在地上，再也沒動彈，淳德帝慢慢笑起來，笑著笑著，終是痛哭出聲。

衛韞靜靜瞧著，直到聽見淳德帝的哭聲，他才轉過身去。

淳德帝的哭聲與半年前他在白帝谷看見衛珺時嚎啕之聲交織在一起，他走在宮廷長廊之上，彷彿走在兩段時光裡。

然而他腳步不停，面帶殺伐之氣，一路走了出去。

走出宮城之後，他立刻翻身上馬，衝出華京，只留五千兵馬在華京，帶著人直奔天守關。

連夜奔襲，天明之前，他終於趕到天守關。

此刻楚臨陽正守在天守關上與秦時月聯手對敵，衛韞到達之後，天守關守關人馬迅速增至十萬。

壓了這麼久，終於有了對敵的時刻，楚臨陽手下的將士瘋了一樣瘋狂反撲，衛韞看著戰局，顧楚生從後面繞過來，冷靜道：「元帥，如今趕製的火藥已經準備好，如今可需使用？」

衛韞搖了搖頭，同顧楚生道：「我點了五千輕騎，把火藥交給他們。」

顧楚生應聲，轉頭就要下去，衛韞叫住他：「顧楚生。」

顧楚生頓住步子，衛韞平靜地轉頭看他，神色間壓抑著什麼：「等天守關穩下來，最遲不過今夜，我就會出發去北狄。我去之後，你打算做什麼？」

「如今皇城可還好？」

「我留了五千輕騎在那裡。」衛韞皺眉：「太子被我殺了，淳德帝身邊人被我換了。」

顧楚生平靜道：「那等會兒我就會去鳳陵。」

「你去鳳陵做什麼？」

「我只是救人，不是來陪你們打江山的。」顧楚生抬眼看衛韞：「如今姚勇已經廢了，皇帝也已經沒了，天守關我替你守住，你要做什麼，按著你原計劃去做，至於華京最後是誰的，就不關我的事了。」

成王敗寇，華京是衛韞的、淳德帝的，還是那一位的，對於顧楚生而言，並不重要。

他只知道，用天守關分散了楚瑜的壓力，衛韞按計劃去突襲北狄，楚臨陽和宋世瀾控著局面，剩下的，就與他無關了。

上輩子他把所有都給了這世道，沒給楚瑜任何一點，這輩子，這世道又與他有什麼關係？

於是他平靜補充道：「哪怕去看，也要去看看。」

上輩子看著她死，這輩子哪怕是看，也要去看看。

衛韞沒說話，他靜靜看著顧楚生，許久後，慢慢笑了：「也好。」

顧楚生皺了皺眉，有些不明白衛韞是什麼意思。

「你有這樣的心思，」衛韞沙啞著聲音：「把她交給你，我也放心。」

顧楚生體會出幾分不對，他轉過頭看著衛韞。

然而衛韞卻已經將目光移過去，顧楚生想了想，不由得有些好笑。

一個堪堪十五歲的孩子……對楚瑜，又能想什麼呢？

顧楚生轉過頭去，匆匆下樓，衛韞捏著拳頭，眺望遠方。楚臨陽看了他一眼，皺了皺眉，卻是什麼都沒說。

而此刻姚勇往青州瘋狂奔逃。

青州是他的老巢，如今他既然已經失了皇帝的信任，唯一的路就是回青州反了。

他狂奔在大道上，遠遠看見一個水藍色長衫男子站在道路中間，他皺起眉頭，覺得那個人影依稀有幾分熟悉，等靠近了，他猛地睜大眼睛，勒馬停下來。

對方含笑看著他，他穿著的衣衫是長公主府面首特製的長衫，然而周身卻縈繞著一股一般面首難有的清貴之氣。

姚勇停在他身前，對方笑了笑道：「姚將軍，別來無恙啊。」

姚勇不敢說話。

面前人的模樣他認識，可是他卻不敢相認，因為那個人，明明……明明該死去了才是。

——去年謀逆的秦王殿下。

可是姚勇仔細看，卻又看出幾分不一樣來。這個人明顯要年輕許多，眼角帶著一顆淚痣，更是與秦王完全不一樣。

姚勇皺起眉頭：「你是何人？」

「在下秦王府世子，」對方雙手攏在袖間，含笑說出那個讓姚勇震驚的姓氏：「趙玥。」

姚勇睜大了眼，不敢相信面前的人竟然還活著！

當初顧家就是因為私藏這個秦王之子罹難，是顧楚生當機立斷將他送入宮中，交出顧家一切，才保住了顧家。他明明該死了……

「姚大人想說，我明明該死了是嗎？」趙玥笑著道：「可我不但沒死，還好好活著，姚大人不該慶幸嗎？」

「我慶幸什麼？」姚勇心跳得飛快，卻是明白趙玥在說什麼。

「大楚開國之君乃我趙氏，當年李氏不過高祖養子，最後卻擁兵自重謀朝篡位，我父親封地於瓊州，未曾在華京，又肯俯首稱臣，這才保住一條性命。可他李氏憑什麼坐在這位子上？」趙玥神色中帶了冷意：「如今姚將軍當分清大是大非，誰乃正統嫡系，您可明白？」

趙玥問得意味深長，然而姚勇卻是迅速反應過來。

他回青州，無論如何都是謀反，民心所逆，哪怕自立為王，怕也不得善終。

然而如今若趙玥願意與他合作，他輔佐趙玥為帝，打了「匡扶趙氏天下，誅李氏謀逆之臣」的名義，也就師出有名，不至於孤立無援了。

趙玥見姚勇猶豫，繼續道：「姚大人何須猶豫呢？如今謝家、王家、長公主，皆已支持我稱帝，姚將軍還有什麼好怕？」

王、謝兩家代表著朝中文臣世家，長公主也是朝中不可小覷之人，這些人手中兵馬雖然算不上多，卻是富可敵國。

如今他手中有兵，王、謝、公主手中有錢，輔佐趙玥這趙氏遺孤稱帝，可謂萬事俱備。

姚勇咬了咬牙，終於道：「我若與你合作，你許我什麼？」

聽到這話，趙玥大笑起來。

「姚將軍如今還同我談條件嗎？將軍放心，」趙玥說得意味深長：「您還會是姚將軍，我卻不會是下一個淳德帝。」

姚勇想了想，趙玥繼續道：「姚將軍若是不願意，在下這就讓道，不過前方宋世瀾還在等著呢。」

姚勇面色劇變，趙玥站在他旁邊，平靜道：「如今姚將軍就兩個選擇。同我一起回華京，借王謝兩家之力攻下華京。或是回您的青州，和早就埋伏好的宋世瀾打個你死我活。」

聽到宋世瀾埋伏在前面，姚勇便知道自己著了顧楚生的道。

顧楚生哪裡是怕他棄城？完全是巴不得他棄城，讓宋世瀾在這裡等著他呢！

姚勇面色變了又變，最後他終於咬牙道：「行。」

他艱難道：「我這就陪您回去，攻下華京，擁您登基！」

趙玥大笑，轉過身去，看向華京的方向。

他蟄伏這樣久，終於等來春日化雪了。

前線一切準備好，楚瑜就在鳳陵城和蘇查僵持著。

蘇查修整了一天後，開始繼續強攻。

韓秀答應將火藥給他，如今蘇查覺得，只要攻下鳳陵城，得到韓秀，一切問題就可迎刃而解。

衛韞已經將火藥帶了出去，北狄無論如何都要拿到火藥的方子，否則從此就被動了。淳德帝不明白這個東西的價值，蘇查卻是清楚得很。

蘇查強行攻打了兩天，都沒能攻下，旁邊副官見了，終於忍不住道：「殿下，要不我們退兵吧？」

蘇查沒說話，他看了副官一眼，副官鼓起膽子道：「殿下，如今陛下已經下令攻打天守關，天守關還在硬抗，您在這裡和鳳陵耗著沒意義。」

「沒意義？」蘇查冷笑：「我已經調了這麼多人過來，區區一個小城，你都和我說打不下來？」

「鳳陵不一樣。」那副官焦急道：「鳳陵城本來就易守難攻，又有火藥……」

「你覺得鳳陵城很難打是嗎？」蘇查盯著副官，副官硬著頭皮道：「是……」

「那我告訴你，」蘇查冷靜道：「如果這一次打不下鳳陵，以後大楚到處都是這樣的城池。你想想，北狄怎麼辦？」

北狄鮮少耕種，每年食物不夠，就到大楚邊境騷擾。他們搶了東西就跑，衛家和他們小打小鬧，也打了很多年。

如果以後鳳陵城的城池都是這樣，他們怎麼搶食物？

副官臉色不太好看，蘇查見他明白了，淡道：「這次我們一定要帶韓秀回去，這樣的人才，要麼死了，要麼就得帶回北狄。」

副官見蘇查主意已定，嘆了口氣，沒有多說。

就是這時，外面傳來一陣騷動，一個士兵走進來，笑著道：「殿下，有個大楚人要進鳳陵城。」

「殺了。」蘇查果斷道：「大楚人還敢找我說話？」

「殿下，那人說，他有一個消息，是關於您母親的，他願意用這個消息換讓他進去的機會。」

聽到這話，蘇查皺起眉頭。

他母親是他一輩子的心結，而上輩子顧楚生與他打了六年，對他知根知底。

片刻後，他開口道：「把人帶進來。」

一個緋紅色衣衫的男子從帳篷外走了進來，蘇查冷冷看他：「說吧，你知道我母親什麼。」

「我說了，您放我進鳳陵城嗎？」

「就你一個人？」蘇查皺起眉頭。

顧楚生神色平淡：「就我一個人。」

「好。」蘇查果斷開口：「我讓你過去。」

「您的母親，葬在索樓山。」顧楚生說出上輩子他們查了許久的消息。

蘇查面色變了變，他冷聲道：「若你說錯了，我一定會來殺了你。」

顧楚生點頭：「您大可去找。」

蘇查雖然這麼說，卻知道顧楚生說的是對的。

他找人的痕跡的確已經接近這座山峰了。

他擺了擺手，同其他人道：「帶他出去。」

顧楚生舒了口氣，被一個北狄士兵領著到了軍營前方，一路穿過軍營，然後踏上了鳳陵城外和北狄之間的中間地帶。

他一走上去，鳳陵城內便炸開了鍋，韓閔跑著衝進城樓上布防的房間，興奮道：「夫人，有一個大楚人往鳳陵城過來了！妳快去看看！」

楚瑜聞言皺了皺眉頭，疑惑道：「大楚人？一個？」

「對！」韓閔拖著楚錦：「妳也快去看啊，大家都去看了。」

聽到這話，楚錦有些無奈，回頭看了楚瑜一眼，楚瑜點點頭，兩姐妹並肩走出房間，到了城樓外。

這時候他們看見一襲紅衣烈烈，穿過沙漠，朝鳳陵山走過來。

他似乎察覺到楚瑜的目光，抬起頭來。

楚瑜呆呆看著來人，楚錦迅速回頭，看向楚瑜道：「他怎麼來了？」

楚瑜不說話。

她看著顧楚生走進鳳陵山，然後不久之後，就出現在鳳陵城下。

他站在城樓下方，仰頭看著樓上的楚瑜，神色裡滿是欣喜。

劉榮上前道：「來者何人？」

「金部主事，顧楚生。」

「所為何事？」

「尋人。」

「所尋何人？」

「衛家大夫人，楚瑜。」

「尋人來做什麼？」

這話問出來，顧楚生沉默著沒說話，抿了抿唇，所有人興奮地瞧著他。

許久後，顧楚生坦然一笑。

「我怕她在這裡出事，就想著，若真出了事，能求得共死，也是好的。」

顧楚生的話讓整個戰場噓聲一片，連日征戰，遇到這般風月之事，大家心情都好了許多，便是楚錦都朝著楚瑜看過來，似笑非笑。

然而楚瑜看著城樓下的人，卻是忍不住捏起了拳頭。

她看著顧楚生的目光，看著他如此情真意切的表白，就會止不住想起上輩子。哪怕那些過去似乎開始慢慢遠去，可十二年並非那麼容易一筆勾銷。她可以輕易原諒所有人，除了顧楚生。

好在她面對的是如今什麼都沒做的顧楚生，尚能控制住情緒，於是她垂下眼眸，平穩道：「我乃衛家大夫人，與顧大人非親非故，還往顧大人慎言。」

這話出來，還在調笑著的人頓時噤了聲，覺得有幾分尷尬。

楚瑜抬了抬手，說了句：「開城門。」之後，就轉身離開。

顧楚生早料到是這樣的結果，倒也不覺得惱怒，嘆了口氣，便進了鳳陵城。

進入城中之後，長月便上前，邀請顧楚生去了楚瑜住所，洗漱之後，顧楚生到了大廳，等著楚瑜召見。

楚瑜整理了情緒，讓人將顧楚生請了過來。

顧楚生換了一身月華色長衫，恭敬朝著楚瑜行禮。

如今按著身分，他是要向身為衛家大夫人的楚瑜行禮的。他的動作很規整，但還是忍不住在拱手時悄悄抬眼，像少年人一樣透過指縫看向首座上跪得筆直端正的女子。

她穿著將袖子用繩子綁住的勁裝，頭髮用髮帶高束，似乎隨時等著換上鎧甲上戰場的模樣。

這樣的裝扮，讓顧楚生覺得喉間發苦。

當年楚瑜嫁給他之後，大楚烽火狼煙，她也是藉著他的名義，在軍中一直當著前鋒。那時候她就是這樣的穿著，再來一輩子，她始終還是她。

顧楚生內心種種，楚瑜並沒察覺，她抬手讓顧楚生起身坐下，直接道：「你如何來了？你來了，後方誰管？」

顧楚生明白楚瑜如今是擔心前線，他也沒有隱瞞，一五一十將如今天守關和華京的情勢都說了。

楚瑜一開始有些愕然，聽著聽著，她眼裡慢慢帶了冷色。

「你說……」她握著茶杯的手有些顫抖：「小七帶著五千人，就去打北狄皇城？」

顧楚生點了點頭，眼中忍不住有了欽佩。

無論是這輩子還是上輩子，衛韞都是他生平僅見的豪傑。

楚瑜沒說話，只是眼簾不停顫動。顧楚生明白楚瑜向來是個重情義的，她如今與衛家相處時間不短，而且看衛韞對她的維護，怕是感情也不淺。他嘆了口氣道：「妳別擔心，小侯爺既然有這個膽量，自然有他的依仗。」

楚瑜聽著顧楚生的話，壓著自己心裡翻滾的情緒。

衛韞的意思，她又怎麼不明白？

衛韞本來可以不管她，慢慢打，以衛韞之前的布置和鳳陵城內帶出去的東西，打贏北狄不過是遲早的事。然而他如今兵行險著，不過是想救她而已。

他和顧楚生最大的不一樣，在於他從來不逼她。

她想做什麼，她就去做，他只會跟在後面，彎下腰去，溫柔地掬起她的衣裙，在她詫然回頭時，笑著說一句：「嫂嫂，我怕妳髒了裙角。」

如果當初來鳳陵城救她的是顧楚生，他不願意她守鳳陵，或許就想盡辦法帶她走。

衛韞這份溫柔楚瑜明白，她說不清內心是什麼情緒，只能將所有情緒壓下去，麻木詢問：「那你在這裡做什麼？」

顧楚生愣了愣，楚瑜抬眼看他：「侯爺吩咐你守皇城，你卻尋了藉口過來，你可以糊弄他，但別糊弄我。」

「我如何糊弄妳？」顧楚生苦笑起來。

楚瑜定定看他：「你性子向來再穩妥不過，如今華京什麼局勢你不明白，按照你的性子，你若真的為他上心，必然會守在華京，怎的還會來這裡？」

顧楚生不語，楚瑜皺眉：「顧楚生，你在謀劃什麼？」

上輩子顧楚生在這個時候的主子就是衛韞，楚瑜實在想不出，顧楚生還有第二個選擇。如果沒有第二個選擇，如今顧楚生所作所為，又是做什麼？

顧楚生抬眼看她，目光晦澀，楚瑜摸著茶杯，笑了笑道：「你不想說也就罷了……」

「趙玥。」

顧楚生突然吐出一個名字，楚瑜愣了愣，抬起頭，腦子拼命過了一遍，才隱約想起這個趙玥是誰。

大楚開國帝君本為趙氏子明，淳德帝的父親明成帝與高祖趙子明乃結拜兄弟，然而當年太子謀逆，殺光華京中所有兄弟，只有秦王早早去了瓊州駐守邊關，倖免於難。

當年還只是兵馬大元帥的明成帝入宮勤王，救出趙子明，趙子明臨終之前，說自己子孫無德，將帝位禪讓給了明成帝。

明眼人都能看出來，這就是太子謀逆，明成帝借勤王之名謀反，只是秦王太遠，又擁兵自重，明成帝拿他沒辦法，因此成了對峙割據之勢。

秦王明面上稱臣，暗地裡卻一直在發展自己，最後終於舉兵謀反。

而趙玥，便是當年的秦王世子，也就是當年顧家力保之人。

秦王於顧家有恩，顧楚生的父親是個讀書把腦子讀傻的，拼了一條命也要保趙玥，最後還是顧楚生將趙玥交出來，才保住了顧家。

這一切楚瑜上輩子就知道，於是此刻顧楚生驟然說出趙玥的名字，她不由得有些詫異，他提起趙玥做什麼？

「他沒死。」顧楚生知道楚瑜不明白，平靜開口。

楚瑜睜大了眼，隨後迅速反應過來。

趙玥若不死，那顧楚生怎麼可能拜衛韞為主？

顧家一家為保趙玥都折了進去，如今趙玥活著，明顯是顧楚生運作。

可是上輩子為什麼沒有這個人出現？

如果趙玥活著，上輩子顧楚生就該幫他謀劃了才是。

她的震驚落在顧楚生眼裡，顧楚生平靜道：「當初我和長公主聯手，送了一個假的世子進去，然後讓他成為了長公主的面首，一直待在長公主府。他從來都是與世無爭的性子，我以為他會一輩子待在長公主府，卻不成想，他竟也有奪位之意。」

「在公主府時我發現了他的意圖，幫他在長公主面前遮掩了過去。」顧楚生說得輕描淡寫：「如今他欲取華京，我不想同他對上，所以我來了。我猜想，衛韞一旦離開天守關，他就會攻打華京，如今華京應該已經被他拿下了吧？」

這話分量不小，顧楚生既然做了這些事，按理就不該告訴她。

楚瑜愣了許久，才道：「你告訴我這些做什麼？」

顧楚生抿了抿唇，認真看著她：「妳想知道什麼，我都可以告訴妳。」

楚瑜迎著對方認真的眼神，慢慢明白過來顧楚生的意思，她垂下眼眸，摸著茶杯邊緣：「你不必如此。」

如果如今的顧楚生是在上輩子遇見，她大概會欣喜若狂。然而這輩子遇見……

看著楚瑜低頭不語，顧楚生明白這是她無聲的拒絕，他心中有酸澀蔓延開來，低著頭道：「這是我的事。」

「我不會接受你。」楚瑜定了心神，堅定開口：「顧楚生，你做所有，都是徒然。」

「為什麼？」顧楚生盯著她，慢慢捏著拳頭：「我過往，或許有許多做不好。可是我做不好的，我可以改。我做錯的，我可以彌補。罪早晚有贖完這一天，為什麼妳能說得這樣肯定？」

「我沒強求現在。」他的聲音帶些沙啞：「我這輩子，不會騙妳，不會害妳，不會欺負妳。我可以一直守著妳，守到妳回頭的時候。」

楚瑜沒有說話，她不知道要如何對這個少年說及原因。

前世做下的錯，她又怎麼提及？

她看著他，為難片刻後，嘆了口氣道：「顧楚生，如果你以前對我這麼好，我會很高興。」

顧楚生愣了愣，隨後卻聽她道：「可是，你要知道所有的事都是要講對的時間的。」

「錯過了就是錯過了，不會有誰一輩子站在原地等你。」

顧楚生聽著這話，在愣神之後，他低下頭，苦澀道：「妳說話還是這樣扎人心。」

楚瑜沒有接話，兩人沉默片刻之後，楚瑜站起來道：「顧大人先休息吧。」

說著，她便起身回到屋中。

回到屋裡後，她躺在床上，竟是完全睡不著。

她忍不住想，包裹著北狄那座雪山到底有多高，有多冷，有多難爬。

想著想著，她就想起衛韞走前那個擁抱。

這是第一次有一個人，這麼用力擁抱她，上輩子，哪怕是顧楚生，都不曾給過她這樣的炙熱與溫暖。

當內心那個匣子打開，就會有無數情緒流出來。

她將手放在胸腔上，感覺心臟一下、一下，緩慢而沉穩的跳動著，夾雜著說不清道不明的擔憂與痛楚。

她這一刻終於知道，那個擁抱是什麼。

衛韞或許在那一刻，就做下了這個決定。而那時候，他卻都什麼都沒告訴她。

她以為自己是拿自己的命去換大楚，卻不想那個人悄無聲息，就將她攬在了身後。

他什麼都沒說，什麼都不阻止。

明明他才是個少年，明明他才是該被保護那個人，然而在他與楚瑜之間，卻是他在無條件縱容和支持。

可是為什麼呢？

就因為她是他嫂子？就因為她在他父兄罹難時，替他撐住了衛家？

哪裡值得？

不值得。

「衛韞啊……」

楚瑜閉上眼，輕嘆，哪怕叫出這個名字，都覺得帶著無盡酸楚。

而此刻的衛韞，已經奔赴在去北狄的道路上。

他們從北狄邊境直接攀上雪山，從雪山後往前走。

這座雪山從邊境一路綿延往前，環繞在北狄王城身後，成了王城一道天然屏障。

很少有人攀爬過去，從這裡行軍，的確太過艱難。

衛韞帶著五千人，日夜兼程，終於來到王都後面時，五千人馬已經沒了將近一半。

他們人數稀少，衛韞讓他們分成小隊下山，然後藏在山下密林之中，衛韞讓所有人休息一日，衛秋去和沈佑接頭。

沈佑早就提前來了王都，拿著衛韞安排給他的身分進了都城，按照計畫當了城門守兵，並且分批少量購買了馬匹藏在城郊。

沈佑領著衛韞到了城郊的別院，士兵們分批來別院，衛韞和沈佑根據沈佑排班的時間，準備攻城的時間。

等到夜裡，衛韞讓所有人換上蘇查軍隊的衣服，黎明時分，衛韞便帶著人，大吼著攻向城池！

因為戰線都在大楚，王都也沒有接到任何警報，黎明時的北狄王城幾乎沒有什麼戰力，衛韞幾千人大喊著往王都衝去，沈佑早就準備在城樓前，眼見著衛韞過來，直接開門放行！從戰鼓聲響喊殺聲起到進入城池，前後竟不過一刻鐘！

等衛韞帶著人入城，直接朝著宮廷而去時，大家才反應過來。

「那是誰……」城樓上的守官帶著人衝過來，將沈佑團團圍住，焦急出聲：「紮巴爾，你放誰進來了？」

紮巴爾是沈佑的化名，沈佑笑咪咪瞧著守官道：「那自然是我們二殿下。」

聽到這話，所有人才體會出幾分不對。

這是哪裡的軍隊，誰的軍隊？

大楚人還在自己的戰場上膠著，就算要打也該是從邊境打過來，能這樣悄無聲息靠近王城的軍隊，除了蘇查，還能有誰？

而且看夜色裡飛揚著的旗子，高喊著的北狄語……

守官只是愣了愣，立刻反應過來，轉頭就往城樓下跑！旁邊還圍著沈佑的人面面相覷，沈佑笑了笑道：「大人都跑了，你們還不跑啊？」

那些侍衛你看看我，我看看你，片刻後卻是明白過來，蘇查攻城了！

按照北狄的性子，一旦攻下城池，燒殺搶掠是少不了的，哪怕這個城池是自己國家的，也不例外。

那些侍衛想明白這一點，正要動作，沈佑猛地一腳踹過去，順著城牆，便直直跳了下去！

大家還沒反應過來，就看見沈佑踹開一個士兵，搶了對方的馬，追著攻城的軍隊衝去了。

城樓上的守衛咬咬牙，也跟長官一樣，朝著城樓下衝下去，大喊道：「攻城了！快走啊！」

這樣一喊，所有人陸陸續續起了，隨後便被兵馬聲驚住。

大家雖然不明白怎麼回事，卻知道一點。

打仗了。

打完了，就要燒殺搶掠甚至屠城！

大家開始收拾東西，迅速往外奔去。北狄王城瞬間亂成一片，而這時候，衛韞已經攻打到了城門前，衛韞在前方，抬手將火藥往城牆上一扔，便聽「哄」一聲巨響！隨後衛韞從腰上甩出一個鉤子，掛在城牆之上，足尖一點便往城樓上飛去。

沈佑跟在他身後，跟著上去。

衛韞帶來的五千人都是精銳，看見衛韞等人開始攻城，分成兩批人，一批往上甩著火藥上去，打亂城樓上弓箭手的布陣，另一批則是直衝城門，將用火藥朝著城門砸去。

只聽轟隆隆一陣陣響，城樓為之顫動。

北狄王城安逸已久，哪裡見過這個陣仗，城門剛被炸開，所有人便開始逃竄。

蘇查在北狄民望頗高，本就是蘇家人自己的事，又有幾個人真的要為這種事情拼命？

而且那火藥的確驚到他們，衛韞來得太急，他們也察覺不出到底有多少人，於是不到一個時辰，衛韞便攻到了內廷。

蘇燦從聽聞攻城就被人叫了起來，他聽聞蘇查來了，又氣又急，還帶了幾分不甘之心，怒道：「他不是在前線嗎，怎麼回來的？回來了，怎麼不同朕說一聲？這沿途官員都是死了嗎？二殿下回來這麼重要的事，竟是沒有一個同我說的？」

這話說出來，蘇燦心裡就有些發毛了。

這麼多官員，竟然都是向著蘇查的？

然而他來不及多想，便聽軍隊來了。

衛韞直接包圍了內廷，將所有人集中在內廷後，便朝著宮裡走了進去。

而蘇燦站在大殿裡，迅速思考著辦法。

蘇查向來對他忠心耿耿，如今會謀反，必然是因為他那條讓他去攻打天守關的軍令激怒了他。這也不是什麼大事，他認個錯就好。

而且蘇查無論如何都不會殺他的，別說他們之間有從小一起長大的情誼，就算沒有，蘇查要名正言順，就一定要拿到他的聖旨。蘇查想要的不過是皇位，那他可以封蘇查一個皇太弟安撫。

蘇燦想著蘇查的性子，他一貫是個好糊弄的，有勇無謀，最重要的是，蘇查十分孝順，如今太后還在宮裡，想來蘇查也不會做什麼。

蘇燦心裡放下來幾分，聽聞叛軍首領進來了，蘇燦甚至還抬手扶了扶自己的髮冠，正準備笑意盈盈去迎蘇查。

然而剛轉過身，他就看見一個少年披著斗篷，身著銀甲走了進來。

蘇燦皺了皺眉頭，察覺出幾分不對。

卻見少年將斗篷蓋頭掀開，抬眼看向蘇燦，笑意盈盈道：「陛下，別來無恙啊？」

蘇燦看見少年，猛地睜大了眼睛，「你不是蘇查！」

聽到這話，衛韞笑出聲：「陛下說笑了，我當然不是二殿下。」

蘇燦瞬間意識到不對，他看著衛韞和他身後的人，震驚道：「你是怎麼來這裡的？」

來就來了，怎麼還能帶著這麼多人攻城！

衛韞撣了撣衣袖，往前慢慢走去，在蘇燦震驚的眼神裡，坐到了北狄皇帝才能坐的金座上，靠上去之後，抬眼看蘇燦。

「我怎麼來的不重要，重要的是，我來這裡，是想請陛下幫個忙。」

「很快就要清明了，」衛韞笑了笑：「陛下要不把二殿下召回來，一起去看望祖先吧？」

第二十三章　大漠孤煙

「你放肆！」反應過來之後，蘇燦暴怒。

他正要往前衝去，衛夏抬腳就踹在蘇燦雙腿上，衛韞坐在金座上，靜靜看著他：「陛下，您最好不要妄動，北狄與我的家仇，您明白。」

北狄幾乎所有皇子都上過戰場，蘇燦沒登基的時候便與衛韞見過。

只是那時候衛韞還是個跟在父兄身後搖旗吶喊的少年，如今卻能坐在金座之上，與他冷眼對視。

蘇燦瞬間反應過來衛韞是什麼人物，他冷靜一下後，慢慢道：「你們大楚的皇帝是什麼人，你自己不清楚嗎？如今你來了這裡，哪怕我把蘇查召回來，你也決計活不了，為了這麼一個昏君賣命，不覺得可惜嗎？」

衛韞勾起嘴角：「陛下真是巧言令色，哪怕走到此刻也不忘挑撥離間。可惜了，衛某護的不是那狗皇帝，若是那皇帝，倒的確有幾分心動。」

蘇燦臉色難看了幾分，衛秋走進來，冷聲道：「侯爺，外面都掃乾淨了，後宮有幾個宦官護著宮妃不肯到大殿來。」

「哦，」衛韞點了點頭：「剛好，我也缺幾個人動手。」

說著，他站起身，往外走去：「讓所有人到廣場去，哪些反抗的，全都點了人燈吧。」

聽到這話，蘇燦猛地抬頭，衛韞扭頭看向蘇燦，微笑開來：「忘了和陛下說，衛家人的光明磊落衛七沒學會，但是北狄的手段，我卻很感興趣。陛下在宮中如今一共有十二位子嗣，三十一位宮妃，衛某半個時辰點一個人，陛下覺得如何？」

蘇燦顫抖著身子，眼中全是憤怒，衛韞突然想起來：「貴國太后如今已年近七十了吧？」

「衛韞！」

蘇燦再也無法忍受，猛地起身，被衛夏按住肩直接扣到地上，鮮血流了一地，衛韞平靜地看著他。

蘇燦好戰，他登基之後，北狄才全面開戰，衛韞盯著他的血，慢慢道：「蘇燦，你開戰的時候就要明白，所有的戰爭都是由屍山血海堆積而成，哪怕你是帝王，也未必能夠倖免。」

說著，衛韞抬手道：「架出去，把他給我弄醒，看著點天燈。一個時辰一個人，什麼時候他寫信召蘇查回來，什麼時候停手。」

衛夏衛秋應了聲，拖著蘇燦走了出去。不一會兒，外面就傳來女人的哭聲，男人的叫罵聲，士兵的叱喝聲、尖叫聲。

所有聲音交織，衛韞坐在金座之上，神色如死。

北狄王庭的大殿很冷，很暗，他覺得自己彷彿身處地獄之中，外面全是惡鬼的歡笑，而他則是最大的惡鬼。

他滿手鮮血淋漓，他內心齷齪骯髒，若真有陰陽，他怕是要永墮十八層地獄，不得超生。

可他沒有辦法。

他只有兩千多人，他要鎮住整個北狄王庭，不血洗一遍，不一次性讓他們澈底崩潰膽寒，他很快就會被反噬。

這王庭早就變成一個巨大的蠱，他在裡面，不是你死，就是我亡。

可是這裡真的太冷太暗，他聽著外面女子慘叫聲響起，忍不住閉上眼睛。他渾身顫抖，唯有一個人支撐著他。

楚瑜白衣獵獵站在城頭目送他的模樣印刻在他腦海裡。

她在等他。

他一定要救她。

不知過了多久，衛秋從外面走來，捧著北狄王庭的玉璽和聖旨道：「侯爺，蘇燦寫了。」

衛韞抬起眼，點了點頭，麻木道：「送出去。」

蘇燦的聖旨朝著前線奔去的同時，蘇查也終於發起了最後一次進攻。

鳳陵城的山頭早就被攻下了大半，只剩一座城池守在山上，蘇查的人密密麻麻駐紮在鳳陵山上，虎視眈眈看著鳳陵城。

楚瑜看著他們往山上搬攻城工具，顧楚生站在她身邊，皺眉道：「他們大概是要做最後一擊了。」

「天守關守住了吧。」楚瑜平靜道：「他急了。」

顧楚生應了聲，楚瑜看著下面密密麻麻的士兵，冥冥之中有了預感。

「顧楚生，」她平靜開口：「你是不是真的喜歡我？」

顧楚生微微一愣，隨後他毫不猶豫道：「是。」

「你知道嗎，」楚瑜輕笑：「我總覺得，你上輩子欠了我。」

顧楚生沒說話，他垂著眼眸，明白楚瑜的意思。

看見他，楚瑜想起的，大概便是上輩子，那些荒誕痛苦的時光。他艱澀道：「或許吧。」

「你答應我一件事，我就不和你計較上輩子了。」

聽到這話，顧楚生抬頭看他，楚瑜靜靜看著山下，平靜道：「如果我死了，你答應我，把小七救回來，和他好好合作，護住大楚。」

上輩子文顧武衛，這輩子也當如此。

然而聽到這話，顧楚生眼裡卻帶了火氣，他看著她，輕笑出聲。

「妳要是死了，」他認真地看著她：「我這輩子，都不會放過他。」

楚瑜抬眼，看見顧楚生捏著拳頭，眼裡帶著憤怒和惶恐。

上輩子楚瑜死在他面前，他痛苦了二十年。

如今他來這裡，便是再也不想過那樣的日子，如果她死了，他還活著做什麼？

「我告訴妳，」任憑是個孩子，都能聽出他聲音裡的害怕：「妳要是死了，我不會放過衛家，不會放過楚家，妳愛的人，我一個都不會放過！」

楚瑜靜靜看著他，片刻後，她輕笑，「你真是一貫自滿。」

年少時顧楚生便覺得自己能踏平山河，如今大概也如此覺得。

楚瑜毫不奇怪顧楚生能有這樣的信心，她扭過頭去，看著遠方，淡道：「不想我死就好好說話，何必呢？」

顧楚生微微一愣，片刻後，他慢慢沉下肩來，放開拳頭。

楚瑜喝了口酒，轉身打算離開，顧楚生驟然開口：「我不想妳死。」

楚瑜提著酒囊，有些詫異地回頭，顧楚生抬起頭，認真地看著她，再次重複：「我不想妳死。」

楚瑜沒說話，許久後，她輕輕一笑，舉了舉酒囊，然後轉身離開。

到了半夜，便傳來攻城的聲音，楚瑜早作了準備，她衝上城樓，在戰鼓聲中拔出劍。

戰鼓聲、爆炸聲、嘶喊聲交織成一片。幾次交戰，北狄已經摸出了對付火藥的經驗，他們布陣排列極遠，火藥本不高的命中率變得更低。

殺到第二天天明，北狄的人已經來到城樓下，開始攀城，而城樓正門前，楚瑜早已讓人用巨石堵死，誰也進不來，誰也出不去。

人密密麻麻往上爬，誰都不畏死，誰都不能退。

楚瑜砍斷了劍、斷了槍，斷了手中能用的武器，就從屍體上直接拉了武器過來。

不知道過了多久，楚瑜只記得不斷抬手，揮動手裡武器，在交接時匆匆吃了東西，抱著劍小睡一會兒，又重新站上城樓。

不問晝夜，不分晨時。

城樓下堆滿了屍體，後面的人就從屍體上往上面爬。

而城樓之上往下送的人也越來越多，城裡的藥物早已緊缺，這一次到後面幾乎沒有了可以用的藥，只能用針灸手法救人。

楚錦來往於城樓之上，和韓閔一起扛著人下去。

顧楚生就一直待在楚瑜身後，時不時替她攔下背後而來的暗殺。

也不知道過了多久，楚瑜整個人都染在血裡，北狄終於收了兵，似乎是在修整。

他們修整時，楚瑜看出他們很快就會有第二波進攻，便坐在城樓上，盯著遠處。

顧楚生帶了吃的東西過來，如今城裡的糧食早已經吃光了，開始殺戰馬分配進食。

楚瑜吃著馬肉，喝了口酒。顧楚生淡道：「如今城裡士兵重傷者多到無法計數，還能殺敵的僅有五百，藥物不濟，再熬一熬估計要死更多人。」

楚瑜喝酒的動作頓了頓，顧楚生繼續道：「但妳不用太過擔心，算時間，如果衛韞成功了，蘇查很快就要退兵了。妳只要撐到那時候……我們就贏了。」

這話顧楚生說得平淡，自己卻明白中間有多少分量。那時候是哪時候？城中只剩下五百人馬，北狄卻還剩好幾萬人，怎麼打？

楚瑜抿了抿唇，沒有多說。她死死捏著酒囊，好久後，喝了一口酒，感覺那酒火辣辣直衝胃底，才覺得好了許多。

沒有片刻，號角再一次吹響，北狄士兵結集而來，而鳳陵城裡所有能用的士兵，都在催促聲中往城樓上去，站在各自該站的位置上。

皓月當空，楚瑜屈膝坐在城牆上，一襲素衣染血成了暗紅色，整個人彷彿從血裡撈出來一樣。

她看著士兵慢慢朝著城牆而來，喝了一口酒後，轉手將酒灑在劍上。

酒順著劍身留下，將凝結在上面的血跡潤軟，楚瑜輕輕一擦，便看見了清光泠泠的劍身。

楚瑜看著劍身上映照著的自己，彎眉一笑。

她撐著自己站起來，劍指北狄衝上來的士兵，朗笑道。

「縱我此身如玉碎，也守太平滿河山。來年若得歸家去……」

楚瑜眼裡不知怎麼的，就浮現出長廊外，那個少年素衣玉冠的背影。

去時綠葉探出枝丫，花骨藏在葉間，風吹來時，花枝微微顫動。

楚瑜聽著廝殺之聲，沙啞開口：「敢問華京，幾度春？」

說著，北狄士兵藉著之前的屍體堆積出來的高度派出好手，攀上城來！

楚瑜抬手抓住對方領子，直接扔了出去！

這一次北狄經過修整，來得更猛更烈，打定主意要在這一次，最後一次攻城。

越來越多的人倒下去，顧楚生、劉榮等人都補上空缺。

最後再也沒有了可以抬下去的人，所有人就守在自己的位置上。

擂鼓的士兵已經被箭射死，就倒在鼓邊，周邊一片寂靜，楚錦顫抖著身子，來到鼓邊，握住鼓槌，咬牙敲響！

鼓聲響徹在城樓之上，天一點一點亮了起來。楚瑜一劍挑開一個剛爬上城樓的士兵，遠遠見到北狄皇庭打扮的人騎著馬進了遠處北狄主帥的帳篷。

「他們要退兵了。」顧楚生喘息著開口，楚瑜應了一聲，卻沒多說。

北狄王庭的人進蘇查的主帳很久，半個時辰後，蘇查終於走了出來，北狄鳴金之聲響起，士兵們愣了愣，隨後就聽有人用北狄語大吼了一聲：「王城被攻下了，回家去！」

沒有半個時辰，北狄便整兵回去。

看見他們撤兵，劉榮猛地坐在地上，將近五十歲的人，竟就坐在地上，扯著一旁韓秀的袖子，哇哇大哭起來。

楚瑜收了劍，往城樓下迅速衝去，顧楚生愣了愣，隨後追上去道：「妳去做什麼！」

「我去天守關。」

楚瑜平靜道，她下樓挑了馬，直接衝了出去。

顧楚生著急得不行，但也沒有辦法，只能跟著楚瑜。

兩人幾乎是不眠不休，連著趕到天守關。如今天守關早已經平定下來，楚臨陽和宋世瀾指揮人連奪下十幾座城池，天守關早已是戰線後方，十分安定。

楚瑜一下馬，亮出自己的身分後，便去找守在天守關的楚臨陽。

顧楚生身體文弱，不比楚瑜，下馬之後，就吐了個昏天暗地，直接被人抬走。

楚瑜到了楚臨陽面前，開口第一句，便是：「衛韞呢？」

楚臨陽早就知道楚瑜來了，他抬起頭，看見楚瑜滿身的血，皺了皺眉道：「去洗個澡，換身衣服，好好睡一覺。」

「衛韞呢？」楚瑜咬牙開口。

楚臨陽抿了抿唇，慢慢道：「在北狄宮廷。」

「我去找他。」楚瑜轉身就走。

楚臨陽叫住她：「站住！」

楚瑜閉上眼睛，她知道楚臨陽要說什麼，她捏著拳頭，沙啞道：「哥，他是為我去的。我不能不管他，你不用勸……」

「換身衣服，洗個澡，好好睡一覺，」楚臨陽重複道：「我給妳點人，妳再去。」

楚瑜愣住，她回過頭，看著楚臨陽，眼裡全是不可思議。

楚臨陽瞧著楚瑜的目光，他抿了抿唇，有什麼想說，最後卻只是嘆了口氣道：「衛韞很好。」

「是啊，」楚瑜笑著點頭：「我們小七一直最好。」

楚臨陽還想說什麼，然而在楚瑜那自豪的眼神裡，他最終還是點了點頭，什麼都沒說。

楚瑜回去洗了澡，讓大夫上了藥，換了一身衣服後，倒在被子裡，沉沉睡去。

等第二天醒來，楚瑜和楚臨陽詢問了如今的情況。

趙玥占了華京，殺了淳德帝，然後立刻送了信給楚臨陽和宋世瀾，說自己會約束好姚勇，讓眾人統一戰線，一致對敵。

趙玥很有誠意，送錢送人送糧食，還把姚勇軟禁起來，雖然眾人都明白是做樣子，可如今也的確沒有辦法。總不能掉過頭來，大楚自己先打一仗。

楚瑜聽了楚臨陽的意思，終於道：「那長公主呢？」

楚臨陽微微一愣，楚瑜抬眼看向楚臨陽：「淳德帝是長公主的哥哥，長公主不是會幫著趙玥殺自己哥哥的人，她如今可還好？」

楚臨陽想了想，搖頭道：「沒有聽聞公主音訊。」

沒有音訊，也就代表著長公主這一派的勢力在這段時間裡，毫無作為。

楚瑜點頭表示明白，同楚臨陽定了出發的時間後，便起身往外走去。

來到庭院裡，她便看見顧楚生站在門口等著她。顧楚生已經收拾好行李，她皺眉看他：

「你這是做什麼？」

「我同妳去。」顧楚生果斷開口，列出許多理由：「你們過去需要一個理由，我可以和妳偽裝成夫妻，當成商人。妳沒有當商人的經驗，我……」

「顧楚生，」楚瑜平淡開口：「你留在這兒吧，我可以當商人。」

顧楚生微微一愣，他聽到這話，才恍惚想起來。

上輩子，他與楚瑜也是偽裝成商人，在北狄與大楚交戰那六年，打探過多次消息。

她並不需要他。

顧楚生認知到這一點，心裡有些尖銳地疼起來，他倉皇無措，只能低頭道：「嗯……那我陪妳去……」

「我不需要你陪。」楚瑜平淡道，看著面前人垂頭模樣，腦中閃過許多。

她終於開口，卻是詢問：「你可知長公主如今如何？」

聽到這話，顧楚生愣了愣，隨後便明白楚瑜的意思，他忙道：「妳放心，趙玥動誰都不會動她。」

上輩子趙玥就是死在長公主手裡，這輩子趙玥如果要死，大概也是如此。

楚瑜點了點頭，顧楚生握著包袱，等著她發話，她沉默許久後，才終於道：「你留著，幫著秦時月整理衛家的兵馬。」

「我……」

「我和衛韞不在的時候，照看好衛家。做完這件事，」楚瑜抬眼看他，神色複雜：「你欠我的，我們一筆勾銷。」

他上輩子欠她的，她不想再想，不想再追究。

這個人不是上輩子的人，她本便不該遷怒。

顧楚生微微愣住，他明白楚瑜說的那一筆是什麼，可他卻只能裝作不知道，沙啞著聲音：「那麼，有一日，我能不能娶妳為妻？」

楚瑜沒說話，許久後，她終於道：「再說吧。」

未來是什麼，她並不清楚。

她只知道，此時此刻，千山萬水，她要去救衛韞。

她沒有磨蹭，與顧楚生告別之後，便點了人，直襲王庭。

而衛韞身處北狄宮廷中，收到了蘇查回來的消息，他暗中點了人，同沈佑道：「你帶著他們，小批送出去，不要讓人察覺。等蘇查臨近還剩兩天，我們就走。馬一定要記得帶著。」

「我們去哪兒？」沈佑有些奇怪。

衛韞平靜道：「附近有一個村子，搶了就走。」

聽到衛韞的話，沈佑完全呆了。好半天後，他才反應過來：「侯爺，你現在只有兩千人馬不到，你還在北狄內部，你不跑就算了，你還要攻打下一個地方，你腦子沒病吧？」

「北狄地廣人稀，村落與村落距離極遠，我們攻打了那個地方，傳回蘇查耳裡，再來追我們的時候，我們就攻打下一個地方。打一炮就走，絕對不要戀戰。這樣騷擾之下，他們自然會慌。」

衛韞冷靜說著，沈佑用看瘋子的眼神看著衛韞。

好久後，他慢慢回過神來，「我算是明白了，你不打算回去了？」

「我還回得去嗎？」衛韞抬眼，神色平靜：「北狄和大楚人長相相差如此之大，只要被遇上馬上能認出來。我從王庭逃出來，橫跨北狄回到大楚，那不是走回去，得是打回去。」

「我打得贏嗎？」衛韞看著沈佑，神色冷靜。沈佑被他問愣了，衛韞輕輕一笑。

「所以，我還是在這裡，苟延殘喘，掙扎一下。我在這裡搗亂，蘇查就無心打大楚，楚臨陽和宋世瀾就可以按照計畫，一路攻打過來，我與他們裡應外合吧。」

「說不定，」衛韞神色裡帶了些溫暖：「我還能等到嫂子帶人來救我呢？」

衛韞計畫得好。

在蘇查往北都趕回來時，他每天面上不動聲色，暗中卻是一批一批在夜裡送軍隊出城。他們不能一次性撤走，一旦立刻撤走，北狄王都的人會立刻消除對他們的恐懼，如今王都這樣平靜，完全是因為衛韞第一日的屠殺震住所有人。一旦他們反應過來，蘇燦便會反撲。他們身在北狄腹部，哪怕是北狄百姓集結起來，他們怕是抵擋不住。

加上大楚和北狄人長相差別太大，他們只能在晚上靠著夜色帶著糧食和水悄悄偽裝出城，再躲進人煙罕至的山裡，等下一步。

每日跑出去一小波，很快就只剩下三百人在宮裡。衛韞打算夜裡就跑出去，白天扣了蘇燦同他下棋。

蘇燦一貫唯唯諾諾，然而這一日坐在衛韞對面，卻十分淡定，衛韞不由得多看了他一眼，淡道：「陛下似乎有喜事。」

「嗯。」蘇燦微微一笑：「朕突然想起一件事。」

衛韞抬眼看他，握著棋子，神色冷漠：「哦？」

「衛將軍，其實朕一直很奇怪，」蘇燦抬眼看他，目光裡含著打量：「大楚建國這麼多年，你是第一個跨過雪山直襲我王庭的人，你就不害怕嗎？」

「怕什麼？」衛韞將棋子扣在棋盤上，神色冷漠平靜。

蘇燦盯著棋局，聲音中帶了幾分慵懶：「衛將軍就不怕死嗎？你如今在我北狄王庭，我北狄前線再失利，你們大楚要打過來，最快也要好幾個月，慢一點，好幾年也說不定。」

蘇燦抬眼看他，嘴角含笑：「我二弟回來的時候，衛將軍打算怎麼辦？」

衛韞沒說話，他抬頭看著蘇燦，卻是直接道：「他回來了？」

蘇燦含笑不語，衛韞輕嗤：「他不回來，你這麼囂張？」

蘇燦臉僵了僵，衛韞開始收拾棋子，淡道：「陛下與其擔心我，不如擔心自己，你二弟回來了，你焉有命在？」

蘇燦沒說話，他握著手裡棋子，許久後，慢慢道：「我用一個消息，和你換我這條命。」

「不換。」衛韞果斷開口。

蘇燦平靜道：「我告訴你，衛家真正的死因，如何？」

衛韞收拾著棋的手微微一頓，他抬頭看著蘇燦，蘇燦大笑起來：「你莫不會真的以為，你衛家就是死於北狄人太聰明，姚勇和太子太蠢吧？」

話剛說完，衛韞抓著蘇燦就將他的臉按在棋盤上，劍從鞘中出了一半，抵在蘇燦脖頸間，冷聲道：「說。」

蘇燦不動彈：「我可以告訴你，不過，你不能殺我。」

劍抵在蘇燦脖子上，流出血來。

衛秋匆匆進來，著急道：「侯爺，蘇查的人提前趕了回來，就在城外不足五里了。」

衛韞神色一凜。

蘇查的人不可能來得這麼悄無聲音，他們一定是已經提前到了，卻埋伏在周邊，故意靠近後才整軍突襲。

衛韞抿了抿唇，果斷道：「不要抵抗。」

衛秋看了被壓著的蘇查一眼，點了點頭，轉身離開。

然而他轉身沒走幾步，就聽衛韞道：「你和衛夏，都走。」

如何跑這件事他們早就商討過，一旦蘇查提前回來，所有人直接散開，隨便往哪裡跑。

只是衛秋以為，自己和衛夏要守在衛韞身邊，卻不想，這個「跑」的人裡面，竟是連他們都包括了。

那衛韞呢？

衛韞一個人留在宮廷裡？

衛秋有無數問題想問，可他生來學的就是服從，無論衛韞發下任何指令，只能無條件服從。

他走出去，腳步有些踉蹌。

等大殿裡沒了其他人，衛韞才回頭看蘇燦：「你方才什麼意思，說清楚。」

「衛家一事背後有人操縱，」蘇燦平靜道：「我知道你要拿我當擋箭牌，你留我一命，我告訴你是誰。」

「那真是對不住了。」衛韞平靜道：「留了你的命，就留不住我的了。」

「難道你殺朕，就能活著了？」蘇燦怒喝：「你還不如留下朕，朕保你不死。」

衛韞沒有說話，蘇燦立刻道：「朕不是在騙你，朕要你回去，就有讓你回去的理由。」

「蘇查不會讓我回去。」衛韞平靜道：「蘇查也不會讓你活著。」

蘇燦愣了愣，衛韞淡道：「我偽裝蘇查攻城，你卻毫無詫異，甚至沒有抵抗，就相信是蘇查來攻城了，攻城時你第一個反應，不是反抗，而是將太后請了過來，你覺得蘇查知道這件事，會想什麼？」

蘇燦臉色劇變。

衛韞繼續道：「你不信他。」

「他本來就有稱帝之能，卻為你鞍前馬後，你以為你們之間的信任有多少？你不信他，他知道後，你以為他會信你嗎？」

「不是我不放你，」衛韞冷笑：「是蘇查不放你。」

話到這裡，蘇燦的臉色已經不能用難看來形容了。

兩人說話間，外面傳來了攻城的聲音，衛韞放開蘇燦，退到一邊，平靜道：「不過有一個法子，卻可以幫你。」

蘇燦沒說話。

他瞭解蘇查的性子，如衛韞所說，一旦蘇查意識到他心底裡並不是完全相信他，或許這一次救駕，就會變成弒君。

蘇查這麼多年來一直不動他，一方面是看在太后面子上，不願意太后傷心。另一方面則是因為他的信任。

蘇查意識到這一點，咬起牙關，衛韞平靜道：「你的人幫我，我帶你出王庭，你找你的嫡系去。」

「你倒是想得好的很。」蘇查咬牙開口：「若二皇弟沒有如此想……」

「那你就別說話。」衛韞笑了笑，眼中帶了冷意：「且等著看吧。」

蘇燦僵了僵，衛韞坐到原來的位子上，含笑道：「陛下，繼續下棋吧？」

蘇燦僵硬地坐下來，衛韞的話已經將他的心澈底攪亂了，面上卻還要強裝鎮定，坐在位子上，舉著棋同衛韞對弈。

開局不到一半，便聽一陣急促的腳步聲，隨後便看見蘇查穿著鎧甲帶著人衝了進來。

他進來的瞬間，蘇燦便想站起來，衛韞淡淡開口：「坐著。」

蘇燦僵了僵，衛韞拿著茶抿了一口，這才慢慢抬起頭，看見蘇查，挑了挑眉：「喲，這樣多人？」

蘇查二話不說，揮了揮手，士兵便朝著衛韞衝去，然而衛韞卻是動作更快，將蘇燦猛地拖過來，「哐」一下跪在地上，劍就抵在蘇燦脖子上。

「慢著。」

衛韞提了聲，蘇燦屈辱地閉上眼睛，所有士兵頓住動作，扭頭看向蘇查。

蘇查冷冷看著衛韞，衛韞笑起來：「我知道你想殺他。」

「別胡說！」蘇查怒吼。

衛韞搖了搖頭：「怕什麼？不就是弒兄稱帝，這事兒我們大楚多得很。人都一樣，大楚人互相猜忌，你們兄弟就情比金堅？要真情比金堅，我攻城那日，他能連懷疑都不懷疑一下？」

「二弟你聽我說……」

「有什麼好說呢？」衛韞笑出聲：「你日日做著蘇查謀逆的打算，蘇查難道不是也日日做著謀逆的打算嗎？」

「蘇查你自己捫心自問，」衛韞死死盯著蘇查：「這個位子你想不想要？」

蘇查抿進唇，衛韞繼續道：「若你坐在這個位子上，這一仗就不會打。哪怕打了，也會按照你的想法打。鳳陵城當時若沒有分散兵力去打天守關，早就打下來了對不對？」

「閉嘴……」蘇查開口，這次聲音卻小了很多。

蘇燦的心一點一點涼下去，衛韞打量著二人的神色，聲音裡帶了笑意：「你不殺他，不就是顧忌太后嗎？不如我幫幫你。」

衛韞的聲音低下去，神色認真道：「你放我出去，眾目睽睽之下，我替你殺了他。這樣太后絕不會將事情怪罪於你。如今他要是死在這宮殿裡，不明不白，我怕你坐不穩這個位子。」

「二弟你別聽他胡說！」蘇燦慌忙道：「我從來沒有疑你，那天我不過是嚇傻了，我……」

「我用他的命，換我出皇城的距離。而且，若我沒猜錯，放我回去，對你們好處更大吧？」衛韞冷著神色，低頭看向蘇燦：「害我衛家的人，大概如今位高權重，你們還指望我回去，將大楚攪得天翻地覆，對不對？」

蘇燦面上滿是震驚，蘇查抿了抿唇，終於讓了步。

這個舉動已經代表了蘇查的意思，衛韞道了一聲：「多謝。」

隨後便挾著蘇燦，提防著其他人，急促地出了大殿。

剛出大殿，蘇查就擺了擺手，直接道：「追人，生死勿論。」

得了這句話所有人便追了出去，衛韞低頭看蘇燦，含笑道：「陛下，我說如何？」

蘇燦從震驚中緩了過來，衛韞抬劍削開身後的冷箭，足尖一點，帶著蘇燦衝出宮門，這時一個殺手從暗處俯衝而來，衛韞拖著蘇燦就地一滾，蘇燦猛地反應過來，大聲道：「護住朕去查圖的部落！」

那殺手微微一愣，旋即轉身，揮劍和衛韞成了一條陣線。

蘇查追出來，看見衛韞不但沒有殺蘇燦，反而還護著他出去，立刻明白過來衛韞是怎麼個打算。

他以殺蘇燦為條件讓他放他出宮門，又以保護蘇燦為條件讓蘇燦的人護著他逃離。

蘇查站在城樓上，嘶吼著：「抓住他！一定要抓住他！」

此時衛韞已經拿到了蘇燦的人準備好的馬匹，騎在馬上，他回頭看去，朝著蘇查冷冷一笑，拖著蘇燦朝山林中衝去。

身後數不清的追兵，無數冷箭從後面放來。

衛韞四處躲閃，到了山林之中，他終於道：「那個人是誰？」

「趙玥。」蘇燦知道衛韞在問什麼，他語速極快，迅速道：「當初是趙玥來找我，獻上這個計策。你以為蘇查和我能把你們大楚摸得這麼清，算準姚勇不會救人？」

衛韞捏緊了韁繩，他得到了自己想要的資訊，便將蘇燦一甩，冷聲道：「大家各自保重。」

說完他就俯衝進山林之中，蘇燦還想罵什麼，卻來不及，只能被侍衛護送著往其他方向逃竄出去。

衛韞駕馬一路狂奔，身後逐漸有人追上來，他一面殺一面往前，然而卻是越來越多的人追來。

蘇查知道他進山林，特意讓殺手尾隨進來，在殺人追蹤這件事上，殺手比士兵專業太多。

衛韞身上逐漸帶了傷，他咬牙往前。

馬早就沒了，他捂著傷口逃竄，殺手在後面緊追不捨，他也不知道自己到底跑了多久，只覺得嘴巴裡全是血腥之氣。

因為失血太多，他眼前一片模糊，連提劍都變得格外艱難。

他知道自己撐不住了，可是他只能撐住。

又一波殺手追上來，他聽見後面羽箭挾著風急促而來，他已經沒有力氣躲閃，箭猛地扎入他身體之中。他趴在地上，聽見遠處有轟隆水聲，他艱難地往前爬行。

他得活下去。

他必須活下去。

他一點一點往前挪移，後面的人追著他來，提劍就朝著他刺下來。他用自己最後的力氣猛地一滾，便聽到一聲尖銳的呼喊聲：「小七！」

他艱難地睜開眼睛。

血糊滿了他的眼，他只看見天空碧藍如洗。

是誰在叫他……

他有些恍惚，這個聲音好熟悉。

似乎是……

楚瑜。

想到這個名字，他忍不住笑了，然而就是這一瞬間，他看見一個熟悉的人影從高空躍了下來，衛韞猛地睜大眼睛，看見對方將鞭子猛地一甩攬到他的腰上，將他往上一提，同她擁在一起。

他們下墜的速度極快，當她做完這瞬間，他們已經接近底部，他什麼都沒來得及想，就死死抱住她一個翻身，猛地砸進水裡。

水拍打而來，擠得他覺得身上骨頭一寸一寸碎了一般。他死死護住懷裡的人，血腥氣迴盪在唇齒間，溫暖從他懷裡散開。他腦海中閃過無數念頭。

她怎麼在這裡？

她怎麼能在這裡？

然而這些念頭只是一閃而過，便被水浪猛地拍了一下，讓他暈死了過去。

衛韞剛暈過去，楚瑜便從他懷裡掙開，拖著他往上浮上去。瀑布水迎頭砸來，讓人幾乎無法呼吸。水浪極大，她一手死死抓著他，在水中翻滾。她拖著他在水裡跟著水往下游去，用盡力氣才游到岸邊。

衛韞吃了水，面色極為難看，楚瑜讓他平躺下來，在腹部壓出水來之後，又低頭捏住他鼻子抬起下顎，毫不猶豫吻了上去，吹了氣在他口中。如此反覆幾次後，衛韞終於急促地咳嗽起來，他慢慢睜開眼睛，楚瑜不等他緩過來，便單手將衛韞扛在肩上，抵住他腹部便跑，一面跑一面道：「你覺得肚子裡沒水了叫我，我給你換個姿勢。」

衛韞咳出一口水，終於緩過氣來。

「嫂嫂……」衛韞艱難喘息著道：「放我下來吧。」

楚瑜聞言，趕忙將衛韞放下來。

衛韞此刻身上全是傷，肩上還帶著一支箭。楚瑜不敢貿然拔箭，讓衛韞的肩搭在自己身上後，便讓他借著自己的力靠著，一路往前跑。

她一面跑一面製造假像，防止追蹤，跑了大半天，到了夜裡，終於找了個山洞停下來。

她拿出乾糧和水遞給衛韞，旁邊放了一把匕首，同時將手放在衛韞衣服上。

衛韞瞳孔急縮，握住楚瑜的手，急促道：「您要幹什麼！」

楚瑜將他的手打開，只聽「嘩啦」一聲，衛韞的衣服便被撕開了大半，露出他傷痕累累的身子。

他膚色白皙，如今傷痕斑駁交錯在上面，顯得越發猙獰。楚瑜看見那傷口，動作微微一頓，忍不住抬起手，顫抖著落在他還算完好的皮膚上。

溫熱之間讓衛韞忍不住打了個激靈，他扭過頭去，痛苦地閉上眼睛。

楚瑜靜靜看著，垂下眼眸，許久後，她深吸一口氣，拿出酒瓶，倒在紗布上給衛韞擦拭傷口。

她的動作很輕，可衛韞卻還是疼得皺眉。然而這種疼痛之間，隨著那人指尖不經意的觸碰，又滋生出另一種隱藏在心底的、難以言喻的愉悅。

這種可恥的情緒讓衛韞捏緊了拳頭，他閉著眼睛，不敢出聲。

許久後，楚瑜處理好其他傷口，她抬手覆在他肩頭。

他身上的溫度已經開始高起來，她的手變得格外冰冷。他迷茫地抬頭看她，眼神已經有些恍惚了。

面前女子神色冷靜，按著他的手不帶一絲顫抖，平靜道：「我幫你把箭拔了。」

「嗯……」

衛韞已經沒有任何反抗的意識，他甚至不能明白面前的人在說什麼，只是恍惚聽見她的聲音，似乎是在詢問，然而是這個人，說什麼，他其實都不在意了。

楚瑜見他快沒了意識，準備好所有藥和包紮的東西，眼疾手快拔了箭，迅速上了止血的藥，隨後用繃帶死死勒住傷口，防止出血。

剛做完這一切，她正想說什麼，衛韞就再也支撐不住，一頭扎進她懷裡。

楚瑜嚇了一跳，正想將衛韞扶正，就聽見衛韞像孩子一般撒嬌又帶著些沙啞的聲音。

他或許自己都不知道自己在說什麼，只是憑藉著本能，用頭抵在她肩膀上，說出那麼一句——「嫂嫂，我疼。」

楚瑜微微一愣。

這麼輕輕一句話，她居然覺得，鑽心一般疼了起來。

衛韞這樣的人，無論上輩子還是這輩子，都是錚錚鐵漢，又何曾言及過「疼」字？

從來不說疼的人，開口說出來，更是讓人覺得難以忍受的揪心。

楚瑜吸了吸鼻子，抱著已經沒了意識的衛韞，抬手按住他的頭在自己肩上，將自己的臉貼在他的頭上，沙啞著道：「小七沒事兒，我帶你回家了，啊？」

衛韞意識是模糊的，只隱約聽見回家兩個字，沙啞著聲應下：「嗯……」

他整個人靠在楚瑜身上，所有力氣搭在對方身上，彷彿這是他最大的依靠。

「嫂嫂……」他沙啞著聲開口：「我好睏。」

「睏了就睡吧。」楚瑜抱著他，輕拍著他的背：「我在呢。」

衛韞沒再說話了，他閉著眼睛，靠著她。沒一會兒，楚瑜就聽見他沉穩的呼吸聲。楚瑜嘆了口氣，輕輕將他放下，楚瑜尋找水源，將破爛的衣衫撕成條，汲取了水，又將水囊裝滿，然後折了回去。

衛韞發著高燒，她就用濕帕子一直替他降溫。

等到半夜，他又覺得冷起來。楚瑜將他扶到火邊，擁住這個人。

他在她懷裡瑟瑟發抖，隱隱約約睜眼看她。

他的意識是模糊的，卻仍舊能清晰看見女子在火光下的面容。她沉穩又冷靜，任憑海浪滔天，她卻仍舊魏然自立，不動聲色。

他看見她的目光，就覺得什麼都不怕了，他像孩子一樣將頭靠在她肩膀上，就這麼輕輕一個動作，卻已經代表了無數言語。

楚瑜知道他如今沒什麼意識，做一切都是憑著本能，她也做不了更多，只能抬起手，擁住他，覺得喉間乾澀得發疼。

折騰了一夜，接近天明時分，衛韞的體溫才回歸正常。他迷糊醒過來，楚瑜給他灌了幾口水，讓他乾裂的唇潤出正常顏色後，同他商量道：「我們得出發了，我必須幫你找個大夫，我現在背著你走，可以嗎？」

衛韞猶豫片刻，楚瑜知道他在顧及什麼，馬上道：「你腿上有傷，我給你固定好了，但我不確定有沒有傷到骨頭和筋脈，若是強行下地，怕落了病根。」

「可是……」

背一個人沒什麼。」

「小七，」楚瑜低頭給他檢查一下包紮好的傷口，平靜道：「衛府以後還要靠你，我多

衛韞沒說話，他垂著眼眸，一言不發。

楚瑜轉過身，半蹲下來，讓他將手搭在她身上。

她背著衛韞起身，用布條固定住衛韞的身子，便往外走去。

「嫂嫂，」衛韞的聲音還有些沙啞：「我們去哪兒？」

楚瑜想了想，終於道：「我們先找到城裡，我去給你買藥，再找一個居住偏僻的大夫，給你治病。」

「我是大楚人，他不肯給我治怎麼辦？」

「你別擔心，」楚瑜平靜道：「只要見著人，就一定有辦法。」

衛韞沒有再說什麼，他靠在楚瑜背上，其實他個子要比楚瑜高大很多，可是楚瑜背著他卻一點都不顯吃力，腳步沉穩，心跳平和。

他靠在她背上，聽著她的心跳聲。

如今已經開春，衣衫算不上厚實，他能感覺到她的溫度透過來，又暖又祥和。

他也不知道自己是怎麼的，明明還在逃難路上，卻忍不住彎起嘴角。

他壓不住自己的笑意，然而又想起楚瑜為了自己落入這樣的險地，就立刻皺起眉頭。

楚瑜看不到他這些神情變幻，她背著他，一路清掃著道路，跋涉過小溪，又攀爬過山峰。

衛韞就在她肩頭，靜靜看著她。

等楚瑜翻過山，終於來到一條小路上，她才注意到衛韞的神情，奇怪道：「你看什麼？」

衛韞慌張收回眼神，垂頭不語，楚瑜笑了笑，覺得這樣的衛韞，看上去真是孩子氣極了。

她背著他歇下來，找了個山丘後的平地，去拾了乾柴回來，升起火堆，然後將路上在溪邊殺的兔子提過來，放在火上烤著。

衛韞靠著山丘，一言不發靜靜看著她做這些，楚瑜烤著兔子，抬眼看他，不由得笑了：「怎麼，去了一次北狄王庭，傻了？」

衛韞僵了僵，沒有多說，柴火劈里啪啦，楚瑜估摸著追兵一時半會兒也追不上來，便同衛韞閒聊著道：「你膽子很大啊，我不是同你說，我守著鳳陵城，你慢慢打嗎？你帶著五千兵馬就來北狄王庭，你以為你是誰？白起轉世？霍去病投胎？」

楚瑜語氣平靜，衛韞卻是聽出當中的責備來，他睫毛顫了顫，低聲道：「嫂嫂，我錯了，妳別生氣。」

楚瑜輕嗤：「你以為我不知道你，現在說自己錯了，回頭再遇到這事兒，肯定還是二話不說要去。」

衛韞不敢再回話，楚瑜說得對，他口頭上道歉，可再遇到這種事兒，他還是要去。

「你怎麼就不信我呢？」楚瑜輕嘆。

衛韞抿了抿唇，終於道：「那妳守住鳳陵城了嗎？」

楚瑜沒說話，衛韞抬頭看她，神色安穩：「按照蘇查的攻勢，妳還能守多久呢？」

楚瑜不敢言語。

最後那一刻，兩萬兵馬，可用的人只剩下五百。當時如果再打下去，那城中老弱婦孺，怕都要上城樓征戰。

打到最後，大概也和當年楚臨陽差不多。

衛韞從她的神色裡看出結果，他輕輕笑開。

「所以妳說，我又怎麼能放心看妳去送死？既然都要死了一個，不如是我。」

「小七……」楚瑜皺起眉頭：「如果是為了你哥哥，你不必……」

「我不是為了我哥哥！」

衛韞語速極快打斷她，話出口的時候，兩人都愣了。

衛韞從未這樣厲聲同她說過話，如果不是楚瑜清晰記得自己前一刻說了什麼，她甚至以為自己是說了多麼冒犯的話。

可她說了什麼呢？

她覺得，自己只是說了句實話，她與衛韞之間最大的聯繫，只是她是衛大夫人。

衛韞是個責任感極強的人，如果沒有這層身分，衛韞與她，不過相識八個多月的兩個陌生人，他怎麼就能為她做到這種地步？

她救他，有關愛，有仰慕，有責任，有重生後對生死的輕率。

而他救她，除了責任，還能有什麼呢？

她的目光清澈平靜，滿是不解。衛韞看著她的目光，便明白了她在想什麼，他忍不住急促呼吸起來，他捏著拳頭，壓抑著內心那份憤怒和不甘。

他逼著自己不去看她，垂下眼簾，一字一句，咬牙，「我願意用命救妳，不是為了我哥。只是衛韞想救楚瑜，從來不是為了其他人。」

楚瑜呆呆看著他，眼裡寫滿了不明白。

許久後，她看著面前像小獸一般扭頭看著旁邊的少年，她不由得笑了。

畢竟還是少年人。

她能冷靜理智看待人與人之間相處，衛韞不過十五歲，面對一個陪伴他走過人生最艱難時刻的人，投入更多感情，也在所難免。

楚瑜給自己找出理由，不由得有些好笑，她抬起手，揉了把衛韞的腦袋。

衛韞愣了愣，他轉過頭來，呆呆看著楚瑜，楚瑜笑了笑道：「行，我知道了。你救我，是你心裡有我，和你哥哥無關。」

你心裡有我。

這話出來，她說得無足輕重，他聽著驚若雷霆。

有一瞬間，他甚至以為，面前這個人明白了自己那份心思。然而迎著對方目光，他卻清晰知曉，這個人並不明白這句話的意思。

他心裡有她，和她以為那份有的方式，截然不同。

可他不能說出來，他甚至連擁有這份心思，都格外可恥。

他垂下眼眸，不再說話。楚瑜靜靜看他彷彿一隻探出爪子的小狗，又小心翼翼地、不甘心地，將那爪子伸了回去。

她終於察覺到衛韞有些奇怪，可她也想不明白為什麼，她只覺得氣氛莫名變得有些尷尬，面前的人也不知掉怎麼，彷彿關上一扇門，再不願同她說話一般。

她輕咳了一聲，有些忍不住，終於轉了話題道：「我同你說說華京裡的事兒吧。」

說著，楚瑜就將趙玥保下姚勇，占了華京，與楚臨陽、宋世瀾結盟一連串事兒全都說了。說完之後，她道：「如今衛家那邊我交給顧楚生和秦時月打理，讓我哥盯著，等我們回去後，顧楚生應該會將後勤財物都打理好，到時候我們同趙玥再談，你看如何？」

衛韞沒說話，楚瑜看著他的神色，有些遲疑：「你有什麼想法？」

衛韞抬眼看著楚瑜，眼裡全是審視。

楚瑜被他看得發毛，疑惑道：「小七？」

「妳給顧楚生許諾了什麼？」衛韞冷著聲開口。

楚瑜愣了愣，隨後道：「你為何這樣問？」

「顧楚生什麼官職，什麼能力，過往有什麼功績，與妳有多少信任，妳能把衛家交給他？」衛韞一針見血，捏著拳頭，盯著楚瑜：「妳憑什麼覺得，他能管好這麼多人，他會老老實實不動手腳？」

楚瑜被問得愣住，一時竟不知該怎麼回答。

她要如何說？

衛韞問得對，如今的顧楚生算什麼？他與她什麼關係，她對他瞭解又能有多深？

她要怎麼和衛韞說，難道要告訴他，她陪過顧楚生二十年，她知道這個人有多少能力，知道這個人的品性，知道作為盟友來說，顧楚生再可靠不過？

她不能說。

她只能垂下頭，小聲道：「我讓我哥和秦時月盯著他，應該不會出事。不過此事，的確是我莽撞。」

衛韞沒說話，他覺得心裡有什麼在翻滾。

他知道不對，知道不能說出口。

顧楚生是個真有才華的人，他知道，從他第一次見顧楚生，那個人不卑不亢同他求娶她時，他就知道這個人並非池中物。

他信顧楚生的才能，也信他對楚瑜的情誼，那樣執著的眼神，做不出背叛楚瑜的事。

可正是如此，他才覺得有什麼壓在胸口，難以呼吸。

「嫂嫂，妳到底為什麼，這麼信他？」

不該問出口，與你有何干？

可他忍不住，他捏著拳頭，指甲在肉裡幾乎掐出血來。

楚瑜沉默著，翻著火上烤著的兔子。許久後，她終於道：「他一個人來鳳陵城，願隨我赴死。」

楚瑜垂下眼眸：「我想這樣一個人，大概，也是值得信任的。」

衛韞聽著楚瑜的話，整顆心彷彿被什麼拉扯著墜下，落入無盡深淵。

是了，其實他們本就是相愛的，不過是陰差陽錯。

他問這些做什麼呢，顧楚生對她的情誼又不是假的。

他能去鳳陵城甘願同她一起赴死，比起他千里奔襲王庭的情誼，又少了幾分呢？

只是沒能陪伴在她身邊，他終究落了下乘。

衛韞慢慢閉上眼睛，他喉頭滾動，好久後，終於沙啞出聲——「知道了。」

知道了，他願陪妳赴死。

知道了，妳願再信任他。

第二十四章 錯謬

這一聲「知道了」之後，兩人久久無言。

楚瑜再遲鈍，也感覺到有什麼不同，她沒有說話，將烤熟的兔子從火上取下來，遞給衛韞道：「吃吧。」

衛韞低低說了聲：「謝謝。」，將兔子拿過來，舉在手裡等牠冷。

楚瑜見他舉著兔子的模樣，實在沒忍住，「撲哧」笑出聲來。

衛韞抬眼看她，微微皺眉，有些疑惑。

楚瑜朝他靠了過去，撕了條兔腿，好奇道：「小七，你同我說說你怎麼攻陷北狄王庭的，我瞧著你，真想不出來怎麼做到的。」

聽到這話，衛韞也不知道怎麼，心裡就來了幾分氣性。

他淡淡的將怎麼爬過雪山、怎麼攻陷王庭、怎麼挑撥蘇燦蘇查逃出來說了一遍，他一面說，楚瑜一面浮誇表示：「厲害。」

「你聰明啊。」

「你真是太有才智了。」

衛韞知道楚瑜是在哄他高興，但也不知道怎麼，聽她這麼說著，心裡那份酸澀難過竟不自覺消散開去。他心平氣和撕咬一口兔子肉，楚瑜撞了撞他的胳膊，笑著道：「你方才生什麼氣，同我說說唄？」

衛韞動作僵了僵，抬眼看向楚瑜，貓兒一樣的眼裡靜靜凝視她，許久後，他轉過頭，看著跳動著的火焰道：「我沒生氣。」

「我又不傻。」楚瑜果斷揭穿對方的偽裝：「你剛才肯定生氣了，是覺得我莽撞，不該交給顧楚生？」

「我……」

「你騙我就別說話了。」

楚瑜在衛韞撒謊前一步開口攔住他，衛韞抿了抿唇，看著面前的人笑意盈盈的眼，驟然就洩了氣，他低頭看著地面，有些自暴自棄道：「我重要還是顧楚生重要？」

「欸？」

楚瑜愣了愣，她等了許多理由，卻沒想到衛韞居然問的是這句話。

這句話像極了小時候，楚瑜閨中密友吵架，拉扯著她說「我重要還是她重要」的時候。

她呆呆看著衛韞，他低著頭，緊抿著唇，抓著烤兔子的棍子死死不放，幾乎可以看清上面泛白的骨節。

楚瑜本來打算調笑的話頓時止在了口中，她突然意識到，她覺得是孩子氣、是玩笑話的話語，在十五歲的衛韞心裡，或許真的很重要。

這讓她一瞬間有些慌張，她開始思索，這個人為什麼問這個問題？

她說話都有些結巴：「你……為什麼這麼問啊？」

衛韞沒有答話，低頭悶悶咬了一口兔子肉，含糊道：「算了，妳別說了。」

「小七，」楚瑜也不知道怎麼的，心跳有些快，她瞧著他，有些期待道：「你是不是覺得，我很重要啊？」

衛韞動作頓了頓，他不想回答這個問題，然而對方期待的眼神看著他，他看著面前的火光，天上皓月，看著與大楚截然不同的道路和山丘，在這個澈底陌生的地方，他居然有那麼一絲鬆懈。

彷彿沒有人能看到他們，彷彿這天地間只剩下他和楚瑜。

在這裡，他們沒有過去，也不問未來。

就這麼一次……

他思索著，就這麼一次，他想好好的，單獨的，和楚瑜交談。

哪怕他知曉自己那些不堪的心思，哪怕他知道不對，可是能不能給他這麼一段時光，哪怕日後回憶起來，也能有個念想？

於是他沒有開口否認，也沒有承認，反而在對方期待的目光裡，低低應了聲：「嗯。」

「我說，我願意為妳豁出命去，不是為了我哥，也不是為了責任，這話我沒誆妳。」

衛韞平靜又沉穩地開口，只是說完之後，又覺得有那麼幾分逾越，他有些緊張，怕楚瑜聽出什麼。

然而楚瑜聽著這話，看著少年人似乎有些羞澀的面容，有些不好意思道：「小七，你說，我在你心裡，能排第幾啊？」

衛韞沒想到楚瑜會問這個問題，他認真想了想，接著道：「我父兄已經沒了，如今妳與我母親，在我心裡分量最重。」

楚瑜聽著這話，忍不住笑開。她看著面前的人，對方平靜又堅定的少年面孔在火光下鍍出暖意，她慢慢道：「小七，雖然你以後長大，會遇到你真正重要的人，可是如今你能把我放在心裡，我很高興。」

「能被人這麼珍視，」楚瑜靠著山丘，將手放在腦後，看著天上的星星，笑著道：「我覺得很高興。」

衛韞沒說話，他轉頭看著她，有些好奇楚瑜為什麼這麼開心，然而楚瑜卻是閉著眼睛，一言不發。

她閉上眼睛，他才能肆無忌憚看她，她不睜眼，他就不挪眼。

月光下的姑娘真好看啊。

她瘦了許多，臉上線條輪廓變得越發清晰，眉眼也變得立體起來。她的眉毛是標準的柳葉眉，眼睛帶著上挑的弧度，總是在笑著一般。鼻梁高挺，薄唇細長，明明是個姑娘，卻因灑脫的氣質，帶了幾許英氣。

他靜靜凝視她，見她一直沒睜眼，他悄悄往旁邊挪了挪，然後慢慢躺在她邊上。

他側著看她，聽她笑著道：「小七，你問我你和顧楚生誰重要。」

「嗯。」衛韞瞧著她，發出鼻音。

然而此時此刻，他卻覺得，其實這個答案似乎也沒那麼重要。

她在身邊，他就覺得，無論什麼答案，他都覺得，還好。

他凝視著她的輪廓，聽見楚瑜含著笑的聲音。

「他啊……是個很好的官員，很好的盟友，很好的上司，很好的下屬。可是你要問對於我而言，他和你誰重要，小七……」楚瑜翻過身，正對著衛韞，含笑嘆息：「你也把自己想得太不重要了。」

「你在我心裡啊，也是我能豁出性命去保護的人啊。」

說著，楚瑜含笑張開眼睛，然後她就看見了對面的衛韞。

衛韞似乎沒想到她會睜眼，又或許是沒想到她會說這樣的話，睜大眼睛，呆呆看著她。

他眼若琉璃，落滿了星光，映照著她。

他們離得太近，近到那一瞬間，楚瑜居然能感受到他呼吸出來的氣息與她的糾纏在一起，彷彿是兩根絲線，纏繞、糾葛，交織著往上攀去。

楚瑜看著對面的衛韞，整個人都呆了。

她清晰地感覺到對方的溫度，這個距離近到能看清對方臉上所有瑕疵，似乎只要再近那麼一點點，就能觸碰到對方柔軟的唇。

將他從水裡撈出來時的畫面衝入楚瑜腦海中，楚瑜盯著對方的唇瓣，竟是莫名回憶起那一刻。

那冰涼的、柔軟的，帶了些許甘甜的感覺，震得楚瑜整個人都沒敢動彈。火焰劈里啪啦響在旁邊，衛韞喉頭微動，楚瑜驟然清醒。

然而她不敢動，她只是收回目光，克制住自己那些奇怪的想法。

王八蛋。

楚瑜恨不得給自己一巴掌。

在想什麼呢，王八蛋。

衛韞也不敢動，方才那瞬間，他明顯察覺出自己某些奇異的變化。他根本不敢看楚瑜的唇，他只能盯著對方眼睛，在對方神色清明的時候，也跟著清醒。

所有步伐都被對方帶著，她要沉淪就沉淪，她要清醒就清醒。

他毫無還擊之力，只能丟盔棄甲，兵敗如倒山。

衛韞閉上眼睛，沙啞著聲音，同楚瑜道：「嫂嫂，夜深了，我先睡一會兒，下半夜我來守。」

「嗯。」楚瑜直起身，甩了甩頭，將那些莫名其妙的情緒趕走後，笑著道：「行，你睡吧。」

衛韞應了聲，聽到她背過去撥弄火堆，他才睜開眼。

他抬起手，觸在自己唇上，露出些許迷茫，片刻後，他痛苦地閉上眼睛。

他覺得自己彷彿行船在苦海之上，無路前行，又無法回頭。

他控制不了方向，只能任波浪打來，為所欲為。

他太清楚自己想要幹什麼了。

方才那一瞬間，當她眼神與他糾纏那一瞬間，人生頭一次，他產生了這樣的念頭——他想吻她。

楚瑜聽著背後衛韞慢慢深長下去的呼吸聲，緊繃著的整個人才放鬆下來，她呆呆看著面前的火堆，整個人是懵的。

她剛才在想什麼。

十五歲的時候或許不懂，然而她早已經成婚甚至生子，她清楚知道，自己方才做了什麼，她居然對著一個少年人，產生了欲念。

她坐在火邊，突然慶幸身邊沒有什麼人，也慶幸衛家家風端正，衛韞雖然十五歲，但其實什麼都不懂。

如果懂了，那該有多難堪。

她是他嫂子，她知道衛韞對衛珺的感情，如果衛韞察覺她方才那份欲念，該有多噁心。

而且不談衛韞如何看待她，她自己也過不了自己這關。

無論怎麼說，衛韞……都只是個少年人啊。

楚瑜慢慢冷靜下來，抬手重重一巴掌抽在自己臉上。

疼痛讓她清醒了許多，她終於冷靜下來。

她想，自己或許的確是該找個人的，哪怕像長公主一樣，收幾個面首也好，總不至於淪落到如今，對著十五歲的少年思春。

楚瑜向來坦蕩面對這些人倫敦常，她當年想要顧楚生，她就去要，從來沒有半分遮掩。她不覺得這件事可恥，可恥的只是，她重生以來第一次產生接近一個人的想法，居然是個十五歲的少年。

就算是顧楚生，也比衛韞讓她容易接受些。

哪怕顧楚生如今也只是十七歲，但顧楚生……

楚瑜皺起眉頭，覺得有些奇怪，為什麼顧楚生不會讓她覺得，這是個孩子？

她撥弄著火堆，認真思索著，想了片刻她大致明白些。

或許她和衛韞相遇開始，她就覺得衛韞是弟弟，她因為衛韞是衛珺的弟弟從而關愛他，所以衛韞不管幾歲，對於她而言，都是弟弟。

想明白這一點，楚瑜收斂了心神。她扭頭看了草堆上睡著的少年一眼。

他真的長得太好看了些，風流卻不失英氣，既有著文人那份俊朗清雋，又帶著武將特有那份堅毅，兩種矛盾的氣質在他身上天然融合，好不突兀。

這樣好看的人，大楚找不出第二個來。

所以，也怪不得她吧？

楚瑜心裡莫名有了幾分驕傲，衛韞如此優秀，一時所惑，也是正常。

楚瑜心裡糾結了半夜，終於理順了自己的思緒，這時候衛韞準時醒了過來，同她道：「嫂嫂，妳睡一會兒吧，我守夜。」

楚瑜應了聲，自己去睡了。

睡到第二天，天亮起來，楚瑜又去林子裡獵了些食物，打了水回來。兩人藏在林子裡，沒敢貿然出去，楚瑜同衛韞吃過東西後，檢查一下他的傷口。

衛韞的情況不太好，許多傷口開始化膿，最主要的還是腿上的傷勢，他的腿已經完全無法行走。

楚瑜不敢碰他，她看著衛韞的腿，皺著眉頭，想說什麼，最後又忍住。

她想問他疼不疼，然而又覺得，這話問出來只是徒勞，哪裡有不疼的呢？

她緊抿著唇，拿出藥來再給他上了一遍，終於道：「我帶你去沙城，找到大夫，先把腿醫好了，我們再做後面的打算。」

北狄的大型城池多是不同部落控制，大多用來商貿，彙聚了天南海北的人，哪怕是在戰時，對於反戰的部落來說，他們兩個大楚人出現在城池裡，也不會過多為難。

而沙城是距離他們最近的一座大城。

楚瑜將水囊裝滿，帶上許多果子，又去村子裡悄悄偷了一些乾糧和衣服回來，背著衛韞往沙城走去。

一開始還是平原，綠草茵茵，再往前走，草木越來越稀疏，走著走著，就到了沙漠裡。白天沙漠溫度高，衛韞就將身上的斗篷撐開，蓋在楚瑜頭上。

楚瑜正被太陽曬得頭暈，突然感覺有東西遮在上方，她回過頭去，就看見衛韞撐著自己的斗篷。

他靜靜看著她，目光說不出的複雜，愧疚、擔憂、自責，還有些說不清道不明的情緒。

楚瑜被那目光看得心跳了幾分，有些彆扭地扭過頭去，低聲說了句：「謝謝啊。」

衛韞沒說話，他靠在她肩上，學著她的口吻，小聲道：「謝謝啊。」

等到夜裡，兩人找到了水源，楚瑜去撿了乾枯的植物，打了水，和衛韞在一旁吃著乾糧。她有些累，說不出話來，等吃完之後，她靠著火堆睡下來，同他道：「你守上半夜，柴在你旁邊，不夠往裡面加。等下半夜叫我，我睡一會兒。」

衛韞「嗯」了一聲，想了想，他拍了拍自己身邊道：「妳睡我身邊。」

楚瑜也沒多想，她腦袋沉得不行，提著包袱到衛韞旁邊，當做枕頭靠在腦袋下，蜷縮著就睡了過去。

衛韞靠著小土堆，看著睡在旁邊的人，沒一會兒，聽見呼吸聲響起來，他看她蜷縮在自己身邊，解了自己外面的袍子，輕輕蓋了上去。

蓋上去後，楚瑜無意識的往他身邊靠了靠，他忍不住輕輕笑起來，抬起手，放在楚瑜頭上。

楚瑜的頭髮很軟，睡著的時候，終於能忽視她平日那份沉穩，仔細端詳她獨屬於少女那份嬌俏豔麗。

有些人初看豔麗，後面卻是慢慢歸於平淡。然而有些人，第一次看覺得普通，後面卻是越看越好看。

衛韞輕輕用手指順著她的頭髮，回想起第一次見楚瑜，那姑娘身著嫁衣，抱著雙臂靠在門邊看他。

那時候他就覺得她好看，然而越相處，卻越覺得，這個人美麗得讓人心驚。

永遠看不夠，永遠想陪伴。

他想為她做點什麼，卻總是做不到，這個人像一棵大樹，一座高山，所有人都想依靠他，卻唯獨這個姑娘，一次又一次，當著他的依靠。

他的手頓在她頭頂，看著她微微皺著的眉頭，他忍不住嘆了口氣。

「阿瑜……」

他小聲唸出她的名字，不指望她應答，甚至害怕她聽見。等念完之後，他居然覺得有幾分小小的歡喜湧在心頭。

只是唸她的名字，竟就能有這樣酸澀又欣喜的心情。

楚瑜一夜睡得很沉，等第二天太陽升起，她才慢慢睜開眼睛。

她一睜眼，就看見自己身前那個人。

她裹著對方的袍子，那人穿著她偷來的湛藍色布衣，頭髮散披在身後，替她擋住了前方的陽光，將她護在身後。

楚瑜一瞬間居然沒動，她就這麼靜靜看著那人擋在自己前方，明明不是什麼華衣美冠，也不是坐於高堂廟宇，可她就覺得，光是這個背影，這個人就好看得令人心動。

她靜靜看著，好久後，才從剛剛醒來那份悸動裡回神。

她甩了甩頭，撐著自己起身，趕忙將衣服披回衛韞身上道：「你怎麼沒叫我？就這麼守了一夜，你身子撐得住嗎？」

說著，她將斗篷披到衛韞身上，給他在脖頸處繫結。衛韞看著楚瑜焦急的樣子，好似很開心一般笑開，「看嫂嫂睡得香，不忍打擾。我白天也可以睡。」

楚瑜沒說話，她抬頭看他，見他臉上有些泛紅，她抬手觸碰了一下他的額頭，已是滾燙。

她咬了咬牙，忍住打人的衝動道：「折騰，你就折騰。」

說著，她扛著人到了水邊，幫他梳洗之後，自己梳洗了一下，吃過東西披上斗篷，便背著衛韞再次出發。

此時離沙城已經不算遠，楚瑜怒氣衝衝道：「算咱們運氣好，要是遇上個沙塵暴，咱們再拖一拖，我看你病死在這裡算了。」

衛韞靠著楚瑜，笑著沒說話。

楚瑜見他不說話，不由得有些著急：「小七？」

「嫂嫂，我醒著。」衛韞知道她擔心什麼，沉穩開口：「您別擔心，我好著。」

「那你怎麼沒說話？」楚瑜心裡不開心，便尋著理由想找他的岔子。

衛韞也知道，只是換了話題道：「嫂嫂對北狄的地形似乎很瞭解？」

楚瑜一時語塞。

上輩子北狄和大楚斷斷續續打了六年，她和顧楚生往來於兩國之間多次，怎麼會不知道？

她沒說話，衛韞頭昏昏沉沉，笑著道：「嫂嫂似乎有許多祕密，不過妳別擔心，」衛韞閉上眼睛，有些睏了：「不管怎樣，我都會護著妳。」

聽到這話，楚瑜忍不住笑了，心情也好了許多，「誰護著誰，還說不定呢？」

衛韞低低應了一聲，然後小聲道：「嫂嫂對我的好，我都記在心裡。」

「等以後，戰火平定，天下安穩，我重振衛家門楣，嫂嫂，」他輕聲許諾：「我會讓您成這天下最尊貴的女人，我衛府獨一無二的大夫人，誰都欺負不了妳，妳要什麼，我都給妳。」

楚瑜微微一愣，她恍惚想起一個人來。

上輩子衛家的大夫人，清平郡主。

大。
她心裡居然有幾分苦澀，然而她不忍拂了少年這份好意，哪怕她知道，這個人早晚要長

有一天他會娶妻生子，會迎來衛府真正的大夫人。

而那時候……

也是她該離開的時候。

人總該有自己的人生，誰都要有自己的家。鳥兒長大會離巢，貓兒長大要離家，身為長輩，再想留住這個人，在自己身邊無憂無慮，陪伴一生，卻都不得不面對有一天他們要離開的事實。

終有一天他們會長大，終有一天你會發現，你想付出和操心，卻沒了對象。

那時候楚瑜如此想著，然而她卻忘了——

衛韞從來不是她的晚輩。

從來不是。

她不說話，衛韞靠著她，似乎察覺到面前這個人突然低落下去的心情。他閉著眼睛，聽著她的心跳：「嫂嫂為什麼不開心？」

「也沒有不開心啦。」楚瑜笑了笑道：「就覺得我們小七果然會說話，但是有一天，你會長大的。」

「等戰事平定，你也到了說親的年紀，你妻子進門，我再當衛家大夫人，不合適的。」

衛韞沒說話，他環著楚瑜，沙啞道：「我不娶。」

「你現在這個年紀，不想娶妻也正常。但等你弱冠，怕就由不得你了。」楚瑜輕笑：「你別怕娶到不好的姑娘，嫂子幫你看著，不會給你娶個母老虎的。」

「我不娶。」

「你別怕啊，」楚瑜見衛韞的反應，忍不住有了逗弄的心思：「你知道清平郡主嗎，我幫你……」

「我不娶我不要我誰都不娶！」衛韞怒吼，旋即急促咳嗽。

楚瑜嚇了一跳，慌忙道：「你別急我逗你玩兒呢，我不說了，這事兒還早。」

衛韞沒說話，他死死抱著她，抿緊了唇，呼吸又急又重。

楚瑜加快了往前的步伐，一座土石搭建的城牆出現在眼前。楚瑜焦急道：「小七你沒事兒吧？」

「沒事。」

衛韞虛弱出聲，帶了幾分委屈。

楚瑜想了想，衛韞畢竟是少年人，這玩笑或許大了些。她嘆了口氣道：「我給你道歉，方才是我瞎說。我一開始想到你要娶妻了，想想有點難過，後來開玩笑說過了，你別著急。」

聽到這話，衛韞愣了愣，片刻後，他慢慢道：「我不娶妻。」

楚瑜不敢多說了，只是應聲，然後就聽衛韞沙啞的聲音：「所以妳別擔心，更別難過。」

「只有妳不拋下我走了，沒有我離開。」

楚瑜聽著這話，心上狂跳不止，手心有些出汗。

旋即就聽衛韞道：「我有喜歡的人了，但我娶不到，您就同我在衛府，相依為命吧。」

楚瑜舒了口氣，正要說什麼，就聽衛韞轉了話題：「沙城到了。」

楚瑜知道他不想再談，她不知道為什麼，也不敢再談，笑著道：「嗯，你裝成我弟弟，我帶你入城。」

「丈夫吧。」衛韞開口，楚瑜愣了愣。

衛韞捏著拳頭，艱難道：「離原本的身分越遠越好。」

楚瑜反應過來，點了點頭。

然而衛韞卻覺得有什麼有什麼壓在胸口，壓得他喘不出氣來。

可他卻還是想要這一次。

就一次。

讓他犯上，讓他逾越，僅此一次。

楚瑜和衛韞穿著斗篷入城，到了門口，楚瑜下意識握住劍，警惕地看著四周。

等走到門口，守門的人卻攔都沒攔他們，靠在一邊嗑著瓜子，就放他們直接進去了。

楚瑜舒了口氣，帶著衛韞迅速拐進城裡，她先找了一家客棧安置下衛韞，隨後便問了店家醫館的位置，帶著衛韞找大夫。

楚瑜不敢去城中心那些大醫館，就往邊角去，終於在城池荒無人煙一個角落裡，找到了一個土木建製的房子。楚瑜才走到門口，就聽見裡面傳來一個懶洋洋的大楚男聲道：「給我些白述。」

「給。」一個女童的聲音響起。

對方又道：「給我點白芷。」

「給。」

「給我點……」

「你煩不煩啊！」女童怒吼：「就在你手邊你一定要我拿？」

「不讓妳拿，怎麼能顯示妳是我徒弟？」

對方輕笑，楚瑜來到門邊，恭敬地敲了門。女童和男人一起看過來，楚瑜也見到了對方。

那是個很年輕的大夫，看上去二十歲出頭，穿著絲綢製的白色長袍，長袍在陽光下流淌著青色的光芒。頭髮用一根玉簪隨意盤了一半，其他都散披下來，如同他的長袍一樣泛著光澤，流淌在身側。

他正坐在案牘邊，看見楚瑜背著人來，他挑了挑眉：「喲，這姑娘力氣挺大。」

「趕緊的，」他朝著旁邊女童揮了揮手：「幫著客人把人抬進來。」

女童翻了個白眼，卻還是上前來幫楚瑜，楚瑜笑了笑，將衛韞背了進來，小心翼翼放在對方面前，開口道：「先生，請您看看。」

衛韞探出手，垂著眼眸，但卻時刻聽著旁邊的動靜。

對方點了點頭，卻是道：「大楚人。」

說著，他診著衛韞的脈搏，撐著下巴看著衛韞，看了一會兒後，他收了手，靠在身後椅背上道：「人我可以醫，先把診金談了。」

「我這裡有一兩黃金。」

對方笑了，勾著嘴角：「打發叫花子呢？」

衛韞平靜道：「先生，如今我們身上盤纏不多，您為我醫病，日後我不會虧待你。」

「行，」對方點點頭：「去寫張借條，欠我一百兩，黃金。」

衛韞皺了皺眉頭，對方看向楚瑜：「夫人，這錢您不寫給我，我可以給妳保證，妳丈夫這雙腿，這輩子，廢囉。妳欠我一百兩，我有五成把握醫好他。」

「五成？」楚瑜有些詫異。

對方笑著道：「怎麼，妳當我誆妳呢？妳背出去，趕緊，去城裡問一圈，誰敢說能醫好他？」

「敢說的都被您打了。」旁邊女童平靜開口。

那青年回頭揚手，輕輕拍了女童一下：「妳是想被打是吧？」

衛韞和楚瑜沒說話，片刻後，楚瑜起身道：「我帶你……」

「紙筆來。」衛韞果斷開口，那青年笑意盈盈瞧著衛韞，將筆墨推給她，懶洋洋看向楚瑜，伸了個懶腰道：「果然是閻王易見，小鬼難纏。」

衛韞沉默著寫完欠條，抬手就將筆直接按進桌裡，筆在他手裡猶如匕首一般，戳進半個手掌厚的木桌，衛韞探過身子，盯著對方，平靜道：「欠條我寫好了，我的腿醫不好，你的腦袋，也別要了。」

第二十五章　半晌貪歡

那青年愣了愣，隨後艱難笑起來道：「那……這個單子我不接……」

「那腦袋現在就別要了。」

青年嘆了口氣，隨後道：「行吧，我試試。」

說著，他站起來道：「先把人抬到內室來，我把傷口重新處理一下。」

楚瑜聽著這話，扶著衛韞起身來往內裡走去，對方回頭同女童道：「去給他們弄個輪椅來。」

女童應了聲，楚瑜抱著衛韞放到內室榻上，打量著青年道：「敢問先生姓名？」

「沈無雙。」青年從旁邊拉開一張白布，白布上插滿了長短不一的銀針，白布旁邊掛著一個架子，架子上懸滿了大小不一的刀片。

青年取下一個刀片，放在火上燒了一會兒，又泡進酒裡，淡道：「方才那是我徒弟，也是我姪女，沈嬌嬌。」

說著，青年同楚瑜道：「妳出去讓嬌嬌通知她娘，給妳丈夫準備個藥浴。」

楚瑜愣了愣，想到進城門衛韞的吩咐，應了聲走出去，正遇到那女童推著輪椅進來。

楚瑜同嬌嬌說了一聲，嬌嬌點頭道：「行。」

說著，她同楚瑜指了水井道：「那妳打點水進去。」

楚瑜應了一聲，回去取了一個木盆打了水進去。

這時候沈無雙在屋裡解開了衛韞的繃帶，楚瑜剛進去，就看見衛韞躺在椅子上，衣服被澈底敞開，楚瑜放下水就想走，沈無雙叫住她道：「人少，過來幫忙。」

楚瑜頓了頓步子，衛韞艱難道：「先生，讓她……」

「都是你妻子，怕什麼。」沈無雙抬眼瞪了衛韞一眼：「我嫂子和徒弟還在給你打水準備藥浴，你讓我找誰？」

衛韞面色僵了僵，楚瑜卻是折身回來，平靜地看著他道：「沒事兒的，小七。」說著，她站在沈無雙旁邊：「先生，您吩咐。」

沈無雙不說話，將衛韞的衣服都解開，只蓋住了關鍵的位置。他全身都是傷口，原本包紮好的傷口上摻雜了沙子，化了膿，混在一起，看上去十分猙獰。

楚瑜看見這傷口，所有想法都沒了，只聽沈無雙開口聽到：「帕子。」

楚瑜扭了帕子給沈無雙，沈無雙抬手給衛韞擦著傷口，楚瑜就不斷扭了新帕子來給沈無雙擦拭傷口。

擦拭乾淨後，沈無雙用酒給衛韞消毒。衛韞一直沒說話，整個過程面色不變，還抬頭同楚瑜道：「妳別擔心，我不疼。」

楚瑜幫沈無雙拿著藥，垂眸不說話，沈無雙輕嗤了一聲，從旁邊取了小刀來，吊兒郎當道：「我給你將腐肉清了，可別喊疼。」

衛韞瞧著沈無雙，嗤笑出聲，扭過頭去，全然一副不在意的模樣。沈無雙火氣上來，但動作卻還是儘量輕柔，一面清著腐肉一面道：「行行行，我倒是要看看你有多厲害。」

衛韞和楚瑜都看出沈無雙虛張聲勢，也沒多說，等沈無雙把腐肉清完了，他又給衛韞上了藥，重新包紮了傷口後，同楚瑜招了招手道：「背著他跟我來。」

衛韞其實疼得厲害，只是他面上不動，可是這麼折騰下來，也是冷汗涔涔。楚瑜背著衛韞，跟上沈無雙，沈無雙一面走一面道：「他其他沒有大礙，就是這腿耽擱太久，你們怕他失血太多，勒得太死，筋脈差不多廢了，從今天開始每天泡浴，泡完了之後妳按照我給的穴位每日替他按半個時辰。」

「那他能恢復如常吧？」楚瑜擔憂開口。

沈無雙沉吟了片刻後，只是道：「看運氣吧。」

說著，沈無雙漫不經心道：「如今大楚和北狄打仗，也不知道打成什麼樣子了，你們是怎麼來這裡的？」

「本是來北狄經商，突然打起仗來，路上被搶了，就一路逃亡。」

楚瑜隨口撒著謊，沈無雙也沒追究，他只是道：「聽妳口音，是華京人？」

「嗯。」楚瑜思索著道：「先生也是？」

沈無雙輕笑，眼中露出一抹冷意：「是呢。」

說著，他背對著楚瑜走了一段路後，慢慢道：「也不知道淳德帝什麼時候才到頭。」

「您……」楚瑜遲疑著：「為何如此篤定淳德陛下……」

沈無雙看了她一眼，慢悠悠道：「因為，我知道他漏了一條魚呢。」

如果是旁人，怕是聽不出沈無雙話中的意思，然而楚瑜卻是立刻反應過來，沈無雙說的大魚，怕就是當年的趙玥。

姓沈……學醫。

楚瑜迅速搜羅了一遍當年的人，依稀想起來，當年太醫院有一位沈醫正似乎頗有名氣，後來這人就沒了聲息，說是回鄉服孝去了。

楚瑜猶豫了一會兒，還是沒問。

其實想也明白，當年顧楚生和長公主保下趙玥，自然是要有人幫忙的。沈無雙當年既然保下趙玥，怕和趙玥交情不錯，如今如果知道衛韞的身分，恐是不利。

楚瑜不敢說太多，心裡對卻沈無雙醫術放心了幾分，畢竟當年的沈醫正，頗有盛名。不過對於這個人，楚瑜卻提了幾分心眼。

三人來到一個房間，沈嬌嬌守在門口，裡面一個女子正提了裙走出來。

她穿著大楚的裙裝，藍白相間，耳朵上墜了玉蘭耳墜，看上去清麗優雅。

沈無雙一見到那人，面上就帶了笑，迎上去道：「嫂嫂，可累著了？」

對方笑了笑，溫和道：「小事，藥浴已經備下，讓公子和夫人先進去吧。」

「行。」沈無雙點了頭，囑咐那女子道：「嫂嫂我給妳熬了紅棗粥，妳記得喝。」

對方臉有些紅了，輕聲道：「你有心了。」

說完便帶著沈嬌嬌轉身離開去。

衛韞和楚瑜瞧著這兩人說話，總覺得有那麼幾分奇怪，沈無雙坦坦蕩蕩回了頭，同楚瑜衛韞道：「行了進去吧。」

楚瑜沒說話，將衛韞放進浴桶裡。

她沒敢看他，沈無雙抱手靠在一邊，笑著道：「我說你們真是奇了怪了，你們成婚多久了，還拘謹成這樣？」

衛韞和楚瑜都很尷尬，將衛韞放進水裡後，衛韞抬眼看向沈無雙：「還有需要她幫忙的嗎？」

「沒了，我給你行針，你泡半個時辰，等會兒我教她按摩。」

衛韞點點頭，同楚瑜道：「那妳先去睡一會兒吧。」

楚瑜早就想走了，趕忙離開。等他走了後，沈無雙來到衛韞身後，抬手拍了拍衛韞的背：「往前挪點。」

衛韞聽話往前探出身子，露出背部。沈無雙取了針，落在衛韞背上，漫不經心道：「你們真是夫妻？行房沒啊？」

衛韞沉默片刻，沈無雙還想取笑，就聽他道：「我夫人性情羞澀，還望先生日後不要再開玩笑。」

沈無雙想了想，點頭道：「也是，我嫂子也害羞，行，以後我不鬧你們。」

衛韞沒說話，過了一會兒後，他開口道：「您哥哥呢？」

「我哥啊，」沈無雙語氣裡帶了幾分酸楚：「死了。」

衛韞垂下眼眸：「抱歉。」

「沒事兒，」沈無雙笑了笑：「又不是什麼見不得人的事兒。又不是我們做錯了，我怕說什麼？」

「要說錯，」沈無雙的針扎入衛韞背上，他眼中帶了冷意：「也該是他們的錯。」

衛韞想了想，終於道：「不知令兄是如何去的？若是有仇，日後我或許可幫忙一二。」

「你幫不了。」沈無雙聲音平淡：「你在華京，也就是個富商吧。」

衛韞沉默不語，對方淡然：「我以前在華京混得不錯，華京一流的達官貴人，我大多見過，你也不用糊弄我。」

「如今華京局勢大變，您的仇人，或許已經落難了呢？」衛韞試探著開口。

沈無雙行針的動作愣了愣，片刻後，他慢慢道：「那麼，你可曾知道，長公主如何了？」

衛韞心中大震，沈無雙的家仇，和長公主有關？

然而一想，當年沈無雙必然和趙玥的事情有牽扯的，他兄長的死，或許也和這有關。如果說趙玥後來是藏在長公主身邊，他問的或許不是長公主，而是趙玥！

於是他慢慢道：「長公主如今不知道。」

「哦？」沈無雙克制住自己的語氣：「長公主長袖善舞，無論誰做帝王，她都該屹立不倒才是，怎麼就不知道了呢？」

「大楚改朝換代，淳德帝被誅，如今已是趙氏天下。」

沈無雙的手微微一頓，他抬起頭，冷著聲道：「你說什麼？」

「秦王世子趙玥舉兵攻下華京，匡扶趙氏正統，如今已在華京登基稱帝。他登基之後，長公主不知所蹤。」衛韞回頭觀察著沈無雙，平靜道：「先生不知道嗎？」

沈無雙捏著銀針，微微顫抖，片刻後，他看向衛韞，冷笑道：「公子不是問我仇人是誰嗎？」

「我告訴你——」沈無雙將針慢慢扎入衛韞背後，冰冷道：「我的哥哥，就死於這位新帝趙玥之手。你要幫我，你看，如今能嗎？」

「當年他落難時都沒死，如今我還能報仇？」

「怎麼不能？」

衛韞平靜道，沈無雙愣住，他未曾想，話都說到這個地步，這少年居然都沒帶半分懼色。

衛韞看著他，淡道：「剛好，」他唇邊勾起冷笑：「我的父兄，也是死於這位手中。」

沈無雙呆呆看著他，衛韞扭過頭去，平靜出聲：「鎮國候衛韞，見過沈大人。」

衛韞！

沈無雙猛地睜大眼睛，針握在手中，竟忘了繼續行針。

好在沈無雙很快鎮定下來，他腦子裡迅速過了一遍。

白帝谷之事早已傳遍了北狄，作為北狄人的驕傲和談資。沙城多為外來者，氣氛不夠濃厚，卻也隨處能聽到北狄人驕傲地說起此事。

得知此事當晚，沈無雙也曾醉酒一夜，被迫來到異國他鄉，聞得自己家國淪落至此，哪怕已經沒了干係，卻也扛不住那份哀怒。

怒其不爭，哀其不幸。

那錚錚傲骨衛家，大楚的脊梁，就這麼斷了。

他本以為衛家就這樣完了，畢竟只留下了一個十四歲的稚兒衛韞，十四歲的年紀，卻握著衛家這個龐然大物留下來的所有東西，沒有任何人能放心他，也不願放過他。

他以為，衛韞早該廢了。

然而此時此刻，衛韞卻好好的在這裡……

不。

沈無雙驟然意識到，這副模樣，哪裡算是好好在這裡？

他立刻道：「你是被人追殺過來的？」

「不算吧。」衛韞有些累：「具體事太多了，我在這裡與朝局無關。」說著，衛韞沉默了片刻道：「你還打算回大楚嗎？」

沈無雙不說話。

回，怎麼不想回？

他還有殺兄之仇未報，自然是要回去的。

過了許久後，他終於道：「我若回去，你帶我回去嗎？」

「你若要回去，」衛韞閉著眼睛：「衛某保你無憂。」

「好。」沈無雙開口，果斷道：「我隨你回去，是生是死我認了，趙玥的狗命，我是一定要取的。」

衛韞低低應了一聲，卻是道：「你哥怎麼死的？」

「狡兔死走狗烹，」沈無雙冷笑，隨後道：「你說錯了一件事，沈大人不是我。當年的沈醫正，是我哥。」

衛韞並不意外，他猜測沈無雙是沈醫正，也不過是從過去的蛛絲馬跡裡猜出來。

沈無雙一根一根抽出針來，淡道：「當年我哥曾受長公主恩惠，與長公主成君子之交，於是到了皇宮裡當太醫，頗受淳德帝恩寵。後來秦王事變，顧楚生與長公主合謀，讓趙玥進宮，服下假死的藥後，在宮中自殺，而後由我哥驗屍，再讓長公主給趙玥求一個全屍。」

衛韞點點頭，沈無雙所說，和他猜測也差不多。

沈無雙坐到衛韞身後平臺上，繼續道：「我哥給了趙玥假死的藥，又驗了他的假屍體，看著長公主的人挖了趙玥的墳抬回長公主府，又親自給趙玥做了梅含雪的人皮面具，我哥知道太多了。」

「長公主派的人？」衛韞皺起眉頭。

沈無雙嗤笑出聲：「我哥與長公主君子之交，好友之誼，長公主怎麼會做這種事？」

說著，沈無雙聲音低沉：「是趙玥。」

沈無雙看向外面，平靜道：「本來長公主的意思，是讓我哥回家服孝，不回華京就好。結果回家路上，趙玥派人沿路追殺，我趕到的時候，我哥護著嫂嫂和嬌嬌逃出來，人在路上挨不過去，就沒了。臨死前他將嫂子和嬌嬌託付給我，我在朋友幫助下，逃出大楚，來到沙城開了個醫館。」

衛韞聽著，在聽見沈無雙說他護著嫂子逃到沙城時，他心裡動了動，想問什麼，終究沒說出口。

兩人斷斷續續說著話，楚瑜走到了房前，站在門口道：「沈先生，我夫君可好了？」

如今既然知道沈無雙與趙玥有牽扯，楚瑜就更加謹慎。聽到楚瑜的話，衛韞心裡顫了顫，一瞬之間，甜蜜和愧疚同時湧上，他一時之間竟也不知道怎麼面對楚瑜這一聲「夫君」，坐在藥浴裡，低著頭，沒有說話。

沈無雙應了聲，招了招手道：「進來吧，幫我把人扶起來。」

衛韞怕楚瑜難堪，還在水裡就先圍上了身子。沈無雙用戲謔的眼神瞧了衛韞一眼，衛韞面色不動，由楚瑜和沈無雙一起扶著他起身，放在床上。

楚瑜取了帕子來，給衛韞擦乾了身子，然後又取了換洗的衣物替衛韞穿上。等做好這一切之後，沈無雙來到衛韞身前，撩起衛韞的褲子，指著穴位給楚瑜，一面示範按摩一面給楚瑜道：「妳就這麼按。」

楚瑜靜靜看著，沈無雙一路從腳踝按到衛韞大腿根部，衛韞皺了皺眉頭，抬眼看了楚瑜一眼，楚瑜神色平靜，全然不以為意的模樣。衛韞就看沈無雙按了一會兒，楚瑜就接上來，沈無雙指點了一會兒後，楚瑜學得差不多。沈無雙在一旁看了一會兒，點頭道：「行，以後每天早上，妳讓他吃過東西，歇半個時辰，就來這個房裡泡浴，藥包我晚上開好，泡了之後，就給他這麼按半個時辰。」

「要泡到什麼時候？」楚瑜一面按著，一面憂心道。

沈無雙也沒誆她，平靜道：「泡到他有感覺。你們耽擱太久，他這腿要救回來不容易。」

楚瑜緊皺眉頭，然而想到當年那位盛名在外的沈醫正的醫術，她忍耐下來。

沈無雙看了一會兒，見沒事兒之後，說了句「行了，那我先去看其他病人」之後，便轉身離開。

等沈無雙走了，楚瑜抬眼看向衛韞，小心翼翼道：「疼嗎？」

衛韞搖了搖頭，楚瑜皺起眉頭：「沒感覺嗎？」

衛韞笑起來：「妳別擔心了，沈無雙醫術妳放心，我不會有事。」

「妳放心，」他平靜地看著她：「我就算腿廢了，也護得住妳。」

「我哪裡擔心這個？」楚瑜搖了搖頭，低頭看向衛韞的腿，低聲道：「我是擔心你，你年紀還這麼小，腿真的不行了，未來怎麼過？」

「我腿不行了，不也是鎮國候嗎？」衛韞平靜道：「不爭不搶，我帶妳去汜水，咱們不是在那裡買了很多地嗎？到時候我們就帶著二嫂和母親過去，在那裡當個鄉紳就好。」

「瞎說。」楚瑜瞪了他一眼：「到時候好姑娘都不嫁你。」

「那我不娶了，」衛韞瞧著她，笑意盈盈：「嫂嫂陪著我吧。」

他脫口而出：「我養妳，養一輩子。」

楚瑜按摩的動作僵住，衛韞察覺她尷尬，不著痕跡道：「還有二嫂和母親，加上家裡五小隻，我們在汜水，當個地方一霸，問題不大。」

楚瑜笑出聲來，抬眼瞧他：「就這麼點出息？我才不信。」

楚瑜說著，嘆了口氣：「其他不說，姚勇還沒死呢，你要真放得下，那也就好了。」

衛韞沒說話，他沉默著，看著楚瑜的指頭在自己腿上舞蹈。

他沒有任何感覺，他感受不到她的溫度，她的皮膚，他只能猜想，她的指尖同他的應是不同。

她應該有一點點繭子，但是也帶著女子獨有的細膩，溫度應該偏低，因她似乎總是體寒怕冷。她的指尖劃過，應該會有戰慄感，從腿上一路往上，竄到腦海裡。

他的目光落在她指尖上，努力控制住自己，才收住思緒，慢慢開口：「是呢，姚勇沒死，趙玥也沒有。」

「關趙玥什麼事？」楚瑜漫不經心開口。

衛韞輕輕笑開：「有一件事，我想了很久才想明白，所以現在才同嫂嫂說。」

楚瑜低低應了一聲，示意在聽，衛韞平靜道：「當初蘇燦同我說，是趙玥給他們獻策，讓他們在白帝谷設計埋伏。」

楚瑜微微一愣，她慢慢抬起頭。

衛韞看著她，冷靜開口：「我想了很久，趙玥這麼做到底是想做什麼。直到遇到妳，妳同我說他當上皇帝，我左思右想，大概明白了他的意圖。」

「他知道姚勇安排了人在北狄軍營裡，於是他和北狄險計，讓北狄利用這個人給姚勇傳消息，但是北狄故意傳錯了人數。他知道姚勇的性格懦弱惜兵，必然會退兵，於是我父兄死了。」

「衛家倒了，皇帝左膀右臂就少了一臂，可是這還不算，當時衛家是和姚勇一起出征，衛家全死了，姚勇卻安然無恙，別人會怎麼想？」

「所以我與姚勇的仇，從衛家死的時候，就定下了。我現在甚至在想，長公主願意出面救我，是不是也是趙玥暗中推動。趙玥推動了長公主救下我，給了我時間收復衛家，然後我就開始和姚勇作對，我把姚勇逼反，結果是什麼？」

「姚勇背叛淳德帝，他得找另外一個名正言順的人輔佐，於是趙玥這時候出現，給了姚勇理由。而我背叛了淳德帝，將他陷於險境，給了趙玥機會，讓他帶著姚勇攻城殺了淳德帝。」

「妳看，這每一件事，所有人都是兩敗俱傷，只有趙玥，漁翁得利，妳說，到底是姚勇壞，還是他壞？」衛韞冷笑起來：「他一步一步推動，甚至於我在想，妳說沈佑，到底是姚勇的人，還是他的人？」

楚瑜微微一愣，衛韞垂下眼眸：「姚勇哪裡是會到處救人的人？姚勇又哪裡有培養奸細去北狄的心思？就算姚勇培養了，可是一個奸細，怎麼這麼容易被人發覺？而且他被人發現了，又怎麼就恰好就在適合的時候，出現在我的視野裡，告訴我當年的真相，推著我去和太子姚勇對上？」

「可沈佑……不像……」楚瑜有些不確定了。

衛韞平靜道：「我沒說沈佑是壞人。」

「妳知道最好的棋子是什麼嗎？」衛韞抬眼看向窗外，眼中帶了悲憫：「是他自己，都不知道自己是棋子。沈佑說的一切大概都是真的，可他瞞了一件事。」

「當年救他的人不是姚勇，是趙玥。所以他來告訴我真相之後，他完全沒有想到要回姚勇身邊，反而是安安穩穩留在衛家贖罪。如果他心懷惡意，早就被我們察覺。」

「可惜，他是個好人。」衛韞嘆了口氣，想起王嵐和沈佑，聲音裡帶了惋惜：「只是這樣的人，總活不好。」

楚瑜呆呆聽著，有些恍惚。

如果說，沈佑是趙玥培養了送到北狄的，是趙玥向北狄獻計，藉著白帝谷的案子，讓姚家和衛家互鬥，從而削弱淳德帝，最後讓他登基，那麼就是說，趙玥從秦王死，或者更早，就在謀劃著此事。

那上輩子，為什麼趙玥沒出現？

楚瑜拼命思索，找自己漏掉的關鍵點。

她沒和趙玥接觸過，趙玥住在長公主府，這輩子改變的是什麼？

顧楚生去了長公主府，他和趙玥有接觸，他甚至還在後面知道了趙玥要取華京，因此避禍來了鳳陵城。

是顧楚生。

楚瑜反應過來。

上輩子沒有聽過趙玥的消息，只聽說長公主有個很寵愛的男寵，在衛家出事後不久就死了。如果按照如今推斷，當年死的就是趙玥。

沒有顧楚生的幫忙，當年的趙玥被長公主提前發現，因此被長公主提前殺了。而這輩子顧楚生到了長公主府，自然會幫趙玥。

於是趙玥活下來，趁亂取華京登基。

於是山河破碎，風雨飄搖。

怎麼會有這樣的人？

怎麼有用毀一個國家，殺七萬熱血將士，去爭那個皇位的人？

哪怕是淳德帝，或許都沒有這樣狠毒的心腸。

楚瑜慢慢明白過來，不由得冷汗涔涔。想起趙玥穿著水藍色長衫，笑意盈盈的模樣，她忍不住覺得膽寒。

衛韞看著她發愣，有些擔憂道：「嫂嫂？」

「哦，沒事。」楚瑜回過神，低頭匆忙道：「沒事兒，我發個呆。」

楚瑜低下頭，繼續給他按著腿，衛韞靜靜看著，這個人這麼陪著，他說起那些勾心鬥角的事，居然覺得一片平靜。

他終於發現，他似乎一點一點，從父兄的死裡，開始走出來了。

他本以為自己會記一輩子，恨一輩子。永遠像活在九月初七那一天，他在山谷裡一具一具翻開屍體，找到自己的家人。

然而當他平靜說著這些陰謀詭計，他沒再想起那一日自己跪在地上哭得撕心裂肺的痛苦，他想，自己，大概是有機會走出來的。

他靜靜瞧著楚瑜，過了許久，沈無雙進來，敲了敲門道：「時間到了，吃飯了。」

楚瑜聽了話，細緻地給衛韞拉下褲子，抱著他坐上輪椅，然後推著他到了飯廳。

到了飯廳裡，沈嬌嬌和先前遇到那個女人正在布菜，沈無雙跳進去，高興道：「嫂嫂，我來幫妳。」

「坐著吧。」女子笑著瞪了他一眼，將筷子放到筷柱上，埋怨道：「要幫忙不早來，飯菜都做好了才來獻殷勤，假好心。」

「嫂嫂別這麼說，」沈無雙坐下來，拿起筷子，招呼著楚瑜和衛韞過來，抬眼看著女子道：「我這不是在看病人，賺錢養家嗎？」

「我剛才看你偷懶了。」沈嬌嬌開口。

沈無雙立刻瞪向她：「小孩子少說話！」

沈嬌嬌翻了個白眼，沈無雙討好地看著女子道：「我這不是太累了嗎？」

女子笑著搖頭，滿是無奈：「你呀。」

三個人說說笑笑，楚瑜扶著衛韞坐下，那女子朝著楚瑜和衛韞點頭行禮道：「妾身白裳，見過二位。」

「在下衛韞。」

「妾身楚瑜。」

楚瑜和衛韞同時開口，算是和白裳打了招呼。沈無雙見他們客套，指了桌子道：「行了別客氣了，吃吧。」

楚瑜和衛韞也沒拘謹，衛韞無法跪坐，只能依靠著椅子，雙腿攤開，離餐桌自然遠了些。楚瑜便給衛韞夾了菜，衛韞也沒覺得不好意思，坦坦蕩蕩吃著，偶爾抬頭，看見楚瑜瞧他，兩個人就相視笑一笑，楚瑜便道：「要吃什麼？」

沈無雙瞧著，也不知道怎麼的，就覺得有點難受，他將頭探過去，看著白裳道：「嫂嫂，我也要夾菜。」

衛韞和楚瑜同時僵了僵，白裳頓時冷下臉來，怒道：「沒規矩！」

沈無雙聳聳肩，又收回頭去。

衛韞和楚瑜瞧著，最初那種怪異感，覺得更盛了些。

將飯吃完後，沈無雙給兩人安排了房間，兩人都沒同沈無雙說明身分，沈無雙便只給了一間房。

到了房間裡，楚瑜進裡屋開始鋪床，衛韞坐在輪椅上，看見珠簾裡人影綽綽，那人彎著腰鋪床，他覺得心裡有什麼湧上來。

他一直想，這是一場特殊的旅程。

這裡他忘了自己叫衛韞，也不記得這個人叫楚瑜。他只是遇到一個喜歡的姑娘，遵從自己的心意，陪伴她走完這段路。

可是直到此刻，他才發現，自己始終過不了這個結。

他捏著輪椅扶手，沙啞開口：「嫂嫂，我去再要一間房吧。」

「沒事兒，」楚瑜在裡面笑著道：「我給你鋪好床，你睡裡面，我睡外間小榻，你腿腳不方便，晚上有什麼事兒，你就叫我。」

「可是……」

「別矯情了。」楚瑜直起身，將衛韞打橫抱起來，放在床上，笑著道：「非常時刻，我照顧你，應該的。」

衛韞沒說話，他呆呆看著她。

她垂在他上方，頭髮落下來，籠在他臉頰兩側。

她遮住了光，讓整個世界裡都是這個人的影子，楚瑜看見他的眼神，不由得也愣了。

方才那些話本來就是壯著膽子說的，如今被這個人這麼看著，她居然憑空生出幾分不好意思來。她故作鎮定直起身，笑著道：「行了你睡吧，我出去睡了。」

說著就走了出去，步履之間，居然有幾分凌亂。

衛韞躺在床上，緩了片刻後，終於道：「嫂嫂。」

「嗯？」楚瑜隔著簾子，在外間應了聲。

衛韞咽了咽口水，艱難道：「還是妳睡床吧，我睡榻上就好。」

楚瑜輕笑起來：「你個子比我高，睡這裡會擠。再說了，哪裡有讓病人睡臥榻的道理？」

衛韞知道楚瑜做下決定輕易不肯更改，他躺在床上，沒再出聲。

他聽著外面的呼吸聲。

很奇怪，在荒郊野外的時候，她其實離他更近，然而他卻什麼都沒想。

可是這麼好好躺在床上，蓋著被子，看著夜裡床上吊著的墜子輕輕搖晃，他腦子裡居然全是楚瑜背對著他鋪床的模樣。

有那麼一瞬間，似乎是燈火太暗，他居然覺得，那一刻的楚瑜，彷彿穿著紅色的嫁衣。

她穿著嫁衣，在給他鋪床。

衛韞捏緊了拳頭，過了一會兒，狠狠抽了自己一巴掌。

疼痛讓他清醒了一些，他蜷縮起身子，將所有欲望忍耐下去。

他覺得自己噁心，特別噁心。

一夜熬到天亮，楚瑜醒來的時候，捲了簾子去看衛韞，發現他臉上紅腫了一片。

她愣了愣，隨後焦急道：「你這是怎麼了？」

衛韞垂著頭，坐在床邊，沒有說話。

楚瑜上前，抬手去摸衛韞的臉，衛韞扭過頭去，平靜道：「有蚊子，自己打的。」

「有蚊子，你把你的臉打腫了？」

楚瑜不可思議，衛韞沒有說話，楚瑜看他彆扭的樣子，忍不住笑出來。

是了，打蚊子把自己的臉打腫，這也是件丟臉的事了。

楚瑜不觸他霉頭，端水來給他洗漱後，帶著他去泡藥浴。

有了第一次的經驗後，楚瑜坦率了許多。等給衛韞按摩的時候，她一面按一面道：「再等兩天我就去打探衛秋衛夏和戰場的消息，這幾天咱們什麼都不想，好好休息。」

「嗯。」

「你有沒有什麼想做的事兒？」

衛韞沒說話。

楚瑜抬眼看他：「我打從認識你，就沒見你休息過，就這麼幾天時間，沒有想做的事兒？」

「想，出去逛逛。」衛韞聲音悶悶的，似乎有些不好意思。

楚瑜點頭道：「行，我問問沈無雙，他說可以，我就帶你出去。」

衛韞應了聲，楚瑜站起身來，揉了他的頭一把，衛韞皺起眉頭，認真道：「妳別揉我頭髮。」

楚瑜挑眉，有些奇怪，衛韞憋了半天：「妳這樣，顯得我很小。」

楚瑜愣了片刻，隨後忍不住笑出聲來，她連連點頭，「嗯嗯，你不小了，你不小。」

這麼一說，衛韞更覺得憋屈了。可他覺得，自己再多說，只會顯得自己更幼稚，於是他只是沉默，再不說話。

楚瑜端著水盆走出去，找了沈無雙道：「沈大夫，你看小七的身子什麼時候好些，我能帶他出去玩嗎？」

「行啊。」沈無雙找著藥：「剛好過兩天沙城的燈火節，我和嫂嫂要去，到時候帶你們去。不過說好了，」沈無雙回頭，看著楚瑜道：「人妳扛。」

楚瑜應聲道：「行，這你放心。」

「還有個事兒，」沈無雙叫住楚瑜，楚瑜回頭，沈無雙猶豫片刻後，慢慢道：「如果七天後衛韞的腿還不好，我可能要用點猛藥。」

楚瑜心裡咯噔一下，沈無雙糾結片刻，還是道：「有點疼。」

楚瑜沒說話，過了一會兒，她吐出一口濁氣。

「沒事兒。」她說：「我在呢。」

沈無雙「嘶」了一聲，捂住自己一邊臉，不滿道：「你們夠了，我牙酸死了。」

楚瑜擺了擺手，沒有多說，轉身去找衛韞，告訴他出遊的消息後，給他梳著頭髮道：「你有沒有什麼想準備的？」

衛韞搖了搖頭：「沒什麼想準備的。」

然而想了想，他又道：「嫂嫂穿漂亮些。」

楚瑜給他用玉簪挽髮，不滿道：「怎麼，嫌我醜啊？」

衛韞趕忙開口：「哪有，我嫂嫂傾國傾城絕世無雙，打扮好看一點只是錦上添花而已。」

楚瑜知道衛韞本來性子就貧，只是壓抑太久了些。

她笑著拍了拍衛韞的臉，起身道：「行，到時候美死你。」

衛韞沒說話，他垂著眼眸，撫摸著自己袖子上的紋路。

想到這是他們第一次出遊，他也不知道怎麼，心跳就快了幾分。

第二十六章　燈火闌珊

有沈無雙的藥浴，衛韞身上的傷口好得快很多，只是腿上一直沒有知覺。楚瑜早上給他按摩了腿，下午就出去打探消息。

沙城北狄反戰部落所控制的地區，也是北狄商貿大城，是北狄軍需重要的提供場所，於是哪怕外界戰火硝煙，沙城卻依舊沒有受到半點影響，天南海北的人四處湧來，街上各國人從容而過。

楚瑜最初還有些緊張，然而過兩日後便察覺，沙城本就有許多大楚人居住，比如沈無雙和白裳就是避難而來，她遮掩與否，並無太大意義。於是她放鬆下來，午後就去逛逛賭場、茶樓喝喝茶，聽各地來的消息。

趙玥是個有能力的人，他和顧楚生在後方迅速整合了大楚國力，扣下姚勇，然後由楚臨陽、宋世瀾、秦時月分管了軍力，一路收復了大楚大部分地區。

而北狄卻鬧起了內訌，蘇查占了北都自立為王，蘇燦到了查圖部落，與蘇查對峙。如此情況下，蘇查一面要提防蘇燦，一面防守正面戰場，哪怕北狄驍勇善戰，也顯現出疲態。

楚瑜聽著消息，猜測或許過不了多久，蘇查就會求和退兵。她回到屋中，高興地同衛韞分享了這個消息，衛韞聽著卻沒說話，楚瑜有些奇怪：「小七你怎的不開心？」

衛韞端著茶，慢慢抬眼，想說些什麼，卻終究是沒說出口。

他為什麼不開心？

趙玥得勢，趙玥如今將國家治理的井井有條，他怎麼能開心？

如果趙玥壞一點，趙玥噁心一點，像淳德帝那樣，那他就揭竿而起，舉兵反了，乾乾淨淨個痛快。

卻恰恰是如今的情況，他做了壞事，卻是每一件事，都恰到好處，反了他，又是一場生靈塗炭。

衛韞終究不是趙玥，做不出用萬人性命，換一份私仇。

可家仇終究在心底埋著，衛韞低著頭，沒有出聲，他怕這些想法說出來，楚瑜會為此不恥。

他抿了口茶，淡道：「今天燈火節？」

楚瑜愣了愣，高興起來道：「晚上就是了，不過沈先生說了，」楚瑜有些忐忑：「你不能逛太久，我就帶你在附近轉一轉，他準備了晚膳，回到醫廬來看燈火……」

說著，楚瑜似乎是怕他失望：「不過你別擔心，等你再好些，我再帶你逛。」

衛韞輕笑：「我又不是小孩子。」

楚瑜彎了唇角，沒有多說。

她起身出去，給衛韞端零食去了。

等到夜裡，衛韞還在房間裡看書，就看沈無雙擠進來，拍了他的輪椅道：「兄弟，幫個忙？」

衛韞挑了眉，看見沈無雙在他面前轉了一圈：「你看這件衣服好看嗎？」

沈無雙穿了一身白，看上去帶著幾分仙氣，衛韞點了點頭：「尚可。」

沈無雙皺了皺眉，到屏風後面去，窸窸窣窣一陣，又出來：「這套呢？」

衛韞繼續點頭：「不錯。」

沈無雙又回屏風後。

這麼一連換了五套衣服，衛韞終於有些撐不住了，皺眉道：「你到底在做什麼？」

「兄弟你看這件怎麼樣？」沈無雙興致勃勃。

衛韞壓著性子點頭：「好看。」

「行。」沈無雙穿著粉色繡花的長衫，用玉色布帶挽起半截頭髮，配上繪著桃花的扇子，看上去十分騷氣。他甩了甩頭髮，咧嘴一笑：「我也覺得我穿這件衣服特招人。」

衛韞面無表情，沈無雙看了他一眼道：「嘖嘖，今晚出去玩，你換一下你那死人白吧，我看著都審美疲勞了。」

衛韞面色不動，淡道：「滾。」

沈無雙聳聳肩，轉身走出去，剛到門口，又聽裡面的人道：「等等。」

沈無雙扭頭瞧他，看見衛韞轉頭盯著窗外，耳根有些發紅：「我櫃子裡有件水藍色的長衫，你拿出來給我。」

沈無雙露出一副「我早知道」的神情來，回身去給衛韞穿衣服。

給衛韞穿好衣服後，按著衛韞的指點，替他束上了髮冠。

衛韞長得快，面容正是少年青年交錯之時，束上髮冠後，便顯得成熟許多。外面傳來沈嬌嬌的敲門聲，激動道：「小叔，走了。」

「行了我知道了。」沈無雙將髮簪插入髮冠之後，讓衛韞抬頭看見鏡子裡的自己，拍了拍他的肩道：「行吧兄弟？」

「嗯。」衛韞應聲，想想又覺得該多誇讚一下：「尚可。」

沈無雙「嘖」了一聲，推著衛韞出去。兩人在長廊上等候了片刻，就聽見白裳和楚瑜說說笑笑而來，沈無雙和衛韞同時看過去，看見兩個姑娘在燈火下，笑容似是帶著春光。

衛韞很少見楚瑜這樣輕鬆笑著，離開那似乎是能吃人的華京，這個人似乎就像新生了一樣，朝氣蓬勃，似乎是清晨從水中探出芙蕖，輕輕彈動，就能散落下晨露入水，花瓣微顫。

他目不轉睛看著楚瑜來到身前，聽楚瑜笑著道：「怎麼樣，我沒騙你吧？好看吧？」

衛韞垂下眼眸，低頭含笑：「好看。」

「行了，」楚瑜推著衛韞的輪椅，笑著道：「走吧。」

沈無雙抱起沈嬌嬌，同眾人道：「走走走，我帶你們逛逛。」

說著，一行人走出門去，打開門是一段昏暗的小路，醫廬地處偏僻，小路黑得看不見五指。楚瑜和衛韞沒說話，就聽沈無雙高興道：「嫂嫂妳看不見吧，我拉妳！」

衛韞、楚瑜：「……」

楚瑜想了想，默默將輪椅推慢了些，離沈無雙和白裳遠了去。衛韞也無端覺得有那麼些尷尬。

兩個人看破不說破，就靜靜跟在白裳和沈無雙身後，看他們打打鬧鬧。

沙城的燈火節和大楚不同，大楚四處是燈籠，沙城卻是將燈籠一排一排掛在上方，將城市照得亮如白晝。周邊全是叫賣的聲音，來自各國的古怪物件都展覽在小攤上。沈無雙一路給白裳買著東西，楚瑜就推著衛韞往前，衛韞憋了半天，終於道：「嫂嫂有沒有什麼想要的？」

楚瑜愣了愣，她抬眼看過去，如果她真的是十六歲，大概會對這些事物很感興趣，可是她不是十六歲了，人年紀越大，就越難感受到喜歡與不喜歡。一切會越來越平淡，生活也如死水一般，越來越安靜。

她看著街上人打打鬧鬧，小姑娘戴著鮮花做成的花環頂在頭上，笑著跑過去。楚瑜目光落到那花環上，笑了笑，又收回目光。

她搖了搖頭，同他道：「你看看你有沒有什麼喜歡的就好。」

衛韞沒說話，他抬眼看著楚瑜，燈火下楚瑜的眼睛落著碎碎的光，有一瞬間，他覺得這個人離他特別遠，遠得他們中間彷彿隔了十幾年的光景。

他忍不住抬手，握住楚瑜的袖子。楚瑜有些奇怪地瞧他，笑著道：「怎麼了？」

衛韞低著頭，楚瑜看自己小半截袖子在他手裡，抿了唇：「想要什麼了，撒嬌啊？」

衛韞還是沒說話，他就這麼捏著她的袖子，感受著他的溫度，感覺她一點一點回到自己身邊，他終於於舒心開來。

就是這個時候，沈無雙叫出聲：「衛夫人，幫我帶嬌嬌去買個泥人唄。」

楚瑜聽了這聲呼喚，就知道沈無雙是煩了嬌嬌，要把嬌嬌支開，她準備推著衛韞過去，就聽衛韞道：「我想看看那個鏡子，妳放我在這兒，等會兒來找我就好。」

楚瑜看了看四周，沈無雙就在不遠處，捏泥人的地方也不遠，於是她拍了拍衛韞道：「多加小心。」

說完，她便起身，帶著嬌嬌去了泥人灘，衛韞回過頭，看見鏡子旁邊賣花的老太太，他推著輪椅上前去，同那老太太道：「婆婆，我買花。」

說著，他從中選了一根柳條，又選了好幾種花搭配著。

楚瑜回來時，就看見衛韞正低著頭在做花環。

燈火落在衛韞身上，少年湖藍色廣袖垂落在兩側，他似乎努力學著像個大人，卻仍舊在低頭那瞬間，露出少年人獨有那份青澀和溫柔。

他耳根有些泛紅，手不甚靈巧地將花放在柳條上，那能握八十斤長槍的雙手，撚著花兒，格外小心謹慎。

楚瑜也不知道怎麼，竟不敢上去打擾，她站在不遠處，看見著人來人往，直到衛韞做好花環，抬起頭來，看見楚瑜。

他眼中有一瞬詫異，隨後就彎眉笑起來。

那山河歲月都落在他眼裡，他溫和道。

「阿瑜，妳過來。」

楚瑜站在那裡沒動。

她靜靜瞧著他，就覺得周邊聲音似乎慢慢變得安靜，彷彿站在水面上，波紋一圈一圈蕩漾開去。

聲音被這些水隔開，變得格外遙遠模糊，只有那個人，在這彷彿被蘊了霧氣的世界裡，格外明晰。他舉著自己做的花環，笑容裡帶了幾分羞澀，楚瑜靜靜看著，覺得有什麼在心裡一下一下衝擊著往上。彷彿是一顆種子，壓在那心臟深處，努力的撞擊著血肉，想要破土而出。

楚瑜站著不動，衛韞等了一會兒，有些奇怪，歪著頭道：「嫂嫂？」

楚瑜聽到衛韞呼喚，這才回過神來，趕忙拉著沈嬌嬌走上前來，到了衛韞身前，她低頭道：「這是什麼啊？」

「妳彎一下腰，」衛韞舉起花環，笑著道：「我給妳戴上。」

楚瑜垂下眼眸，遮住眼中的情緒，低著頭，讓衛韞給她戴上花環。花環很輕巧，落到頭上，有水珠追下來，冰涼的水珠觸碰在皮膚上，讓楚瑜忍不住心裡顫了顫。

旁邊沈嬌嬌不開心了，「哼」了一聲道：「你們都好討厭，小叔就知道和我娘說話，他也只送妳花，就沒人疼我！」

楚瑜和衛韞都笑起來，楚瑜低頭看她手裡的泥人：「我不是送了妳小泥人嗎？」

「又不是小哥哥送的。」沈嬌嬌低頭，有些不高興道：「我也想要小哥哥送我花環。」

說著，沈嬌嬌看向衛韞，滿是期待，「小哥哥也送我一個好不好？」

衛韞朝著沈無雙揚了揚下巴，卻是道：「去找妳小叔。」

沈嬌嬌眼神黯淡下來，捏著小泥人，「不給就不給，我去找小叔。」

說完她就甩開楚瑜的手，朝著沈無雙小跑了過去。她跑得快，穿過人群就到了沈無雙和白裳邊上。楚瑜見沈嬌嬌安全跑過去，轉頭看向衛韞，有些無奈道：「你給她做一個怎麼樣？」

衛韞淡淡瞧了楚瑜一眼，那眼神很淡，沒有包含任何情緒，但只是這麼一眼，卻讓楚瑜想起了上輩子的衛韞。

那個身居高位、說一不二的鎮北王。

楚瑜不由得呆了呆，隨後就看衛韞自己推著輪椅，轉身道：「我又不是賣花的，妳以為誰都值得我動手？」

聽到這話，楚瑜不由得笑出來，她忙追上去，安撫道：「行了行了，知道您是鎮國公，小侯爺，身分尊貴，行了吧？」

衛韞不說話，楚瑜推著他，有人擠過來，差點擠到楚瑜身上，衛韞一把按住那人，淡聲提醒：「站穩。」

那人朝著衛韞道謝，楚瑜低頭看他哪怕坐在輪椅上也要為她開路護著她，她目光裡帶了溫度，看著面前背對著她不肯回頭的少年道：「我知道，你不是對誰都這樣好。」

衛韞終於硬邦邦道：「妳知道就好。」

楚瑜勾著嘴角，不再說話。

兩人一路逛著街，楚瑜沒買東西，衛韞卻是買了一大堆，起初楚瑜沒注意，後來才發現，衛韞買的東西，都是女孩子用的。凡是白裳逛過的攤子，精緻靈巧的，他都要買些。東西不貴，但卻雜七雜八買了許多。

他自己抱在腿上，等到回家路上，楚瑜不由得有些奇怪：「你買這麼多東西做什麼？」

衛韞抱著那些小東西，僵著聲道：「送妳啊。」

楚瑜有些詫異：「我要這些做什麼？」

「白裳、沈嬌嬌都買了，」衛韞理直氣壯：「妳也要有！」

楚瑜抬頭看向前方的白裳和沈無雙，白裳牽著沈嬌嬌，沈無雙提著東西，歡喜地跟在她們母女身後，死纏爛打了一晚上，白裳對沈無雙的態度明顯軟化許多。此時已經走到了暗處，來時小路還有燈，回來時燈卻都滅了。白裳步子頓了頓，似乎是不適應黑暗中的光線，沈無雙的手就伸了過去，他在暗處拉住白裳，語氣裡沒有了平日的吊兒郎當，甚至帶著一絲膽怯，小聲道：「嫂嫂，別摔著。」

沈嬌嬌在黑夜裡看不見，楚瑜和衛韞卻在後面看得一清二楚，衛韞斜過眼，看見楚瑜落在輪椅上的手。

她的手一點一點隨著光線暗下去，從月色下步入黑暗中。

衛韞垂下眼眸，不自覺撫上廣袖內側的紋路。

他瞧著前方的沈無雙，有什麼在內心波動著，楚瑜刻意和前面兩個人拉開了距離，衛韞小聲道：「嫂嫂。」

「嗯？」衛韞喉頭滾動，終於道：「別摔著。」

楚瑜笑了，溫和道：「你放心。」

兩人沉默著沒說話，好久後，他終於道：「嫂嫂。」

「嗯？」

「妳說沈無雙……」

他想問，卻最後還是沒問出口。他沒說完，楚瑜也就沒有理會，她大約知道他要問什麼，可這不是她能知道的回答，於是她沒有言語。

推著衛韞從黑暗中走出來，一行人就到了醫廬。沈嬌嬌覺得睏了，沈無雙和白裳送她去睡，衛韞便等在庭院裡，楚瑜去拿酒和小菜。四個人打算吃喝著等深夜最後的放天燈，燈火節最盛大、也是最重要的環節，就是放天燈。

衛韞一個人在長廊等了一會兒，覺得有些枯燥，便推著輪椅打算去找楚瑜，然而推出還沒兩步，就聽到了男人喘息著的聲音，混雜著女子含糊不清的低嗚。

衛韞猛地僵住了身子，一時覺得進退兩難，他這輪椅一動，必然要驚動兩個人，可是不動，他又覺得有些尷尬。他思索了片刻，還是決定停在那裡不動，聽見轉角處的兩個人喘息了片刻後，然後一聲清脆的「啪」響過去。

「沈無雙，」白裳帶著顫抖的聲音響起來：「我是你嫂嫂！」

衛韞整顆心抽起來，他不知道怎麼的，就覺得這一耳光，不是打在沈無雙臉上，而是他的臉上，火辣辣的疼。

然而片刻後，沈無雙的聲音響了起來。

「我知道。」沒有了平時那份玩笑，他的聲音鄭重又平靜：「如果我哥還在，我一定離妳離得遠遠的。可是阿裳……」

沈無雙聲音哽咽：「我們……總不能跟著我哥一起葬了啊。人活著得往前走，妳如果能接受別人，為什麼不能是我？」

白裳不說話，她的沉默讓衛韞也覺得，自己似乎在等一個審判。

好久後，白裳終於開口：「無雙，你可以喜歡我，是你的事情。可是我過不去我這個坎兒，是我的事情。我不會接受你，我也不會接受別人。話你放在心裡，對誰都好。」

「你別逼我……」白裳哽咽：「我知道你這個人，從來是自己想做什麼就做什麼，可是你別逼我，行不行？」

沈無雙沒說話，好久後，他沙啞道：「好。」

片刻後，白裳匆匆離開，等長廊沒了聲音，衛韞抬頭，就看見沈無雙轉角走過來。

他神色平靜，面上沒有笑意，瞧見衛韞，也沒覺得意外，只是點了點頭，權當做打過招呼。

衛韞垂著頭，沈無雙和他錯身而過的時候，他突然道：「你沒想過你哥嗎？」

沈無雙頓住步子，他扭過頭來，挑起眉頭：「怎麼，你也要訓我？訓我罔顧人倫，罵我不知羞恥狼心狗肺？」

衛韞不說話，沈無雙的每一個字，他都覺得是打在他臉上。

他看著沈無雙暴怒道：「可你讓我怎麼辦？」

「今日我哥哥若是活著，他們兩個人在一起，我插足當然不對。可我哥死了，他死了，我喜歡一個人，我妨礙了誰？我又傷害了誰？我喜歡一個人，我錯了？」

沈無雙提高了聲音：「用得了你們假情假意，輪得了你們管教？」

「你哥的死，」衛韞嘲諷出聲，這話他說給沈無雙聽，但也說給自己聽：「你倒是撿了便宜。」

「那讓我死啊！」沈無雙暴怒，他捏著拳頭，紅著眼：「我寧願死的是我！可人死了你要怎麼辦，人死了，所以我一輩子不能高興不能笑不能歡喜不能喜歡人，你能你試試啊！」

「這世上哪個偽君子不想著存天理滅人欲，可是滅得了嗎？人就是人，你他媽充當什麼聖人啊！我喜歡她我礙著誰，我喜歡她，我沒逼她，我就是喜歡她，我覺得遇見她是我這輩子最幸運的事，也不行嗎？就算我有罪請罪，也該是黃泉路上我去給我哥請，你們一個二個，又算老幾？」

說完，他猛地轉身，大步朝著前堂走去。

衛韞停在長廊上，目光變化不定。

沈無雙每一句話都在他耳邊迴盪。

他喜歡她，有錯嗎？

他不說出來，他不言語，他靜靜等候陪伴，難道一份喜歡，都容不下嗎。

他不是聖人，他滅不了人欲，喜歡一個人他控制不了，愛一個人他抑制不住。他只能畫地為牢，將自己圈在這個小世界裡，默默喜歡。

他喜歡這個人。

特別喜歡，又怎麼樣？

衛韞的手微微顫抖，腦海裡無數思緒翻湧，他似乎突然明白了什麼。

他不掙扎，也不想掙扎，他一直負重前行，一直恥於這份感情，然而這一刻，他卻驟然想明白。

遇見她是這輩子最美好的事，他不羞恥。

或許有錯，可是日後黃泉路上，他去找衛珺道歉，這輩子，他只能如此。只是他沒有沈無雙的莽撞，他那些激動澎湃的心情，全部都藏在心底，他拼了命去撫平，讓他安靜下去。

他在長廊上歇了一會兒，沈無雙又折了回來，他回過頭，同他道：「我推你過去。」

衛韞沒問他為什麼回來，或許此刻沈無雙同他一樣，需要找個理由，找個地方，單獨冷靜一下。

兩個人一起去找楚瑜和白裳，看見那兩個姑娘出現在視野裡，衛韞突然開口：「耐心一些。」

「嗯？」沈無雙有些疑惑。

衛韞慢慢道：「喜歡一個人沒錯，可你的喜歡若成為她的負擔，這就是錯。」

沈無雙微微皺眉，沒想過衛韞會同他說這些。

「你若喜歡一個人，你靠近她，陪伴她，守護她，」兩人距離姑娘的腳步越來越近，衛韞微微勾起嘴角：「你可以試圖追逐她，但你得耐心一點，你得讓她心甘情願，一點一點察覺你的好。」

「那要是她這輩子不能心甘情願呢？」

沈無雙皺眉，衛韞面色不動。

「不是喜歡嗎？」

「喜歡這件事，什麼時候講過回報？你若一心指望著她一定要回饋你這份喜歡，沈無雙，」衛韞聲音平靜：「這份喜歡，未免太過自私，也太過令人噁心。」

沈無雙沒說話，兩人來到廳前，衛韞抬頭看向楚瑜，聲音溫和：「阿瑜。」

「你們來啦？」楚瑜笑著道：「我和沈夫人準備好了小酒，小七還帶著傷，就不喝了。」

「沒事兒，」沈無雙從兜裡拿出一個小瓶來：「我給他帶了藥酒，不妨事。」

楚瑜看見那藥酒，爽朗點頭：「行。」

說著，四個人就到前堂走廊上坐下來，一面聊天一面喝。

楚瑜酒量不錯，沈無雙和白裳都有心事，於是一路幾大壇下去，沒一會兒，白裳就倒了，靠在楚瑜肩膀上睡過去。沈無雙和楚瑜划著拳，喝著喝著，也倒在一邊。

衛韞坐在一旁，慢慢喝著藥酒，含笑瞧著他們。

沈無雙的藥酒不大好喝，帶著藥的苦味，可是勁兒卻足，衛韞嚐出來，不敢托大，只能淺酌。

而楚瑜喝高了，她將白裳放到一邊，提著酒蹲在衛韞面前，認真道：「來，我和你喝。」

衛韞笑著搖了搖手：「這是幾？」

「三！」

衛韞於是搖頭：「不行，不能喝了。」

「我行的。」

楚瑜認真開口，衛韞笑著不說話，看著楚瑜皺著眉頭，思索著如何同他喝酒。

遠處傳來了人群的歡呼聲，衛韞和楚瑜目光都看過去，見遠處有天燈緩緩升起，楚瑜高興道：「呀，好漂亮。」

說著，她轉頭看向衛韞，亮著眼道：「我帶你上屋頂！」

不等衛韞出聲，她攬著衛韞，趺趺撞撞出去，一個縱身，就落到了屋頂上。兩人坐在瓦上，衛韞怕她不穩，便拉住了她，有些無奈道：「妳別太冒失。」

楚瑜完全沒注意到他扶著她的手，高興道：「你看你看，特別漂亮。」

衛韞沒說話，他垂下眼眸，還是伸出手去，用自己的手，包裹住楚瑜的手。

楚瑜沒察覺他的小動作，他仍舊怕她發現，小聲道：「嫂嫂，別摔著。」

楚瑜沒回他，只是看著遠處道：「真好看啊，我這輩子，好多年，都沒有這麼高興過了。」

衛韞聽著她的聲音，看向遠處燈火緩慢升向天空。

那是大楚完全看不到的景象，合著遠處的鈴聲、百姓誦經之聲，整個夜晚，呈現一種遠離塵世的平靜感。唯一在他身邊的，只有楚瑜緩慢又沙啞的聲音。

「我好像一直在跑，一直停不下來。他不喜歡我，阿錦討厭我，所有人都不喜歡我。我一個人淒淒慘慘過了好久。後來來到衛家，又沒放鬆過一刻，你看我嫁過來發生了多少事兒啊，咱們就沒停下來過。」楚瑜輕笑：「我現在坐在這兒，還像做夢一樣。」

衛韞沒說話，他靜靜看著遠處，楚瑜回過頭，便被眼前的少年吸引。

他的目光裡落著遠處燈火，水藍色廣袖長衫讓他帶著幾分書生氣，他的神色從容又平靜，給她一種從未有過的安全感。

似乎時間空間都在這一刻停止，這世上一切與她無關。

她突然認不出來他是誰，又或者不想認出。

她就是這麼靜靜看著他，覺得這個人美好得不像人間真實。

衛韞察覺到她的目光，轉過頭來。

他們挨得很近，呼吸纏繞，目光糾纏。

只是那麼一眼，她似乎落入了他的眼睛裡。

遠處祈禱聲一波一波傳過來，楚瑜仰頭靜靜瞧著他。

衛韞心微微一顫，他也不知道自己是怎麼了，根本沒有對方的言語，他就低下頭，慢慢將唇落在對方的唇上。

他的動作很緩，很慢，他想，只要她有任何反抗，他就停下來。

可是沒有。

任憑他心如擂鼓，她都嵬然不動。

少年人的吻帶著月色的涼意，就是兩唇輕輕相碰，虔誠又乾淨。

他閉上眼睛，睫毛微微顫抖。而楚瑜覺得自己深陷在一場夢境裡，美好得讓她忍不住彎起嘴角，直到最後，她輕輕一笑，低頭埋進他肩頸。

衛韞呼吸還有些急促，他不敢動，楚瑜就在他懷裡輕笑，他怕她掉下去，抬手抱住她，固定住她的身子。

沒多久，她在他懷裡傳來了均勻的呼吸聲。

衛韞的心跳隨著她的呼吸慢慢平復，他的袖子蓋在她的背上，給了她溫度。

他嗅著她髮間的味道，好久後，輕嘆出聲。

「傻姑娘。」

口頭上雖然說著傻姑娘，然而抱著這個人，卻仍舊覺得心裡有無數歡喜湧上來。他感覺這個人在懷裡均勻呼吸，哪怕什麼都不做，都覺得欣喜至極。

彷彿被關了閘太久之後驟然泄開的江水，又似是被壓在石下太久後突然生長的韌草，江水奔騰不休，韌草迎風而長，這是天道人倫，都克制壓抑不住的情緒。

他靜靜抱了許久，終於覺得手上有些發酸，楚瑜似乎也覺得有些不舒服，輕輕哼吟了一聲。衛韞想了想，讓她躺在屋頂上，然後用外衣給她蓋上，自己躺在她身側，安靜瞧著她。

看著她的時光過得特別快，沒過多久，第一縷晨光就落在她臉上，楚瑜睫毛動了動，衛韞忙不動聲色翻過身去。楚瑜被光催醒，她睜開眼，便看到了衛韞的背影。她動了動，發現自己身上還蓋著衛韞的外衣，她隱約想起昨晚似乎是她將衛韞帶上來的，不由得抬手扶額，休息片刻後，她站起身，拍了拍衛韞的肩膀，衛韞背對著她，模模糊糊應了聲，楚瑜溫和了聲道：「小七，我帶你下去？」

衛韞撐著自己起來，眼睛都沒張，楚瑜笑了一聲，抬手環住衛韞的腰，便落到庭院裡，扶著衛韞到了輪椅上後，推著衛韞回房，路過倒在一旁抱著白裳的沈無雙，楚瑜踹了地上的人一腳，提醒道：「起了。」

沈無雙不滿地應了一聲，卻是換了個姿勢，將白裳摟得更緊了一些。

楚瑜將衛韞放到床上，吩咐他道：「你先睡一會兒，我給你準備藥浴。」

衛韞背對著她，彷彿沒睡醒一樣，低低應了一聲。

楚瑜也沒多想，她起身去燒水拿藥，陽光落到眼中，她有一瞬間恍惚，腦海裡突然閃過幾個片段，似乎是天燈緩緩而上，有人的唇落到她的唇上。

她不由得有些失笑，抬頭拍了拍自己的臉。覺得人重活一遭，居然也像少女時期一樣，會做這些奇奇怪怪的夢了。

年少時她也做過，那時候她思慕著顧楚生，她想要那個人，就想得赤裸裸，沒有半分少女羞澀。她也不覺得有什麼，只是說隔著楚錦，於是她從不表現，從不出口。

喜歡一個人沒什麼錯，你安靜放在心裡，那就與所有人無干。

衛韞一連泡了兩天藥浴，楚瑜終於在沙城裡聽說了衛夏和衛秋的消息，確切的說也不是聽到了衛夏和衛秋的消息，而是聽說有一支大楚的精銳部隊，在北狄四處騷擾北狄臣民。

楚瑜聽到這個消息就樂了，回去同衛韞說了一聲，嗑著瓜子道：「衛夏、衛秋厲害啊，我還以為他們窩在哪裡沒出來呢。」

衛韞沒說話，他瞧著楚瑜給他看的地圖，上面標繪了衛夏、衛秋去過的地方。他們如今完全變成了北狄後方一支屬於大楚的遊擊隊，打到哪兒是哪兒，搶完糧食和馬就去下一個地方，停留不會超過一夜，等北狄派兵過來時，他們早就不見了人影。

「蘇查和大楚的軍隊在正面戰場上僵住了，蘇燦在背後追衛夏、衛秋追得焦頭爛額，」楚瑜躺在椅子上，笑咪咪道：「我說他們怎麼不忙著找我們？」

「蘇燦巴不得我回去，」衛韞敲著桌子，平淡道：「他還指望放我回去和趙玥打起來，這樣北狄內部壓力就會小很多。」

楚瑜愣了愣，隨後想明白過來。

是了，當初蘇燦給衛韞一條生路，如果是真心一定要殺衛韞，她那點人，根本攔不住。只是衛韞畢竟在北狄幹了這麼大的事兒，兩千多人直襲王庭劫持皇帝，對於北狄臣民來說，這是從未有過的屈辱，如果蘇查和蘇燦一點表示都沒有，怕眾人不服。於是他們一面假裝追殺衛韞，一面卻放水讓他離開。

楚瑜皺眉：「那我們是不是可以直接離開？」

如果蘇燦存的是這個心思，那最嚴格的通緝令應該沒有下來。

衛韞抬眼看向楚瑜：「我們走了，衛秋、衛夏怎麼辦？」

楚瑜頓住了聲音，有些遲疑，似乎也想不出好的法子來。

衛韞的目光回到地圖上：「我帶他們來的，自然要帶他們走，能帶回幾個，就是幾個，沒有我跑了，留他們在這裡的道理。」

說著，衛韞推著輪椅往外去：「找沈無雙，我的腿還不好，他腦袋是不是不想要了。」

楚瑜去尋了沈無雙，沈無雙正在院子裡挖著草藥，聽了楚瑜的話，他抬眼道：「要想快點好啊？行啊，我這裡有一些猛藥，沒其他問題，就是疼。我本來打算再過幾天還不行再用藥……」

「用藥吧。」衛韞平靜出聲。

沈無雙抬眼看他，笑咪咪道：「熬不過人就沒了。」

衛韞應了聲，沒有多說。

當天晚上，沈無雙便給衛韞熬了藥，他讓衛韞先喝了第一碗，喝下去沒有什麼感覺，沈無雙伸手去旁邊浴桶裡碰了碰藥湯，水燙得沈無雙的手發紅，他看了楚瑜一眼，淡道：「放下去。」

楚瑜抱起衛韞，將他一點一點放進去。

腳放進去時，衛韞微微皺了皺眉，覺得就是感覺刺刺的。等腿沒入下去，水浸到腰部，一股劇痛驟然傳來，衛韞忍不住猛地捏住了浴桶，楚瑜停住放他下去的動作，看見衛韞變得煞白的臉色，沈無雙在旁邊平靜出聲：「放下去。」

衛韞閉上眼睛，點了點頭，楚瑜才終於放手，讓衛韞整個人坐在浴桶裡。

衛韞死死捏著浴桶，肌肉繃緊，沈無雙靜靜看著他，同楚瑜吩咐：「他要在這藥湯裡泡四個時辰，我去熬藥，每個時辰喝一碗，他會越來越疼，有可能會掙扎，這時候妳不能讓他出來。如果出來，就不是功虧一簣的問題。」

沈無雙抬眼看著楚瑜，認真道：「人要死在我這裡，妳可別賴我。」

楚瑜神色一凜，她抿了抿唇，冷靜道：「我知道。」

她守在衛韞旁邊，看著衛韞僵著身子在浴桶裡，面上已經沒有了半分血色。

那是一種針刺一樣的疼，密密麻麻扎滿全身。

衛韞臉上落下冷汗，楚瑜坐在他身側的檯子上，慢慢道：「我同你說說話，你別一直盯著水裡。」

衛韞發不出聲音，他疼得咬牙，只能點點頭。

楚瑜想了想，慢慢道：「從什麼地方說？我記事兒吧，時間還長。」

楚瑜聲音平淡，說著她小時候。

她出生開始，就是在西南邊境。那裡常年瘴氣瀰漫，南越人手段陰毒，與北狄人的凶狠殘暴不同，南越的人是一種淬進了骨子裡，帶著那花草陰柔之氣，如毒蛇一般可怕陰暗。

然而他們愛恨分明，愛你時坦坦蕩蕩，恨你時淋漓盡致。

對敵人極盡殘忍，對自己的族人全心全意。

於是南越雖小，卻在西南邊境，對抗著大楚這樣龐大的國家。

她說的事兒其實並不有趣，都是些小時候的見聞。然而聽著聽著，不知道為什麼，衛韞就被她的聲音吸引了過去，他的疼痛減輕了很多，靜靜看著楚瑜，像一個孩子一樣，目光迷離。

兩個時辰很快過去，沈無雙端著一碗藥走進來，遞給衛韞道：「喝了。」

衛韞咬著牙，就著沈無雙的手一口飲盡。沈無雙又提了一個桶來，將新熬製好的藥湯加進去。

藥湯加進去的時候，衛韞感到彷彿有刀刃劃過血肉，一塊一塊將肉剃下來，似如淩遲。他下意識想要起身，卻又迅速反應過來，死死將自己壓在藥湯裡。沈無雙趕緊塞了塊帕子給衛韞咬著，同楚瑜道：「妳繼續看著。」

楚瑜看著衛韞的模樣，整顆心都揪了起來。

她只能故技重施，沿著方才的話題講下去。

衛韞在努力聽，可是他已經有些聽不下去了。

等到第三個時辰來臨，衛韞的神智幾乎是模糊的，沈無雙將藥給他喝下去，衛韞整個人都在發顫。

楚瑜看他在藥湯裡蜷縮著，她伸出手，將手放在藥湯裡，卻感受不到任何痛楚。

她皺起眉頭，看著往裡面加藥湯的沈無雙，皺眉道：「到底有多疼？」

「第一碗藥，如萬針扎身。」

「第二碗藥，千刀凌遲。」

「第三碗藥，剝皮抽筋。」

「第四碗藥……」沈無雙遲疑了片刻後，慢慢道：「自筋骨到血肉，無不疼至極致。到底多疼……我沒敢試。」

聽到這話，楚瑜整個心都揪了起來。

沈無雙倒完藥，直起身，瞧著衛韞。

衛韞一直在浴桶裡，他已經疼得咬穿了帕子，整個人都在顫抖，卻仍舊是控制著自己，蜷縮在浴桶裡，一言不發。

「他很好。」沈無雙終於開口，神色裡帶著幾分敬意：「我見過最堅韌的病人，也只在裡面待過四個時辰，而且早在第二個時辰就大喊大叫要出來了。他……很好。」

楚瑜垂眸看向衛韞。

他只有十五歲，可是任何時候，他都能克制好自己。他背著父兄歸來時沒有崩潰，此時此刻疼到這樣的程度，也不吭聲。

楚瑜不由得回想，自己的十五歲，顧楚生的十五歲，楚錦的十五歲，是什麼模樣。

那時候他們肆意張揚，帶著些許幼稚青澀，哪怕是顧楚生十五歲，背負著家仇遠赴邊疆，卻也會對著當地鄉紳傲氣不肯低頭，被欺辱時因為狼狽讓她滾開。也會情緒失控，也會因為疼痛退縮。

可衛韞沒有。

他一貫控制好自己的情緒，從來沒有傷害過別人。

當楚瑜正視著衛韞的自控和冷靜，密密麻麻的疼從她心底湧出來。她忍不住抬手，覆在他的頭上，沙啞道：「小七……」

衛韞迷離睜眼，呆呆地看著楚瑜。他顫抖著伸出手，握住楚瑜放在浴桶邊的手。

然而饒是此刻，他也沒有用力，他克制住自己的力道，彷彿在尋找某種慰藉，將臉貼在楚瑜手上。他一直在冒冷汗，哪怕是在滾熱的藥湯裡泡著，他的身子還是格外冰涼。

楚瑜覺得這種冷順著她的手，來到她心裡。她撫著他的頭髮，沙啞著道：「我在這兒，我在呢。」

衛韞咬牙不出聲，他神智模糊，眼前只有這個人。他的臉貼著她，聽著她的話，低低喚她：「嫂嫂……」

「我在。」

「阿瑜……」

「我在。」

他反反覆覆叫她，她就一聲一聲應答。

等到最後一次餵藥，他已經沒有了力氣。他靠在浴桶上，沈無雙捏住他的下顎灌藥。藥才灌下去一半，他就開始掙扎，他彷彿知道吃下這個東西會讓他疼，於是推攘著沈無雙。

只是他的確沒有力氣，沈無雙下了狠，捏著他下巴就灌，隨後同楚瑜道：「一定要按著他。」

楚瑜點了頭。沈無雙沒有走，就在一旁看著衛韞。

沒了片刻，藥效開始發作，衛韞終於忍不住，猛地從浴桶裡起來，楚瑜眼疾手快，按在他肩上，一把將他按下去。然而他拼命掙扎，嘶啞著喊：「我疼……嫂嫂，我疼……」

聽到這一聲「嫂嫂」，幫忙按人的沈無雙微微一愣，抬眼看向楚瑜。

然而楚瑜全身心都在衛韞身上，她死死按著掙扎的衛韞，大顆大顆汗從衛韞頭上落下來，衛韞拼了命想要出來，沈無雙和楚瑜兩個人按著他，衛韞在疼痛裡慢慢清醒了幾分。

他睜開眼睛，看見面前站著的楚瑜，他忍不住伸出手去，顫抖著自己，沙啞著喊：「抱抱我……」

楚瑜微微一愣，她看著顫抖著的衛韞，看著他張著手，蒼白著臉，反覆道：「抱抱我……求妳了……」

楚瑜站在浴桶邊，將人攏進懷裡。

他的額頭抵在她腹間，他似乎將整個人依靠在她身上，低低喘息。

沈無雙愣愣看著他們兩個人，看到衛韞在她懷裡安靜下來，他想了想，轉身走了出去。

楚瑜抱著衛韞，用手指梳理著他的頭髮，衛韞克制著所有動作，只是用額頭輕輕靠在她腹間，感受著她身上的溫度，聽著她的心跳。

「嫂嫂……」他低聲呢喃：「我好想父親、大哥……」

楚瑜眼中酸澀，她忍不住收緊了手，將這個人抱緊了些。

她想應答，可她無法應答。

他思念著那些死去的人，她沒辦法讓他們活過來。

她驟然發現，原來衛韞在她心裡，已經是這麼重要的人，重要到他一句話，她就恨不得赴湯蹈火去完成。她垂著眼眸，沙啞出聲：「我還在呢……」

你大哥不在了，我還在呢。

衛韞靠著她，也不知道聽見沒有。他伸出手去，抱住她的腰，彷彿藤蔓纏上樹幹，交織在一起。

從絕望裡開出來花，往往格外絢爛美麗。在黑暗裡發著微弱的光，照得人心發顫。

時間一點一點過去，衛韞抱著楚瑜的手慢慢鬆開，直到沈無雙再次進來，說出那一聲：「時間到了。」

楚瑜終於反應過來，她慌忙將衛韞從水裡撈出來，送到床上，然後用帕子給他擦乾身體，換上了衣服。

衛韞已經昏了過去，他躺在床上，一動也不動。楚瑜做完這些，才發現自己臉上有些黏澀，她抬手摸了摸臉，這才意識到，她竟是不自覺哭過，讓淚乾在臉上。

她忙出去打水，沈無雙站在門口，有些猶豫道：「那個……衛夫人。」

楚瑜頓住步子，沈無雙喃喃道：「妳……是他嫂嫂啊？」

楚瑜沉默片刻，如今與沈無雙也算熟識，他既然看出來，她也不再隱瞞，點了點頭，鎮定道：「妾身實乃衛府大夫人，原衛府世子衛珺之妻。只因在外不便，怕招惹是非，故而裝作夫妻，還望沈大夫見諒。」

沈無雙趕緊點頭，忙道：「明白，我明白。」

這時候他終於想起昨夜衛韞的話來，他心裡不由得苦澀，終於明白，衛韞哪裡是想罵他？

那分明是從他這裡，想找一份出路。

他看著楚瑜轉過身去，嘆了口氣，進屋來到衛韞身邊，開始給衛韞施針。扎到一半，衛韞悠悠醒過來。

他張眼看著床頂，沈無雙低著頭道：「醒了？」

「嗯。」衛韞應了聲，轉過頭悠悠看去，啞著聲道：「我……」他猶豫片刻，終於還是道：「我夫人呢？」

「大夫人在洗漱。」

沈無雙用了「大夫人」這個詞，於是衛韞便明白，他是在委婉表達自己已經知道他們真正關係的事。

衛韞沒說話，沈無雙想了想，終於道：「你……喜歡她？」

這個她不用提，兩人心知肚明是誰。

衛韞閉上眼，低低應了一聲「嗯」。

這坦坦蕩蕩的態度，反而讓沈無雙有些不知所措了，他低著頭找著穴位，漫不經心道：「她知道嗎？」

「不知道。」

「那你想讓她知道嗎？」

衛韞沉默了，許久後，他慢慢道：「等一等。」

「等什麼？」沈無雙有些疑惑，衛韞看著床上因風輕輕搖曳的結繩，慢慢道：「如今我在刀尖上走了，自己都不知道走到哪一步。等我走完了這段路，報了家仇，平了天下，確認我能護住她……」

說到這裡，他還是猶豫，最後才道：「且再看她。」

「你這人，」沈無雙忍不住笑了：「可真是夠能忍的。」

衛韞輕笑，目光裡卻裝了幾許難過。

「不是我能忍，我總不能讓她在衛家，再守第二次寡。」

「那萬一這中間，她愛上其他人了呢？」沈無雙有些疑惑。

聽到這話，衛韞抿了抿唇，卻是道：「不會。」

沈無雙挑眉，衛韞看著遠方：「我在她身邊。」

這話讓沈無雙笑了，他將針拔出來，笑著道：「那我祝你好運。」

衛韞應了聲，沈無雙拍了拍他的腿：「有感覺沒？」

衛韞點了點頭，沈無雙站起來：「休息睡一覺，醒來後在床上動動腿，等晚點讓衛夫人扶著你走一走，明天應該就能正常走路了。養了這麼久，你筋骨都該養好了，如今能有感覺，瘀也就差不多散了。」

說著，沈無雙起身，留了句他走了，便大大方方離開。

衛韞躺在床上，自己活動著自己的腿，沒一會兒，楚瑜回了房間來，她和他隔著簾子睡下，等到了晚上，楚瑜便扶著他開始行走，走到月上柳梢，衛韞滿頭大汗，卻差不多能正常行走了。

楚瑜見他能正常行走，想了想道：「今晚我再看著你一夜，明天我們就分開睡吧。」

衛韞低著頭，應了一聲「嗯」。

楚瑜見他似乎興致不高，不由得笑了：「不高興？」

「沒。」衛韞垂眸看著腳尖：「累了。」

楚瑜笑了笑，扶著他回了房。等到半夜，楚瑜依稀聽見開門聲，她迷迷糊糊睜了眼，看見衛韞走了出去，楚瑜猶豫著，起身披了件披風，就跟了出去，然後看見月光下，衛韞扶著牆，反反覆覆練習走路。

此後每天，衛韞白天由楚瑜看著練，晚上自己偷著練，很快就恢復了最初的模樣。有一天夜裡，楚瑜坐在窗臺前，看見衛韞拿起她添置在院子裡的長槍。

此時已是四月花開正好，月光如水流淌一地，白衣少年手握長槍，單手覆在身後，手猛地一抖，那長槍便如遊龍一般咆哮探出。

他的動作帶起疾風陣陣，攪得滿院桃花紛飛，她坐在窗前，呆呆瞧著，感覺自己的心跳一下一下，彷彿被纏裹了蜜汁，重了許多，纏綿許多，也……令人歡喜許多。

那天晚上楚瑜做夢，夢裡就是衛韞手握長槍，在月下舞動，起初是這個小小庭院，然後就到了鳳陵山外，他在人山人海中回頭一望，又是宮門之前，他撐著滿身的傷，卻還是站在她身前，為她撐起一把雨傘，最後竟是放天燈那天夜裡，他們坐在屋簷上。

夢裡憑空多了許多她記憶裡沒有的東西，她夢見衛韞抱著她，低頭朝她吻下來。天燈升空，在黑夜裡溫暖又鮮明。

他們十指交扣，唇舌糾纏。

然而那個吻沒有半分欲念，與她曾經經歷過的，截然不同。

它溫暖又乾淨，帶著少年的小心翼翼，和羞澀忐忑。

然後她在夢中被衛韞的聲音驚醒。

「嫂嫂！」

楚瑜猛地睜眼，看見衛韞提著劍在她上方，焦急出聲：「有兵馬到城外了，我們快走！」

楚瑜翻身而起，仔細聽了片刻。外面傳來軍隊整齊跑過的聲音，還有北狄整軍清民的聲音，以及孩子的哭聲、女人的呼喊聲。

許多聲音交織在一起，楚瑜迅速收拾了細軟，提上劍，便跟著衛韞衝了出去。

沈無雙和白裳也已經驚醒了，沈無雙收拾一些常用藥材和自己做的藥丸毒粉，白裳收拾了金銀乾糧。他們明顯也是經常逃亡之人，一切做得乾淨俐落。

沈無雙背著沈嬌嬌，跟在衛韞後面，著急道：「你們知道是誰嗎？」

「我開路嫂嫂斷後，沈無雙帶路，孩子白裳抱，沈無雙把劍拿上！」

衛韞迅速吩咐，說完這些才去回答沈無雙的問題：「先出去看。」

反正，如果是北狄的軍隊，他們得跑。

如果是大楚的軍隊，他們要去迎。

如果是衛秋、衛夏……

得通知他們撤退。

衛韞心裡做了盤算。

沈無雙帶著衛韞出了門，一面走一面道：「聽聲音他們是從東門來，我們從西門先出去，繞到邊上看清楚來人再見機行事。」

衛韞點了點頭。城內如今已經是一片騷亂，所有人都從西門往後跑去，根本沒人攔他們。於是衛韞和沈無雙掉過頭來護住楚瑜和白裳、沈嬌嬌，一起擠了出去。

等擠出西門，五個人繞到了邊上，然後就看到沙城城門外，在夜色中迎風飄揚的絳紅軍旗。

那旗幟上繡著金色捲雲紋路，金色「衛」字大大立在中間，這個衛字被寫得彷彿一隻鳥一般，若是仔細看不難看出，這鳥便是神鳥朱雀。

朱雀是衛家家徽，如今出現在這裡，衛韞和楚瑜便立刻確定，這應該就是衛夏、衛秋一行人。衛韞立刻帶著一行人朝著那隊伍奔去，老遠便看見衛秋、衛夏並騎立在前方。

此時沙城已經差不多準備好，開始備戰，衛家軍卻沒動，似乎還是在猶豫。想了片刻，衛秋還是抬起手，正準備下令攻城，便聽衛韞大喊出聲：「停下，撤！」

衛秋率先回頭，便看見衛韞朝著他們衝來，衛夏隨之回頭，驚喜道：「侯爺！」

第二十七章　永如少年

衛韞一路衝到衛秋和衛夏面前，立刻道：「沙城不易攻打，按你們準備的撤退路線撤退。」

衛秋和衛夏猶豫片刻，卻是道：「侯爺，我們糧餉可能不足七日……」

「附近有其他地方，先退回去，再做打算。」

衛韞果斷開口，衛秋和衛夏不再猶豫，聽了衛韞的話，衛秋上前引路，衛韞領了楚瑜、沈無雙一行人，一群人如風一般離開了沙城。

沙城將士才剛剛準備好迎戰，就看見那些兵馬掉頭走了，一群人在追與不追之間想了想，覺得……還是不追吧，又不是沒事兒幹。於是沙城的守軍休息了一會兒，見衛韞等人沒再回來，便掉頭將沙城遇襲的事情往王庭通報。

衛韞和衛秋衛夏帶著人往他們早就規劃好的逃跑路線奔去，一面跑一面道：「我們如今是往哪裡走？」

「不遠處有個綠洲，我們在那裡休息。」衛秋領路回答。

「如今還剩多少人？」

他們一路都在劫掠村子，必然是有損傷的，衛夏神色暗了暗道：「還有一千一百四三人。」

加上攻城時損失的，他們這些日子的傷亡也不算十分慘重，但是從比例上來說，就讓人有些心驚了。

衛韞抿了抿唇，接著道：「你們怎麼想到來打沙城？」

「糧食不多了，」衛夏嘆了口氣：「我們對北狄也不熟悉，領路的人死了，現在就是看人就打，先搶了糧食再說吧。」

衛韞沒說話，北狄腹部幾乎沒有多少大楚人來過，衛韞來之前雖然已經儘量收集了北狄所有相關資料，可一方面那些資料都是多年前的地圖，另一方面因為北狄本就是遊牧民族，除了城池以外，大多村落都是就地紮營。況且，哪怕是城池，大楚人也只瞭解幾個主要幹道上的城池而已，便就是這沙城，也只是聽說，對沙城的實力，如果不是衛韞在這城池裡住了一個月，怕是也摸不清楚。

楚瑜聽著他們交談，也明白衛韞的顧慮。上輩子她和顧楚生多次出入北狄，為的就是此事。

等所有人在綠洲安營紮寨，衛韞同衛秋、衛夏互相交流著兩邊人失散後的境遇，楚瑜將沈無雙和白裳、沈嬌嬌安置好，回到衛韞身邊。

衛韞讓衛秋、衛夏先去睡，楚瑜坐到衛韞身邊，看見他畫的地圖。

「在想去哪裡？」楚瑜笑了笑。

衛韞抬頭瞧她：「嫂嫂還不睡？」

「這附近不遠處應該有一個村落。」楚瑜吃著胡餅，抬手指了沙城西南的方向，平靜道：「我在城裡的時候打聽過，這個村子不大，應該只有幾百人。」

衛韞點點頭，楚瑜想了想，從懷裡拿出一張地圖：「還有這個，我在城裡的時候，請人畫的。」

衛韞從楚瑜手裡拿過地圖，這地圖比他在大楚時得到的地圖細緻得多。

這是楚瑜當年和顧楚生出生入死多年繪下的整個北狄的地圖，不但如此，她還按著自己的記憶，將當年北狄主要幾個大部落的據點和主力軍的行軍路線都標了一遍，同衛韞道：「這上面的點都是我猜的，到時候咱們避開。」

衛韞低頭看著楚瑜，這樣一張圖，如果沒有誤差，那真是太過重要。

他心裡隱約有那麼幾分明白，這東西怎麼可能是找人問一問就出來，猜一猜就知道。

可他也知曉，楚瑜不說，必然有她不說的道理，於是他低頭應了一聲，低頭看著那地圖，心裡隱約有了一個想法。

第二天清晨天還沒亮，衛韞便將衛夏、衛秋叫起來，讓士兵吃過了早飯，便翻身上馬，一路朝著楚瑜標記的村子疾馳而去。沙漠地廣人稀，到了入夜，他們才來到村子附近。衛韞讓所有人先躲在沙丘後，自己上前觀察了一陣子，確認了人數之後，他將衛夏叫過來，吩咐道：「你讓人散開，等入夜我們再下去，從四面八方往下衝，讓所有人吼大聲一點，動靜大點，知道嗎？」

衛夏點點頭，等到入夜，便帶著人散開，成包圍之勢，躲在沙丘之後。

然後只聽衛韞一聲令下，一群人大喊著衝下去，一時間殺聲震天響起，鑼鼓之聲四面八方傳來，牛羊馬匹被驚得四處逃竄，村裡的人紛紛衝出來，男人持刀拿箭，護著女人婦孺在中間。

衛韞用北狄語大喝出聲：「投降不殺！投降不殺！」

衛韞一行人出現得太快，加上夜深根本分不清楚有多少人，只聽見四面八方都是喊殺之聲，這個不足千人的村子早就嚇破了膽，聽到這句話，男男女女在火光中對視著，放下武器，慢慢跪了下來。

衛夏和衛秋將男人女人分開來，隨後開始牽牛羊和乾糧。

一個老人看著衛秋、衛夏做這些，捏著拳頭，目光裡含著淚光。

衛韞旁邊瞧著，扭頭拍了拍他的肩。

那老人被衛韞驚到，立刻開始叩首，以為自己的神態讓衛韞不滿，村民情緒頓時激動起來，衛韞扶住老人，平靜道：「大爺，我們不取走所有。會給你們留一半乾糧。」

那老者微微一愣，旁邊人聽衛韞的話，這才慢慢平復下來，衛韞看著衛秋和衛夏將牛羊馬牽出來，平靜道：「如今前方戰事起，大家都是逼不得已。若是有活路，誰都不想做這些，你們若是有要恨的，恨蘇燦去吧。」

生澀的北狄語暴露了衛韞的身分，那老者面露哀戚：「你們打仗，又關我們這些百姓什麼事？」

「老頭，你這話就說得不對了，」衛夏聽到這話，嘲諷道：「你怎麼不問問你們北狄軍隊，他們殺我們大楚百姓的時候，又怎麼不說和百姓沒關係？你們每年都來大楚搶人搶糧，這可是我們頭一回幹這事兒，算客氣了。」

這話說得老者語塞，許久後，他嘆了口氣，頹然道：「都去吧，都拿去吧，打來打去，都是老百姓受苦。」

「我們還死人呢。」衛夏翻了個白眼。

衛秋上前來，同衛韞道：「侯爺，糧食馬匹這些都已經清點好了。」

衛韞點了點頭，轉頭同那老者道：「你點二十個青年給我吧。」

「你要做什麼？」那老者睜了眼。

衛韞笑了笑：「我們需要幾個嚮導，您給我十個青年，我會好好照顧他們和他們的妻女。」

「不行！」那老者果斷道：「糧食、牛馬，你們都可以拿走，可人不行！」

衛韞面色平靜，眼裡有了些惋惜：「大爺，我不是不會殺人的。」

衛韞抽出腰上劍來，淡道：「您要是不給我這十個人，那你們村裡的人，怕是一個都活不下來了。」

那老者捏著拳頭，渾身顫抖，片刻後，一個明亮的少年聲響了起來：「我跟你走。」

「圖索，回去！」那老者叱喝。

少年卻是一步不退，盯著衛韞道：「我跟你走。」

衛韞點點頭，讓衛夏去拉人，然而便就是這時，許多青年站起來，激動擋在少年前方道：「我去！我們去！」

「少族長，您不能去……」

眾人圍擋在那少年身前，阻止著衛夏。衛夏有些為難地看向衛韞，衛韞看著少年，最後道：「讓他跟過來，他自己再挑兩個人，我數十聲，選完就走。」

少年舒了口氣，面露笑意，所有人激動地阻止著少年，或者自薦，少年看了一圈後，點了兩個人，然後從人群中分開，走到老者面前，抬手放在胸前，深深鞠了個躬，認真道：「爺爺，再見。」

說著，他又轉身，同自己的親人一一告別。

做完這一切後，少年來到衛韞面前，衛秋和其他人都已經整裝待發，衛韞打量了他一眼：「叫什麼？」

「圖索。」少年垂著眼眸，神色恭敬。

衛韞點點頭，讓衛夏給他牽了一匹馬道：「上來吧。」

圖索乖順按照衛韞的話做完，天還沒亮，這場閃電般的劫掠就結束了。衛韞帶著楚瑜，讓駱駝引路，一行人走了一夜，正午時，終於找到了下一個水源處。

所有人歇息下來，楚瑜和白裳招呼著去生火宰羊，衛韞將圖索叫過來，分了他一個胡餅，兩個人躲在駱駝陰影後聊天。

「幾歲了？」

「十四。」圖索吃著胡餅，悄悄打量著衛韞。

衛韞點點頭：「嗯，我十五，快十六了。」

「你是大官嗎？」圖索有些好奇。

衛韞不由得笑了，應聲道：「嗯，還可以。」

「那你一定很有能力。」圖索點頭。

衛韞苦笑道：「繼承家業罷了。」

「啊，那你父親呢？」

「死了。」衛韞聲音低沉。

圖索卻不覺得自己觸犯了什麼，繼續道：「你沒有哥哥嗎？」

「有的。」

「哥哥呢？」

「死了。」

圖索愣住了，他斟酌了一下，小心翼翼道：「是……北狄殺的嗎？」

衛韞沒說話，片刻後，他點了點頭。

圖索眼裡帶了些絕望，衛韞卻拍了拍肩。

「你別擔心，我不會因此遷怒你。自古戰爭磨難多在百姓，興百姓苦，亡百姓苦，我要報仇，找的也是你們北狄王室，你好好在我手下做事，我不為難你。」

圖索有些奇怪：「您要我做什麼？」

「引路。」衛韞抬頭看著不遠處穿著斗篷在烈日下招呼著烤羊肉的楚瑜，平靜道：「我沒其他想法，就想趕緊結束戰爭回家。你好好幫我，等我回到大楚，你願意，我就帶你回去，到時候高官厚祿，我都幫你。」

圖索想了想，他搖了搖頭：「我不要高官厚祿。」

「那你要什麼？」衛韞轉頭看他。

之所以選擇圖索，就是因為他看出來，圖索並不是被逼著過來的，他是自願站出來的。

圖索有些不好意思，他小聲道：「等仗打完了，你能不能給我一塊地，我想帶我的族人去大楚。」

衛韞有些疑惑：「為什麼？在北狄不好嗎？」

「我們部落小，」圖索嘆了口氣：「零零散散幾個村，加起來不到兩千人，經常被其他大部落欺負。實話同你說，這次哪怕不是你打劫我們，也會有其他人。我不喜歡戰爭，」圖索看向大楚的方向，眼中帶了豔羨：「我聽說大楚人不喜歡戰爭，他們生活得很平穩，我也想。」

沒有人喜歡戰爭，所有人都一樣。

衛韞沒有評論圖索的想法，大家不過都是想活得更好一些而已。

他拍了拍圖索的肩，平靜道：「你放心，等戰爭結束了，我從衛家封地裡面給你們一塊。」

「謝謝！」圖索滿心感激：「我知道您是好人！」

兩人說著話，楚瑜走了過來，她招呼著兩個人過去：「羊烤好了，過來吃吧。」

衛韞應聲站起來，笑起來道：「勞煩嫂嫂了。」

圖索聽到衛韞的話，動了動耳朵，抬頭看了楚瑜一眼。一行人圍到羊邊上，衛韞親自給圖索切了羊肉，認真道：「如今在大漠，你是東道主，日後就靠你了。」

圖索連連點頭，沈無雙也以水代酒，給圖索敬了一杯。

圖索紅著臉，由著衛韞將所有人介紹了一遍，圖索一直在記著人。等介紹完後，圖索詢問衛韞道：「那小公子可是在大楚？」

所有人微微一愣，衛韞有些尷尬道：「我尚未娶妻。」

圖索有些奇怪，看著楚瑜道：「可夫人不是在這裡嗎？」

「那是他嫂嫂！」沈無雙趕緊出來打岔，圖索一本正經道：「是啊，他哥哥死了，他嫂嫂不就是他女人了嗎？」

話剛說完，楚瑜一口水就噴了出來。

她急促咳嗽著，面色咳得潮紅，所有人看著圖索，目瞪口呆，沈無雙這才想起來，趕忙解釋道：「北狄人是這樣的，兄長死後由其弟弟繼承一切財物。」

說著，沈無雙臉也有些紅了，卻還是硬著頭皮道：「包括女人。」

這話出來，在場其他人都笑起來，唯獨衛夏、衛秋兩個人，小心翼翼看了衛韞一眼，見衛韞面上不動聲色，又看了旁邊的楚瑜一眼。

楚瑜倒是坦蕩，同圖索又問了兩句後，打趣道：「你們還挺有意思的。」

大楚人頭一次這麼近距離接觸北狄人，還是坐下來說說民俗風情，旁邊的士兵都有些好奇，眾人圍住圖索，問來問去問了許久。

漸漸到了夜裡，楚瑜覺得有些睏，便去一旁找白裳，兩人一個帳篷一起睡了。

等到第二天起來，衛韞和衛夏、衛秋已經在一起坐著商量出路，衛韞見楚瑜起了，趕忙道：「嫂嫂妳過來。」

楚瑜應聲，坐到衛韞旁邊，衛韞同楚瑜規劃了一條路線，同她道：「這是圖索給我們標注出來的，沿著這條路，我們可以規避掉大部分城池，路上有水源和小的村子，我們沿路過去，半個月就可以離開。」

楚瑜吃著胡餅，想了想道：「目標會不會太大？」

「所以要快。」衛韞沉聲開口：「北狄大多荒漠，傳遞資訊不易，我們不能在一個地方停留超過一晚上。只要我們一直移動，運氣不要太差碰上北狄的主力部隊，蘇查追不上我們，就不會有太大問題。」

楚瑜點點頭，衛韞忍不住開口：「等回去之後……」

所有人抬眼看他，衛韞想了想，又將話憋了回去：「回去後再說吧。」

按著圖索給的路線，一行人開始出發，幾乎是星夜兼程，每天休息不超過半日，一路劫掠村子。

北狄派了兵力四處圍剿他們，卻很難找到他們。

衛韞對戰場有著絕佳的判斷能力，什麼時候突襲，怎麼突襲，什麼時候撤退，而路線也從最初圖索規劃的路線，不斷根據形勢變化。

然而饒是如此，當半月後他們到達大楚和北狄的邊界時，也只剩下了一半人馬。

有些死於和北狄百姓之間的鬥爭，但更多的卻是死於疾病。

到了大楚和北狄邊界，沿路變成了城池，如今北狄占著大楚的城池，楚瑜和衛韞商量了一下，便將剩下五百多人散開，化整為零，裝作難民歇在了官道兩邊。

官道邊上都是逃亡來的難民，北狄的大楚的混雜在一起，衛夏尋了其中一個打探了消息，回來同衛韞道：「主子，現在姚勇被陛下囚禁在宮裡，姚勇的兵力被楚世子、宋世子還有衛家軍中幾位將軍瓜分了去，北狄現在還占著大楚十二座城池，雙方僵持著。」

衛韞點了點頭，衛夏將北狄占領的城池說了一下，衛韞聽到一半的時候叫住他：「你等等，你再說一遍。」

衛夏將北狄的所占領的城池說了一遍，衛韞和楚瑜對看了一眼。

此刻他們所在的是白城，而白城和青城，是目前北狄唯一占著邊境的兩座城池，也就是說，北狄已經三面被圍困，只有白城和青城與北狄國土交接，一旦這兩個城池被占，北狄就被澈底困死在了大楚內部。

所以，這兩個城池，大楚將士必定來取。

楚瑜看了衛韞一眼，猶豫道：「要不我們就在這裡等？」

衛韞想了想，還是搖頭，「我得早點回去。」

如今正是各方瓜分勢力的時候，他得回去將衛家的勢力修整到手裡。

他手在袖子裡畫著圈，抬頭看向城池，似乎在思索謀劃著什麼。

他想事情的時候，神色認真專注，微皺著眉頭，少年氣盡褪，帶著令人安心的沉穩可靠。楚瑜抬眼看過去，哪怕是如今落魄蒙難，衣衫殘破、頭髮凌亂的時刻，面前這個人依舊英氣逼人，就這麼瞧著，都覺得分外好看。

「嫂嫂，」他突然開口，楚瑜立刻應了聲，衛韞平靜道：「等明天我們啟程去找顧楚生，之後我會找趙玥談判，到時候妳要認下一件事。」

楚瑜點點頭，衛韞讓她認事，她全然沒想過衛韞會害他，直接道：「你說。」

「妳來救我時，剛好是我從北狄王庭撤退的時候，獻王蘇勇是妳殺的。」

衛韞在北狄宮廷時殺了一大批人，其中蘇勇是官職最高的，也是到目前為止，大楚殺過北狄位置最高的貴族將領。

楚瑜愣了愣，這是極大的軍工，她不明白衛韞為什麼讓她認下？

當年她和顧楚生在戰場上，所有功勞都是記在顧楚生的頭上，這樣對顧楚生加官進爵更有益處，如今衛韞不把功勞記在自己身上，還往她身上推做什麼？

「小七，」楚瑜不懂便問：「你是如何打算的？這軍功記在你頭上，比記在我一個女子之身上要好的多。」

衛韞笑了笑：「我不缺這些，嫂嫂妳答應了，我自有我的用處。」

楚瑜覺著，衛韞向來是個沉得住氣的人，於是她點了點頭，帶著疑慮應了下來。

夜裡所有人歇息下來，人挨著人，楚瑜和白裳睡在中間，衛韞和沈無雙睡在兩邊，將兩個女子和周邊的人隔開。

夜裡所有人睡過去，衛韞看著月光下的楚瑜，她臉上全是塵土，衣衫染滿了泥塵，這華京再落魄的貴族女子，怕都沒有過楚瑜這樣的狼狽模樣。

衛韞看著她，心裡不知為何就顫動起來，像是湖水突然被人扔進石子，一圈一圈蕩漾開去。

楚瑜似乎察覺到他的目光，她慢慢睜開眼睛，看見衛韞瞧著她，她不由得笑了：「還沒睡呢？」

他們說話聲音小，甚至不如邊上蟬鳴之聲。

衛韞看著她，輕輕笑了：「嫂嫂。」

「嗯？」

「回去，我給妳買好多好多漂亮衣裳。」

楚瑜挑眉，有些奇怪：「你這是覺得我醜了？」

衛韞搖了搖頭：「沒覺得嫂嫂醜，就覺得，嫂嫂該比所有人都好。」

有許多承諾他想許給她，然而他已經說過太多遍，於是他沒有說。他只是看著楚瑜，溫和道：「妳嫁進衛家來，一直沒過過安穩日子，回去之後，別管前線如何，好好買幾件漂亮衣服，買許多首飾，嗯？」

楚瑜抬手枕在自己臉下，笑著看著他：「仗還都沒打完，就想著休息。衛韞，你偷懶了。」

衛韞也抬手將手放在臉下，動了動身子，靠近她。

他目光裡盛著星光，含著笑意。沒有過往那些小心翼翼的退卻和隱忍，他就大大方方、坦坦蕩蕩看著她，楚瑜迎著他的目光，不知道為什麼，竟也沒有了半分後退的感覺，似乎退了就是輸，退了就會讓什麼變質，變得格外尷尬。

於是她也瞧著他：「怎麼，我說錯了？」

「我不偷懶，」衛韞看著她的眼睛：「只是回去後，一切會安定下來，衛府的聲望權勢，本該是我去掙，嫂嫂在家裡，有什麼打算？」

「什麼打算？」楚瑜想了想，認真道：「幫你打理好衛家。」

「還有呢？」

「做好這件事，已是不容易了。」

「那妳幫我做幾件事，」衛韞笑著開口。

楚瑜點頭道：「你放心，你吩咐的事兒我都會做好。」

「第一件事，回去找個大夫，好好調養。」

衛韞說起這個，神色嚴肅。

「妳體質偏寒，習練的功法又偏陰，我怕日後妳受些傷，會給身子留下病根。總不能廢了功法讓妳重新開始，所以現在開始，好好保養，嗯？」

沒想到衛韞會說這個，楚瑜不由得愣了。

上輩子，就是因為她本身體質偏寒，習武的路子偏陰，又為著顧楚生受了傷，於是一直難以受孕。知道自己很難懷孕的時候，顧楚生的母親便一直要顧楚生納妾，顧楚生雖然沒有允許，卻還是每天給她端藥來。

那些苦澀的藥一碗一碗灌，每天扎針喝藥，直到最後大夫和顧楚生說，一定要懷孕，怕是得廢了她練的功法，再輔佐調養才行。

那時候所有人，她的母親、妹妹都和她說，女人一輩子，有個孩子比什麼都重要。

經。

顧楚生也同她說，她這輩子，他會照顧她，不需要有什麼武功，好好生下個孩子才是正

她信了。

後來一無所有的時候，她連離開顧家，都做不到。

楚瑜沒想到，衛韞在家國皆亂這樣的環境下，居然還能注意到這件事，她垂下眼眸，睫毛微顫，壓住心裡翻湧那些不知名的感覺，小聲道：「嗯……」

「第二件事，」他輕輕笑了：「每個月買二十套衣服首飾，置辦一套胭脂水粉。」

「這你也管？」楚瑜被他的要求逗笑，衛韞瞧著她，眼底帶著暖意：「還沒完，第三件事，家裡養的五隻貓，妳好好養著，每天陪牠們玩半個時辰。」

「第四件事，每天要睡四個時辰。」

「第五件事……」

衛韞絮絮叨叨說了許多，楚瑜被她說得有些睏了，有些不耐煩道：「你說這麼多，到底想做什麼啊？」

「嫂嫂，」衛韞嘆了口氣：「妳只有十六歲。」

楚瑜抬眼看他，看見衛韞眼裡的疼惜：「我希望妳能像一個十六歲的小姑娘一樣活著，別太累了。衛府的天塌不下來，還有我呢。」

楚瑜聽著這話，清醒了許多。她眼裡有些苦澀：「人總要長大了，我總不能一輩子像十

六歲一樣活著。」

「為什麼不可以？」衛韞看著她，平靜出聲：「阿瑜。」

他叫了她名字，楚瑜被叫得愣住，就聽他道：「只要妳留在衛府，只要我活著，無論妳是十六、二十六、三十六、五十六……」

「妳這一輩子，我都會努力讓妳活得像個小姑娘。」

小姑娘是什麼樣呢？

是沒吃過苦，沒受過傷，躲在大樹之下看著天空，看晴空朗朗，看碧藍如洗。

沒見過蒼鷹捕食，也不知陽光灼人，一切都明媚又美好，於是對世界充滿了無盡勇氣，手握長槍，就覺得這世上絕不能讓自己屈服跪地的事。

就像十六歲的楚瑜，愛一個顧楚生，就可以將一切都給他。

可過了太多年，她頭撞在南牆上撞得鮮血淋漓，內心滿目瘡痍，這時候終於有個人站出來，同她說——這一輩子，他讓她活得像個小姑娘。

楚瑜忍不住有些鼻酸，心裡微微發顫。她直覺自己似乎想伸出手，去抓住一些不屬於自己的東西。

她蜷縮著不說話，衛韞靜靜看著她。

面前人似乎高築起了一堵無形的牆，她躲在牆裡，把自己所有的悲傷和痛苦都藏起來，可那悲傷太多，忍不住會從牆裡溢出來。

於是他感知到，他不敢去問她，也不敢觸碰，他只是看著她背對著他，轉過身去，低聲道：「睡吧。」

衛韞看著她背對著自己睡著，隔了好久後，他伸出手，輕輕抱住她。

楚瑜微微一顫，她不知道這個動作是衛韞清醒做的還是已經睡了。從呼吸聲判斷，他大概是睡了。

她其實該推開他。

可是也不知道為什麼，大概是寒夜太冷，這一分鐘，她被他這麼靜靜抱著，感覺那些悲傷痛苦一點一點平息，她居然閉上眼睛，彷彿什麼都不知道一樣，慢慢睡過去。

一行人睡到清晨，黎明後第一縷微光剛剛落下，楚瑜便感覺地面微微震動，她猛地睜開眼睛，發現衛韞在她後面按住了她。

他似乎早就醒了，躲在草叢裡觀察著遠處。旁邊的百姓也逐漸醒了，所有人驚慌起來，開始往邊上的樹林逃竄。衛韞見手按在楚瑜肩頭，低聲道：「是大楚的軍隊，先看清是誰。」

但只要是大楚的軍隊，不管來的是誰，他們都不會有太大危險。

楚瑜招呼了沈無雙、白裳、圖索三個人靠過來，五個人在一群人兵荒馬亂之中格外顯眼。

軍隊近了，楚瑜先看到一面黑色的旗子，上面用紅線大大繡了一個「楚」字，「楚」字上面還有捲雲紋路纏繞，楚瑜立刻歡喜道：「是我大哥！」

話剛說完，一面絳紅色朱雀衛字軍旗旋即出現，在場所有人都放下心來，衛韞站起身，帶著五個人逆著人流走到官道上，靜靜等著來人。

首先出現在視野的是身著黑色軍甲的楚臨陽，楚瑜眼裡帶了歡喜，站在衛韞身後拼命招手。

這時候顧楚生還在後面同軍官談論著糧草的事宜，就聽前面有人激動道：「是大小姐！」

「是衛小侯爺和大小姐！」

這聲音剛傳來，顧楚生就猛地回頭，而後便見到官道之上，五個人站在一起。

另外三個人顧楚生不識得，但他卻仍舊一眼認出楚瑜來。

她穿著一件藍色長裙，外面籠著黑色斗篷，她似乎跋涉了很久，身上衣著襤褸，頭髮也凌亂得夾雜了枯草，臉上甚至還帶著沒有洗的塵泥。

然而她站在不遠處，朝著他們歡喜地招著手。

她臉上全是欣喜，笑容明朗，太陽在她身後冉冉升起，一瞬之間，顧楚生彷彿看到十六歲的楚瑜站在不遠處，招手等他。

他記憶裡的楚瑜，後半生一直死氣沉沉，哪怕是重生之後，那個女子以少女之身，仍舊時時刻刻縈繞著那份重生後揮之不去的沉重和壓抑。

然而這一刻，他彷彿看見她那些磨平的稜角、拋下的驕傲、失去的風采，一一都回到了自己的身上。

她似是少年時，驕縱又傲氣，不知這世上艱辛苦難，以為自己一人一劍，就能斬斷所有荊棘坎坷。

他來不及想是什麼讓她這樣變化，駕馬從人群中疾馳而去，旁邊人驚呼出聲：「顧大人！」

顧楚生一貫從容溫和，帶著股華京書香門第的矜貴，然而這一刻他卻像個少年人一樣，莽撞衝出去，然後急急停在楚瑜身前。

他們本是來攻城的，楚臨陽來不及在這時候同楚瑜許久，帶著軍隊從他們一行人身邊衝過去，同楚瑜道：「自己找地方待著！」

隨後便聽見鼓聲響起，開始攻城。

周邊人來人往，顧楚生騎在馬上，低頭看著楚瑜，他微微喘著粗氣，捏緊了韁繩，竟是有些不知所措，好久後，終於道：「妳回來了？」

楚瑜輕輕笑了笑，坦然道：「平安歸來。」

「去旁邊說吧。」衛韞的聲音響起來，聲音裡帶了些冷意。周邊人都未曾發覺，就看見衛韞抬手牽住楚瑜的手，拉扯著她往邊上走去。

周邊所有人都愣了，楚瑜也是有些懵，她低頭看著衛韞拉著她的手，一時竟不知道該如何是好。

她直覺有些不對，可又敏銳地感覺，此時此刻若是甩開了衛韞的手，大概會陷入一個更尷尬的境地。

顧楚生在後面看著衛韞拉著楚瑜，不免皺起眉頭，駕馬下了官道，翻身下馬，直接朝著衛韞走去，冷聲道：「小侯爺。」

衛韞轉過頭來看他，手裡拉著楚瑜不放，顧楚生目光看向他拉著楚瑜的手，壓著火氣：「男女七歲不同席，您該放手了吧？」

聽到這話，衛韞面色不動，依舊拉著楚瑜，冷眼看著顧楚生，一字一句，分外明晰：「我放不放手，與你何干？」

「小七……」楚瑜終於開口：「別鬧事兒。」

說著，她將手從衛韞手裡抽出來。

衛韞沒說話，他轉過頭，深深看了楚瑜一眼，楚瑜被這一眼看的有些發毛，就聽衛韞冷笑了一聲，摔袖離開。

楚瑜忙追上他，叫住他：「小七！」

衛韞頓住步子，他背對著楚瑜，終於算是冷靜了幾分，他克制住自己的情緒，平靜道：「嫂嫂，我去幫楚大哥。」

說完，他便疾步跟上了軍隊，從後方拿了一匹馬，翻身追了上去。

楚瑜皺眉看著衛韞，顧楚生站在一片，等了片刻後道：「我們的軍營在後方，我帶你們先回去吧。」

說著，他看向沈無雙，笑著道：「這位先生是？」

沈無雙看了他一眼，平靜道：「姓沈，江湖郎中。這是內子白氏，我女兒沈嬌。」

當初沈無雙和白裳、沈嬌嬌三人被追殺到北狄，這件事顧楚生是知道的，驟然聽到這個姓氏，還是個大夫，顧楚生不免皺了皺眉頭。然而轉念一想，沈姓大夫多的是，也算不上什麼。

於是他面色幾轉，帶著笑意，抬手招呼沈無雙等人道：「這邊請。」

顧楚生引路帶著他們回了軍營，一路上他不斷問著楚瑜的遭遇，從鳳陵城到北狄，經歷了這樣多生死，驟然再見顧楚生，楚瑜覺得自己似乎也沒這麼恨這個人。

她如友人一般坦坦蕩蕩同顧楚生說著話，也並沒遮掩太多，將北狄的經歷大致描述了一遍，掩去了和衛韞相處的細節後，也沒有多少可說的，她便反問顧楚生道：「你們呢？我走後朝廷如何了？」

「我同二夫人穩住了衛家的幾個將領，衛家現在沒事，就等著衛韞回來，妳放心。」

楚瑜點點頭，真誠道：「多謝你了。」

顧楚生聽到這話，捏著韁繩，垂下眼眸，沙啞著聲道：「妳我不用說這個謝字，為妳做這些都是我應該的，我沒求過什麼。」

就像當初，她也沒求過什麼。

楚瑜轉頭看著顧楚生。

這輩子的顧楚生，似乎真的不一樣了。和過去她記憶裡那個冰冷又高傲的人，截然不同。

顧楚生意識到她在看他，下意識將頭偏了偏，想給她看最好的一面。

當年楚瑜看上的就是他這張臉，他曾覺得臉是自己最沒用的東西，如今卻巴不得楚瑜再看上一次。

然而楚瑜看著他的目光裡澄澈又平靜，帶著感激道：「終歸還是要謝謝你的，此次事畢，你放心，侯爺不會虧待你。」

顧楚生僵了僵，他慢慢抬起頭來，抿緊了唇：「我要的是什麼，妳不清楚嗎？」

過往顧楚生說這句話，楚瑜覺得痛苦、煩悶、焦躁。

然而如今聽著這句話，楚瑜看著他，竟覺得十七歲的顧楚生，也帶了幾分可愛。她輕笑起來，有些無奈道：「你可真執著啊。」

「我什麼性子，」顧楚生苦笑：「妳不知道嗎？」

他要的東西，等多少年，都會拿到。

就像當年他要娶楚錦，楚錦沒嫁給他，他就能一路從縣令走到丞相，然後將她三媒六娉娶回家裡。

楚瑜低頭輕笑，詢問道：「阿錦呢？」

顧楚生聽到這個名字，立刻明白楚瑜想到了什麼，他覺得喉間發苦，手足冰涼。

可他能怎麼辦呢？

上輩子做過的事，他做了，他沒辦法。

於是他只能硬著頭皮道：「她帶著韓大人的公子回了楚府，在華京休養。」

「她還好吧？」

「很好。」顧楚生沉默片刻後，接著道：「她去一個學堂當了夫子，如今比以前開心很多。」

「那就好。」楚瑜舒了口氣，心裡放下來，接著又道：「那長公主呢？」

顧楚生這次沒說話，楚瑜點了點頭：「你不方便說……」

「她在宮裡。」

「宮裡？」楚瑜有些詫異，她忙道：「她被囚禁了？」

「不……」顧楚生嘆了口氣，語氣裡帶了些無奈：「如今宮裡正值盛寵、盛傳即將封后那個梅妃，就是長公主。」

聽到這話，楚瑜猛地勒緊了韁繩，不可思議看著顧楚生：「趙玥瘋了？還是長公主瘋了？」

長公主的爹殺了趙玥的爺爺，長公主的兄長殺了趙玥的父親，如今趙玥殺了長公主的兄長，還立她為妃？

顧楚生眼裡帶了些許憐憫：「或許是呢？」

「阿瑜，」顧楚生言語苦澀：「有時候愛一個人，表現出來，可能不是對她好。」

「那這種愛還是收著吧，」楚瑜看向華京，冷聲開口：「不是你愛一個人，對方就得受著。更不是對方愛著你，就可以隨意糟踐。」

顧楚生沉默片刻，隨後笑起來，「妳說的是。」

他當年那份愛，還不如不愛。

趙玥如今這份愛，長公主也消受不起。

楚瑜看著華京，思索著，得早點回華京，將長公主救出來才是。

上輩子趙玥是死在長公主手裡，這輩子……怕也要長公主幫忙了。

顧楚生帶著楚瑜到了後方軍營，安置了沈無雙三人之後，轉頭又給楚瑜準備了一個營帳，讓人給她燒了熱水。

楚瑜關心前方戰事，顧楚生便給她詳細說明了這次作戰情況，安撫道：「妳放心，楚將軍如今是有備而來，就算拿不下白城，也不會有大礙，妳先洗澡休息一下，餘下我們之後再說。」

楚瑜點了點頭，心想如今就算有什麼要和顧楚生商議的，也要等衛韞回來。

於是讓顧楚生先出去，自己先去梳洗，顧楚生也有許多事要忙，他趁著楚瑜梳洗用飯的時間，趕忙去處理了。

等楚瑜梳洗完畢，用過飯後，她便感覺睏頓。緊繃著弦一直趕路，如今沾了軟床，便再也睜不開眼睛。她在帳篷裡睡下，等再醒來時，已經是下午了。

她揉著眼睛起來，詢問了候著的侍女時辰，接著就聽對方道：「大夫人，顧大人在外恭候多時了。」

楚瑜有些詫異，不明白顧楚生這時候等著她是做什麼。但顧楚生過來，她也沒有將顧楚生留在帳外的道理，她連忙讓人捲了簾子，迎了顧楚生進來道：「顧大人可是有要事？」

抱了一堆帳本摺子的顧楚生微微一愣，好半天才反應過來，這個顧大人是在叫他。

他緩了緩神，垂下眼眸，坐到楚瑜對面。

楚瑜讓人給他倒了茶，舉止從容溫和，神態之間，再也沒了過往的戒備。

她向來說到做到，他幫她看好衛家，過往種種，一筆勾銷。

然而也不知道是哪裡來的苦澀，泛在唇間，他垂下眼眸，將帳本放到楚瑜面前：「這是妳不在時所有銀錢往來支出，我均向二夫人請示過。」

「謝謝你。」楚瑜拿過帳本，翻看了帳本後，抬起頭來，再次認真重複：「真的，顧楚生，謝謝你。」

楚瑜看得出來，顧楚生是真的費心費力在為衛家做事。

當年他依附於衛韞，從而一路高升，這一輩子顧楚生機緣巧合搭上趙玥，本是可以不用如此，可他卻仍舊信守承諾，替她好好照顧了衛家。

一個人的好壞她看得出來，脫離了上輩子那個癡情人的角色，以朋友身分看待顧楚生，楚瑜發現，為什麼上輩子除了她，所有人都欣賞顧楚生，不是沒有理由。

顧楚生沒有應聲，將其他摺子推過去，繼續道：「這些是妳不在時，所有發生過的大事，我都記錄在冊。」

「多謝。」

「阿瑜……」

楚瑜的手微微一頓，她抬頭看顧楚生，微微皺起眉頭。片刻後，她坦然一笑：「你我雖然過往不悅，然而楚瑜並非不識好歹之人，大人所做所為，楚瑜和侯爺都感激於心，日後必當泉湧相報。您將楚瑜當做朋友，日後你我如年少互稱姓名，也好。」

顧楚生聽出當中的疏遠，他喉頭滾動，但最終卻什麼都沒說。他似乎用了莫大的力氣，終於讓自己笑容平復，開始同楚瑜說著衛府和楚府發生的事。

兩人說了沒多久，就聽見外面傳來兵馬之聲，隨後就聽一聲大喊：「大捷！大捷！」

楚瑜猛地站起身，朝著帳篷外面衝出去，顧楚生緊隨在後面，只見一隊人馬滿身是血衝上來，朝著顧楚生跪下後，笑著道：「顧大人，楚將軍讓您即刻拔營進城。」

「楚將軍和衛將軍可有受傷？」楚瑜立刻說。

那小將愣了愣，但看楚瑜站在顧楚生旁邊，立刻識時務回答道：「兩位將軍都安好。」

楚瑜舒了口氣，忙帶上人，便直接打馬進城。

顧楚生有些無奈，他軍務在身，只能招呼著人拔營跟上。

楚瑜趕到城中時，白城已經被攻下，正在清理戰場，楚瑜急急忙忙奔進去，便看見衛夏在門口等她，衛夏替她引路，笑著道：「小侯爺說您肯定是來得最快的，我還不信呢，沒想到啊，還是小侯爺最瞭解夫人。」

成功攻下白城，楚瑜心中歡喜，笑著道：「他向來知我。」

衛夏含笑瞧了楚瑜一眼，沒有多說，開始同楚瑜著攻城經過。

這一戰楚臨陽早做準備，本就打得順暢，而衛韞一馬當先帶人攻城，城樓上獨身取下了主將首級，更是加快了戰場進程，令敵軍澈底潰敗。

一路走來，楚瑜都隱約聽到衛韞的名字，還有他的事蹟，她不由得輕笑，衛韞這個人，走到哪裡，都是要發光的。

她隨著衛夏來到衛府，白城本就是衛家大本營之一，衛府如今剛被攻下來，衛秋正帶著人在打掃，這些都是跟著衛韞去北狄的親兵，楚瑜一進來，那些大漢一面擦地板一面抬頭喊：「大夫人。」

「大夫人。」

「大夫人您也來啦。」

「大夫人小侯爺在裡面呢。」

楚瑜聽著這一聲聲大夫人，走在迴轉長廊之上，一時竟真的有了一種歸家的感覺。

她轉到正堂，老遠便看見衛韞和楚臨陽坐在正堂之中，他們已經換洗好了衣衫，坐在棋桌前對弈。

楚臨陽黑色長衫，看上去一如過往那樣沉穩。而衛韞因在服孝，換了一身素白長衫，戴上了玉冠。

穿上了華京的服飾，楚瑜驟然發覺，衛韞瘦了許多，他本就生得不像武將，全靠那麼幾分戰場習練出來的英氣懾人，如今他穿著華京士族子弟獨有的廣袖夏衫，倒有了那麼幾分文弱書生的味道。

然而他拿棋子的動作很穩，雖是少年面容，但眉宇之間卻沉著穩重，全然沒有少年青澀。

楚瑜走到兩人面前，衛韞抬起頭來，目光觸及楚瑜時，他慢慢笑開，溫和道：「嫂嫂來了。」

楚臨陽不動聲色瞧他一眼，朝著自己旁邊點了點，淡道：「坐。」

衛韞愣了一下，楚瑜瞧見他的神色，抿唇笑起來，跪坐在楚臨陽身後，如同未出嫁時一般。

楚臨陽撚著棋子敲了敲棋盤：「看什麼看，嫁了也是我妹妹，落子。」

衛韞收回目光，笑著瞧向楚臨陽：「大哥說的是。」

說著，他同楚臨陽對弈，接上了方才的話題：「沈佑提前回來給了你們消息，趙玥卻沒想著為難我？」

聽了衛韞的話，楚瑜便猜測出如今衛韞在說什麼。

衛韞既然已經知道趙玥是當年白帝谷一戰幕後推手，自然不會放著趙玥坐穩這個皇位，然而畢竟去北狄將近四個月，給了趙玥太多時間，如今回來，首先便是要試探各方對趙玥的態度。

楚瑜不知道衛韞是否和楚臨陽交了趙玥是白帝谷主謀的底，她沒有說話，就安靜聽著兩人交談。楚臨陽看著衛韞落子，平靜道：「他殺你做什麼？」

「他要保姚勇，我和姚勇什麼仇他不明白？」衛韞盯著棋盤，試探著道：「他既然選了姚勇，怕是巴不得我死才是。」

「他給了我和宋世瀾承諾，」楚臨陽平靜道：「等江山穩固，會殺了姚勇。」

「姚勇會坐著等死？」衛韞眼中帶了嘲諷，楚臨陽慢慢道：「趙玥娶了他女兒，並給予盛寵。如今姚勇正做著國舅美夢呢。」

「那你怎麼不知道，你做著他是個明君的美夢？」

聽到這話，楚臨陽沉默著，片刻後，他抬起頭，淡道：「有話你不妨直說。」

衛韞沒說話，他轉頭看向楚瑜。

楚瑜看見他的目光，許久後，慢慢點了點頭。

她信任他大哥，而如今的局勢，他們需要楚臨陽。

楚臨陽看出他們的互動，將棋子放到棋盒，抬眼看著衛韞。

「有話你說出來，我不保證幫你，可我保證，這話我聽見了就當沒聽見。」

聽到這話，衛韞心裡有了底，他抿了抿唇：「你可知沈佑在哪裡？」

楚臨陽挑了挑眉，卻是道：「他比你們早半個月回到大楚，如今在秦時月手下。」

衛韞眼中閃過一絲冷意，端著茶抿了一口，楚臨陽靜靜等了片刻後，聽衛韞道：「我要見他。」

「嗯，」楚臨陽點點頭：「顧楚生很快會回昆陽，他們在昆陽駐軍，你跟著回去就能見到。只是，這件事和沈佑有關係？」

「沈佑，或許是趙玥的人。」

楚臨陽面露詫異，衛韞平靜道：「而沈佑是當年白帝谷大楚的內奸，因為他一個消息，姚勇和太子堅持出兵……」

衛韞將他所揣測出來的當年之事說了一遍，楚臨陽聽得眉頭皺起，等到最後，他沉默著沒說話，然而在抬手去握茶杯時，手卻微微顫抖。

衛韞平靜等著楚臨陽的話，楚臨陽喝了口茶，讓自己鎮定下來後，他抬起眼，慢慢道：「今日的話，你不可和第二個人提起。」

「我知曉。」

「如今趙玥已經爭得王謝兩家鼎力支持，手裡又有姚勇的軍力。他做皇帝這四個月，大楚上下一心，他善用賢才，寬厚大度，你知道我說的是什麼意思嗎？」

「面對這樣的君主，沒有幾個人會有反意。」

衛韞捏起拳頭，覺得喉間全是血腥味。

楚臨陽眼中帶了悲憫之色：「小七，這樣的君主，大楚盼太久了。」

「可他為了一己之害死了七萬人！」衛韞再也克制不住，猛地抬頭，提高了聲音：「這樣陰狠毒辣的人，也算得上好的君主嗎？」

「一將功成萬骨枯，」楚臨陽平靜出聲：「哪個人的帝王之路，不是白骨累累？」

「可那也是對得起良心的白骨，對得起道義的血海屍山！」

衛韞神色激動，楚瑜抬眼看向旁邊守著的衛夏，衛夏立刻退下去，讓人守住周邊。

衛韞盯著楚臨陽：「你們要的君主，就是這樣無情無義手段很辣之人嗎？」

「我不知道他們怎麼想，」楚臨陽神色鎮定：「我只知道，大楚如今不能再亂了。趙玥在，他給了我和宋世瀾最好的軍備支持，也給了百姓最大程度的安定。如今大楚勝利在望，你若要殺趙玥是什麼結果？大楚又是內亂，給了北狄修生養息的時間後，你讓大楚怎麼辦，讓百姓怎麼辦？」

這話讓衛韞愣住，楚臨陽看著少年不可思議又茫然的臉，心中有些不忍：「小七，如果論私情，你是我友人的弟弟，你是我妹妹的小叔，無論如何我都會幫你。可是我若幫了你，百姓怎麼辦？」

「我做不到為了一己之私置萬民於水火，你就做得到嗎？」

「那當初……」衛韞沙啞道：「你答應同我一起對付姚勇，又算什麼？」

「從頭到尾，我只有一個目標。」楚臨陽冷靜開口：「就是如何對百姓更好。」

「我看過衛家的下場，」楚臨陽抬頭看他，衛韞站在他身前，唇微微顫抖，楚臨陽看著面前捏緊了拳頭的少年，心裡跟著發顫。然而話他要說下去，他只能說下去。

「姚勇在，我等上前，不過是白送了性命，沒有雷霆手段，救不活大楚。我答應你對付姚勇，是為了大楚。如今我拒絕為你對付趙玥……」

「還是為了大楚。」

衛韞輕笑，眼裡含了眼淚：「對，為了大楚，我衛家連同七萬兒郎就該白送了性命。這位君主如今能給大楚帶來安定，所以他做過什麼，就不重要了，對不對？」

「可這樣的人，怎堪為君？這樣的人，你就不怕你楚家是下一個衛家嗎！」

「那至少不是現在。」楚臨陽的聲音很平靜：「你要殺趙玥，至少要等他做錯事，不能是現在。」

「他要一輩子不做錯呢？」

衛韞咬牙出聲，楚臨陽沒說話，衛韞慢慢閉上眼睛。

「好，我明白。」

「還望楚世子遵守諾言，」衛韞每個字都說得極為艱難：「今日所有話，你當沒有聽過。」

楚臨陽垂下眼眸，慢慢道：「放心。」

衛韞轉身，楚臨陽叫住他，「小七。」

衛韞頓住步子，楚臨陽慢慢出聲：「人長大的第一件事，就是學會忍得。」

衛韞沒有回頭，楚臨陽摩挲了茶杯邊緣：「今日的話，再別對第二個人說。」

「謝楚大哥提點。」

衛韞聲音沙啞，而後他大步走出去，消失在長廊。

他走了老遠，楚瑜才慢慢起身，坐到楚臨陽對面。

「不去追他？」

「同哥哥下完這一局吧。」楚瑜提了棋子落下。

楚臨陽抬頭看了她一眼，慢慢道：「他性子太燥，妳看著點。」

「面對你燥而已。」楚瑜同他交錯落子，神色平淡：「該做什麼不該做什麼，他比我清楚太多。」

「我忘了一件事，」楚臨陽落了一顆黑子，就將出整片圍住，他開始提子，一面提了棋子往棋盒裡送去，一面道：「妳性子也燥。」

楚瑜沒說話，等她落子時，她又狠又快落到棋盤上，隨後抬眼看向楚臨陽，平靜說了句：「承讓。」

而後她便開始提子，楚臨陽盯著她的臉，見她從頭到尾沒露分毫情緒，不由得笑了，他往椅背上一靠，雙手攤開：「長大了。」

楚瑜將棋子都放進棋盒，這才抬頭看：「我同哥哥求一句准話。」

楚臨陽不言，似乎知道楚瑜要說什麼，楚瑜盯著他：「若有一日，我衛氏欲反，楚世子當如何？」

楚臨陽聽到這話，抬眼看著楚瑜。

他的目光又冷又沉，彷彿看著一個陌生的人。

她用了「衛氏」，表明了自己的立場和身分，片刻後，楚臨陽冷笑出聲：「衛家給妳灌了什麼迷魂湯？他的家仇關妳什麼事？趙玥不是傻子，只要你們假裝什麼都不知道，只要你們還有用，他就會好好對你們。」

「我們沒用了呢？」楚瑜聲音平淡：「能設下如此連環圈套，說他是心中磊落之人，你信嗎？」

楚臨陽緊皺起眉頭，楚瑜繼續道：「能如此揣摩人心之人，往往也不信人心，那你覺得，若有一日，衛韞失去了作用，他會留下這樣一個禍根嗎？」

「這又與妳有什麼干係？」

「他與衛韞，早是不死不休之局。」

「這與妳又有什麼關係？」

楚瑜沒說話，她靜靜看著楚臨陽。

她穿著和衛韞一樣素白色的長衫，神色沉穩莊重，讓楚臨陽想起衛家華京那間百年老宅前黑底金字「衛府」二字，又想起衛家祠堂那一座座牌匾。

衛家那份風骨，不知不覺，彷彿刻在了楚瑜的身上，她端坐在那裡，便讓人不敢再放肆喧嘩。

她靜靜看著楚臨陽，一字一句開口：「我乃衛楚氏，如今衛家大夫人。若這與我沒有關係，衛家之事，便與他人，再沒了關係。」

楚臨陽看著她，眼中似乎帶了通透了然。

許久後，他問：「為什麼？」

楚瑜剛要張口，就聽他道：「楚瑜，若是為了百姓，趙玥如今能給百姓安定，天下誰坐不是坐，妳該做的就是同我一樣選擇更好的人坐穩這個位子！」

「若是為了妳的責任，」楚臨陽沉下聲：「妳幫衛家已經夠多了，說什麼衛家大夫人，妳拿了放妻書，就早不是什麼衛家大夫人了！」

當初謝玖去求了那封放妻書的事，楚臨陽早已知曉。然而他尊重楚瑜的選擇，看著楚瑜愣神的模樣，楚臨陽接著道：「妳這是在自欺欺人。」

「妳不是為了百姓，不是為了天下，不是為了妳的責任，楚瑜，妳捫心自問——」

楚臨陽認真開口：「為什麼？」

楚瑜沒說話，她心中有了一絲慌亂。

然而她知道，自己不能慌，不能亂，無論什麼理由，任何理由，都攔不住一件事——

衛家不能白死。

她不能讓趙玥當上皇帝。

她反覆告誡自己，慢慢冷靜下來，迎著楚臨陽的目光，認真道：「趙玥不適合為帝。」

楚臨陽與她對視，誰都不肯讓開，都固執又冷靜，彷若持劍相抵，與對方抗衡。

許久後，楚臨陽終於熬不過她，他看著楚瑜，神色慢慢軟下來。

「阿瑜，」他嘆息道：「妳真是個傻孩子。」

沒想到楚臨陽會說這個，楚瑜愣愣看著楚臨陽，楚臨陽站起來，將手覆在她頭頂，眼神裡帶著疼惜和難過：「怎麼就摔不疼呢？一個顧楚生，妳還沒執著夠？」

「妳啊，」楚臨陽嘆息：「想要對誰好，就拼了命去。以前是顧楚生，現在是衛家，如果衛韞日後是個白眼狼，妳不心疼嗎？」

聽到這話，楚瑜慢慢笑開，「不心疼。」

「他和顧楚生不一樣，」提到衛韞，楚瑜就覺得，那顆又冷又硬的心，彷彿融進一枚暖玉，它散發著柔和的溫度，一點一點讓她的心腸變得柔軟，讓世界都有了暖意。她彎著眉眼，認真道：「他待我好。」

楚臨陽沒說話，他靜靜看著楚瑜，好久後，他終於道：「必要時，我會幫忙。」

說完，他便往外走去，楚瑜愣了許久，才反應過來，楚臨陽那句話的意思。

若衛氏謀逆，必要時他會幫忙。

楚瑜猛地站起身，叫住長廊轉角的青年：「哥哥！」

楚臨陽頓住步子，回過頭來，看見楚瑜站在門口，她忍住那份毛躁，緩緩笑開，認真道：「謝謝。」

楚臨陽沒說話，點了點頭，轉身離開。

楚瑜看著他離開，內心終於安定，她轉過身去，讓人尋了衛韞。

衛夏得知她尋找衛韞，趕忙過來，焦急道：「大夫人快救命啊，小侯爺又把自己關上了。」

楚瑜知道衛韞此刻必然心情不好，她嘆了口氣，點頭道：「引路吧。」

衛夏擦了擦汗，趕緊引著楚瑜去了衛韞房間，楚瑜站在門口，沉默片刻，沒有問衛韞，便推門進去。

衛韞背對著她，跪坐在墊子上。

他面前放著一把劍，楚瑜認識，那是衛韞隨身帶著的劍。

「這把劍是我哥給我的。」

他知道來人是誰，沙啞出聲。

楚瑜朝他走過去，聽他道：「我曾在白帝谷許諾，我會用這把劍親手殺了仇人，為他們報仇。」

「我以為我可以做到。」他身子微微顫抖：「我以為，復仇這條路上，我只要殺光所有擋住我前路的人就可以。」

楚瑜停在他背後，衛韞慢慢閉上眼睛。

「可若擋在我面前的是黎民百姓怎麼辦？若是所有人攔我阻我，怎麼辦？」

「可憑什麼……」

「憑什麼，他做錯了事就什麼懲罰都不用。」

衛韞捏緊拳頭，整個人蜷縮起來，是痛極了的模樣。

他看著那把劍，狠狠盯著那把劍，艱難出聲：「憑什麼，他做了這樣十惡不赦的事，等他做好事，就可以一清二白，就可以搖身一變，成為一名聖君。」

楚瑜沒說話，她抬頭看向那把劍，平靜道：「要做什麼，你不知道嗎？」

衛韞愣在原地，楚瑜蹲下身去，她抬手捏住衛韞的下巴，將他板了過來。

少年滿臉是淚，神色卻如鷹一般銳利沉著。

他們在暗夜裡對視，燭火爍爍，在他們眼裡，如火焰一般跳躍燃燒。

楚瑜逼著他看著她，他迎上她的目光，就不再退讓。

兩人在暗夜中糾纏撕咬，楚瑜平靜道：「天子無德，大道當逆。他披著人皮，你就撕了他的人皮，他想將過去一筆勾銷，你就把那些血端出來，一盆一盆潑上去！」

衛韞唇微微顫抖，楚瑜盯著他：「衛韞。」

她叫他，每一個字都如刀劍林立。

「這條路，我陪你。」

「這條路，千難萬難，刀山火海，萬人唾罵，白骨成堆，我都陪著你。」

聽見這話的瞬間，衛韞猛地撲上來，死死抱住楚瑜。

他們在黑夜裡擁抱在一起，他的眼淚落在她肩頭。

他從來沒覺得，這輩子他不能失去楚瑜。

然而這一刻，他卻覺得，這一輩子，他都不能失去楚瑜。

這條路，她陪他，那他就背著她。

那滿地鮮血不染她身，那塵土泥濘不沾她裙。

千難萬難，刀山火海，萬人唾罵，白骨成堆，她陪著他一世，他就護她一生。

妳願我永如少年，我護妳一世周全。

第二十八章　江山為聘

楚瑜被衛韞死死抱在懷裡，有那麼一瞬間，她覺得衛韞彷彿是從她身體裡破土而出的花，他死死紮根在她身體裡，他們互相從對方身上汲取力量和養分，誰也離不開誰。

然而這樣的念頭只是一閃而過，她聽見衛韞說：「嫂嫂，妳別怕。」

「我會護好妳，無論如何，妳都會好好的。」

「我怕什麼？」楚瑜輕笑：「小七，於我而言，這世上之事，無甚可怕。」

畢竟生死、別離，她都已經經歷過。如果說上一輩子是苦行，那這一輩子就是給她放開手來，追求一份圓滿。

衛韞靜靜抱著她，感覺自己一點一點平息下來，他本該放手，可是他卻捨不得，於是他繼續抱著她，感知她身上的溫度，慢慢道：「可是我會怕。」

「你怕什麼？」

衛韞沒說話，驚呆好久，他慢慢閉上眼睛。

「我怕妳過得不好。」

我怕妳離開我。

他於楚瑜一個人身上，就有這樣多的懼怕。

他曾經只希望她過得好，他曾經覺得，他只要好好守住她，陪她一輩子，然後與她共赴黃泉，那就已是足夠。然而當這個人說出「我陪你」的時候，他內心彷彿有無數藤蔓破土而出，將這個人死死綁在了心裡。

於是他不敢去想她離開的景象，這個人如果轉身，他自己都不知道，未來要如何走下去。

楚瑜見他情緒慢慢平定，不由得笑了，她抬手拍了拍他的背，溫和了聲道：「好了，哭夠了就站起來，後面還有很多事要處理。」

衛韞應聲直起身，楚瑜去一旁從盆裡擰了帕子，地給衛韞擦臉，同時道：「接下來你如何打算？」

既然決定反了趙玥，就要有謀劃，什麼時候反，如何反，都得計較。

衛韞擦著臉，思緒慢慢冷靜下來。冷水讓他清醒起來，他平靜道：「如今交戰之中，先不要妄動，楚大哥有一點說的對，至少如今的大楚，需要趙玥來充當一個主心骨，穩住眾人的局面。」

楚瑜點點頭，她一直知道，衛韞所有的決定，都會儘量以百姓為先，於是她道：「你打算先養實力？」

「北狄這一戰還沒打完，至少在這個時候，一鼓作氣先把他們打趴下。哪怕不能攻下北狄，也要讓他們至少十年內不能輕易進犯。」

楚瑜從衛韞手中接過帕子，放到一旁水中，聽著衛韞繼續道：「我會假裝什麼都不知道，和趙玥談判，具體怎麼談，我們還有時間慢慢想。」

楚瑜點點頭，對於衛韞的能力，她向來信任。上輩子衛韞還沒有這樣好的局面，滿身病根征戰沙場還走到了最後，這便是他最好的實力證明。

兩人簡單商議後，楚瑜便退回自己房中，兩人各自睡下，等到第二日，衛韞便同楚臨陽道別，決定回華京拜見趙玥。

趙玥如今畢竟是皇帝，衛韞回來，自然要先去見面。加上衛韞掛念在華京中的柳雪陽和蔣純，楚瑜擔憂宮裡的長公主，於是兩人決定不再拖延，直接啟程去華京。

楚臨陽給兩人準備了盤纏和護衛，等楚瑜和衛韞一起上馬車時，捲開簾，就看見顧楚生坐在馬車中，抬頭朝著兩人笑了笑。

顧楚生對衛韞拱手，含笑道：「衛小侯爺。」

衛韞臉色沉下，冷聲道：「給我滾下去！」

「在下剛好也要回華京述職，楚世子吩咐輕車從簡，只安排了這一輛馬車，顧某體弱，還望小侯爺照顧則個。」

聽到這話，衛韞冷聲笑開，抬手就去抓顧楚生，卻被楚瑜按住，笑著道：「顧大人說得是，我等趕路，便一路駕馬回去，不知顧大人可願一路？」

「他體弱。」衛韞立刻道：「還是坐馬車比較合適。」

「哦，」顧楚生抬手，笑了笑道：「在下覺得，偶然鍛煉一下，也是好事。」

楚瑜點點頭，帶著衛韞下了馬車，讓人牽馬過來，而後各自上馬，便打馬往華京而去。

顧楚生體力不比楚瑜、衛韋轀，清晨出發，到了午時便覺得疲憊，楚瑜抬看了顧楚生一眼，見他額頭冒汗，便在見了茶舍時，讓衛韞叫住了隊伍，讓眾人坐下來休息。

如今已經入夏，天氣炎熱，楚瑜、顧楚生、衛韞三人坐到一桌，吃飯間隙，衛韞便從旁邊摘了草葉，在一旁編織著什麼。

他手又快又靈巧，大家還在吃著飯，楚瑜就看出一個帽子的雛形來。顧楚生看見楚瑜的目光，笑了笑道：「小侯爺是有心的。」

「嗯？」楚瑜聽見顧楚生說起衛韞，頓時就來了興致，笑著道：「他一貫體貼人，之前我看中一個花冠，但又覺得這是小孩子的玩意兒，結果等我回來，就瞧見他給我編了一個。」

顧楚生聽著這話，笑意不減，卻是道：「妳這個年紀，戴花冠是最好時候了。」

「是啊。」楚瑜眼裡帶著幾分感慨，顧楚生同她有一搭沒一搭說著話，楚瑜話裡話外，大多與衛韞有關，顧楚生一直笑著，目光裡的笑意卻是越來越淺。眼見著衛韞拿著編好的帽子走過來，他喝了最後一口茶，淡道：「大夫人好福氣，日後小侯爺必然飛黃騰達，他這樣孝順，大夫人日後便可放心了。」

這話讓楚瑜愣了愣。

「孝順」二字用在走來的少年身上，她一瞬竟覺得有那麼幾分難受。

然而過往她常用這兩個字在衛韞身上，如今也不知道是怎麼了，卻就不願意用了。

她看著衛韞將帽子遞給她，笑著道：「嫂嫂，我怕日頭太曬，醜是醜了些，妳將就著。」

楚瑜接過帽子，沒有多話，手拂過那帽子上的紋路，許久後，才抬頭笑了笑：「你有心了。」

說著，她將帽子戴在頭上，起身道：「啟程吧。」

一行人快馬加鞭，一連趕了七天路，終於到了華京。入京前一夜，他們尋了一家旅店住下，衛韞和顧楚生挨著楚瑜的房間，一左一右分開睡下。

約莫是入京的原因，楚瑜有些心緒不安，當天夜裡在床上輾轉反側，一直不得安眠。等到了半夜，她突然聽到窗戶外房檐上有聲音，劍就在她身側，她提著劍迅速藏到窗戶邊上，果然沒有片刻，她的窗戶就被人輕輕推開。

也就是那一瞬間，楚瑜劍猛地朝著對方刺了過去，對方彎腰一旋，猛地欺身上來，一把捂住她的嘴，將她壓在牆上，小聲道：「嫂嫂，是我。」

楚瑜睜大了眼，有些詫異，衛韞見她已經看清了自己，這才退了開去，然後道：「我有些事想和嫂嫂商量。」

楚瑜點點頭，指了一旁的桌子，笑著道：「正門不走，走什麼窗戶。」

衛韞有些不好意思：「走正門怕驚動了別人，如今畢竟夜深了，我來您這裡，被別人瞧見不好。」

聽到這話，楚瑜微微一愣，她這才反應過來。

是了，這裡不是北狄，是華京。

到了華京，就是悠悠眾口，就是規矩，是輩分。是上要面對柳雪陽和她父母一干人等，下要面對那些仰望著衛韞的百姓將士。

楚瑜慢慢坐下，給自己倒了一杯茶，茶是涼茶，落到胃裡，帶著一股涼意。衛韞坐下來，將手覆在她手上，阻止她倒茶的動作，小聲道：「這茶涼了，您別喝太多，傷身。」

「嗯。」楚瑜覺得自己似乎有些緩不過神來，她直覺衛韞這個動作逾矩，可是又有那麼幾分小小的歡喜和雀躍。

她垂著眼眸，衛韞放開手，接著道：「明日我們就要入京了。」

「嗯。」

「我不會暴露自己已知白帝谷一事，並且向趙玥稱臣，以此換趙玥給我一些好處，可重點是，我該要什麼。」

楚瑜沒說話，她認真思索著，斟酌著道：「你不能留在華京。」

「我知道。」衛韞看著她，認真道：「我會讓趙玥給兵給糧，讓我去打北狄。之後我會讓圖索在邊境騷擾，駐軍在北境。」

聽到這話，楚瑜皺起眉頭：「白、昆兩州本就是衛家的勢力地，你若駐軍在那裡，怕是太過勢大，趙玥不會允許。」

「這是我擔憂之處。」衛韞認真道：「我在外打仗，多的是理由不回來，趙玥拿我也沒辦法，所以他必然退而求其次，將我家屬留在華京。母親我帶不走，我想問問妳……」

他抿了抿唇，終於道：「妳可願……跟我去北境。」

聽到這話，楚瑜靜靜看著他。

少年垂著眼眸，眼裡的情緒盡被遮掩，他慢慢道：「我可以給妳一封放妻書，妳離開了衛家，然後悄悄再跟我到北境去。」

楚瑜沒說話，她覺得心裡有什麼在發顫，她看著少年說著這話，似乎很是緊張，她感覺自己彷彿是一隻蝸牛，被巨大的力想把她從殼裡拽出來。

她不敢去深想太多，只是麻木道：「我若離開了衛家，我到北境去，以什麼身分？」

衛韞微微一愣，聽楚瑜道：「我若連你嫂嫂都不是，我在衛家，又算什麼？你哥哥已經去了，你給了我放妻書，我又以什麼名目回到衛家？難道你哥還能從墳裡爬出來，再娶我一次？」

這話讓衛韞哽住，話問出來，楚瑜竟也有了幾分慌亂。

她暗中捏住了拳頭，衛韞垂著眼眸，好久後，他慢慢道：「是我思慮不周，一心只想儘量讓幾位嫂嫂安全，沒有考慮嫂嫂名聲。」

衛韞聲音平穩，帶著歉意，然而袖下的手卻是捏緊了自己的袖子，讓自己儘量冷靜下來道：「那我會同趙玥請旨，為嫂嫂加封軍職，嫂嫂身分越尊貴，趙玥下手難度就越大。回去之後，我會想辦法讓嫂嫂儘量和長公主搭上線。如今王謝兩氏都要求趙玥殺長公主，趙玥卻仍舊讓長公主位列貴妃，可見其寵愛，嫂嫂若能和長公主搭上線，會安全許多。」

聽到衛韞的話，楚瑜懸著那顆心終於掉下來，那雙死活要拽她出來的手，終於退了回去。她舒了口氣，點頭道：「其實只留母親和阿純在華京我也不放心，我在華京至少能照顧家人，你在外不用擔心，如果有了異動，我會想辦法護著家裡人出來。」

「嗯，」衛韞應了聲，又繼續道：「還有一件事，如今趙玥不會殺姚勇，我若歸順得太順利，怕趙玥起疑，我需要一個臺階。」

楚瑜敲著桌子，聽衛韞繼續道：「如果顧楚生是趙玥……」

話沒說完，外面就傳來了敲門聲，楚瑜和衛韞對視一眼，就聽外面傳來了顧楚生帶著冷意的聲音：「大夫人，可否讓在下入內一敘？」

衛韞皺眉，朝著楚瑜搖了搖頭，楚瑜輕咳了一聲道：「顧大人，妾身已經睡下，有什麼事……」

「顧某找小侯爺。」

顧楚生這話說出來，兩人便不再說話，片刻後，衛韞不免笑了，果斷起身，打開門，直接將人抓進來，關上大門，轉過頭來看著顧楚生道：「顧大人真是厲害啊。」

顧楚生整了整衣衫，抬頭看向衛韞，冷著聲道：「衛小侯爺，這個點還在這裡，不妥吧？」

「有話就說。」衛韞轉身回到自己位子上，跪坐下來，冷著聲道：「我還有要事與嫂嫂商議。」

顧楚生看著他們，動了動唇，最終還是將話忍了下去。他跪坐在桌椅前，壓著自己的手，冷著聲道：「方才我去隔壁找小侯爺，沒見到人，便猜小侯爺在這裡，沒想到還真被在下猜對了。」

楚瑜平靜喝了口茶，淡道：「我一貫如此行事，沒有太多男女大防，顧大人不知道嗎？」

這話戳中顧楚生的痛腳。

他怎麼不知道？

當年還不相識，他就知道她的事，慣來看不起她。後來無數次爭執時，他都會就著這些事大罵。

「不知廉恥。」

當年他是這麼說。

可他也知道，楚瑜雖然大大咧咧，卻從沒有真的逾矩，這樣夜深人靜時同男子獨處一室，若非特殊情況，是從未有過的。

可這話他不能說，他壓著自己的情緒，轉頭看向衛韞，冷靜道：「今夜前來，顧某是來規勸小侯爺。」

衛韞抬了抬手，讓顧楚生說下去。

「顧某知道小侯爺對姚勇在白帝谷所作所為心有怨念，但陛下乃善惡分明的君主，並非昏庸之輩。此案他必然會追查到底，一定會給衛家一個清白，但如今正是上下一同對敵之時，還望小侯爺念在蒼生百姓的份上，且將個人恩怨放下。」

衛韞喝了口茶，冷笑出聲：「明天我就見他了，他怎麼不親自同我說？」

「這話不是陛下說的。」

「那是誰說的？」

「我。」

「顧楚生，」衛韞冷眼看著他：「你也太看得起自己！」

「我說的話，是對是錯，小侯爺不明白嗎？」顧楚生目光灼灼：「小侯爺當初殺姚勇，囚禁淳德帝，為的難道僅僅是一己之私？君子報仇十年不晚，小侯爺要報家仇，等此戰之後也不遲。」

「此戰完畢，陛下聖位坐定，小侯爺若效忠陛下，楚世子、宋世子、我、王謝兩家，再加上小侯爺，就會在朝堂上呈對抗之勢，到時姚勇可有可無，若我與小侯爺、楚、宋兩家聯手要讓姚勇死，還怕姚勇不死嗎？」

「而小侯爺若此時與陛下作對，姚勇如今還有殘兵，小侯爺你這是在做什麼？這是在掀起內亂！而且對於陛下而言這等於什麼，等於您不信任他，您不信任他，您逼他，您能指望陛下日後容得下衛家嗎？難道說，小侯爺還要再反一次不成？可淳德帝昏庸，廢他乃大勢所趨，而如今陛下乃明君，您要廢他，您可真是想好了？」

衛韞不說話，他摩挲著茶杯，楚瑜抬眼看他一眼，揣摩著衛韞的心思。

對於衛韞而言，顧楚生簡直是天降及時雨，趕著來給他送臺階。可他不能下得太順當，他得端一端。

衛韞垂著眼眸，許久後，他慢慢笑開：「顧楚生，當初我就知道你這人舌燦蓮花，如今看來，的確如此。」

顧楚生舒了口氣，卻聽衛韞道：「可是，天下亂不亂，於我衛家有什麼好處？」

「趙玥他安撫姚勇許了姚勇國舅之位，他不許我什麼就想讓我放下家仇為他賣命，他當我是傻子擺弄嗎？」

顧楚生皺起眉頭：「您要什麼？」

「兵馬大元帥的印還在我這裡。」衛韞喝了口茶：「昆、白兩州，一直以來也是我衛家的地盤。」

顧楚生沒說話。

衛韞輕笑：「怎麼，顧大人不敢說話了？」

「陛下不會直接答應。」顧楚生思索著，慢慢道：「可是，我有另一個法子。」

說著，顧楚生抬起頭：「進華京之後，還請務必見長公主一面。」

「長公主和趙玥，到底怎麼個情況？」楚瑜皺起眉頭：「你讓我們找她，至少該給我們交個底。」

「二位可知，三十年前，高祖未稱帝前，秦王與高祖乃至交好友，後來秦王被貶離京，恰逢趙玥出生，於是趙玥打從出生，就活在李府，彼時長公主年僅五歲，多加照看，可以說，趙玥由長公主一手帶大。」

衛韞和楚瑜點點頭，這些過去不算祕聞，他們大多有所耳聞。

「後來秦王府中鬥爭，趙玥世子之位被奪，而長公主為了躲避催婚去了道觀，趙玥一怒之下離開了秦王府，從此不知去向，但其實他沒走遠，而是去道觀找到長公主，以小廝之名留在長公主身邊。」

「一留留到高祖稱帝，長公主成為公主，為穩住各方勢力，長公主嫁給了梅家長子梅含雪。趙玥彼時年僅十二，長公主出嫁當夜，他回了秦王府。」

「回了秦王府後，在李氏助力下，他重新爬上了秦王世子之位，而後不久，公主剛懷上身孕，梅含雪便戰死沙場。從此公主守寡，而秦王則與華京斷了聯繫。」

「再之後，秦王謀反，趙玥被牽連，公主來找了我父親，顧家在長公主幫助下，拼死保下了趙玥。趙玥改頭換面，從此以面首之名，留在公主身邊，改名薛寒梅。」

「趙玥本性柔軟淡泊，不問世事，對秦王也沒有太大感情，於是公主一直以為，這件事就這樣了了，趙李兩家的仇恨就戛然而止於他們。誰知道趙玥卻一直在積極聯繫王謝兩家，並在國亂時撿了漏子，收復了姚勇，在你們駐守天守關時殺入華京，淳德帝在他入城時自殺，而長公主則被他囚於後宮。在他登基之後，長公主被封為梅妃，成為後宮裡唯一一個妃子。為了穩住姚勇，趙玥同時與姚勇議婚，可是趙玥卻同我說過，姚勇必死，后位僅梅妃能得。」

「所以，這與我們找長公主，有什麼關係？」

衛韞梳理著趙玥和長公主的關係，雖然顧楚生只稱述已經發生的事，可這中間的愛恨糾葛，卻不難猜出來。

趙玥對長公主那份求之不得的心思，從年少開始，一件事渴望太久，就會變成執著。

「長公主是個愛恨分明的人，」顧楚生垂下眼眸：「對於殺兄之仇，她不會這樣簡單放下，你們若是找她，她必然會幫你們。而她與趙玥羈絆太深，趙玥理智冷靜，若要他答應一件本不打算答應的事，除了長公主，無人能辦到。」

顧楚生說完這話，三個人都沉默下去。衛韞敲著桌子，慢慢道：「那你呢？」

「我如何？」

「你在這裡面，又是什麼位置？」衛韞盯著他：「趙玥攻打華京時，我曾拜託你去守住華京，你轉頭去了鳳陵城，是因為你知道趙玥要動手對吧？那這時候，你是站在趙玥那邊的，是嗎？」

顧楚生沒有言語，衛韞繼續道：「而如今你此刻來同我說這些，是讓我與趙玥反著幹，你又是什麼意思？」

夜裡很安靜，聽得見外面蟬鳴之聲，涼風捲著花香湧進房間，顧楚生抬眼，將目光落到楚瑜身上：「顧家一直追隨元帝血脈，此乃皇室正統，故而當年我父親拼死保下趙玥，而我繼承父親意志，救出趙玥。」

「只是我從未想過，趙玥竟有復仇的心思。直到我在長公主府遇見他，他出府與王謝兩家議事，被我察覺，長公主當夜差點撞破，我幫他遮掩下來，因此……長公主沒能及時察覺他的謀劃。」

說到這裡，顧楚生眼中不免有了感慨。

當年趙玥意外病逝，他也曾疑惑過，這輩子入了長公主府，他便知道，當年趙玥哪裡是意外病逝，分明是長公主提前察覺了趙玥的陰謀，快刀斬亂麻殺了他之後對外稱病。

因為他的介入，趙玥沒死。

「他能隱忍這樣多年，絕非泛泛之輩，你若與他為敵，怕是艱難。」顧楚生抬眼看著衛韞：「其實我不在意你如何，你死了我可惜，可惜我大楚少了一員名將，可也僅僅只是可惜而已。可我容不得衛府敗落。」

顧楚生剩下的話沒說出來，然而在場人卻都明白他的意思。

衛府敗落，牽連的就是楚瑜，楚瑜一日不離開衛府，顧楚生就不會看著衛府落敗。

明明該是好意，可衛韞聽著這話，卻感覺到了森森屈辱，他冷眼看著顧楚生，顧楚生迎著他的目光。許久後，衛韞起身：「顧大人，剩下的話，我們出去說。」

「正有此意。」

顧楚生也是隨著站起來，他同衛韞兩個人一起走出去，楚瑜看著他們的背影，微微皺眉，卻還是沉默著轉頭，抿了口茶。

顧楚生不是莽撞的人，衛韞也不過是看似莽撞而已。

茶喝完，她站起身，上床蓋上被子，閉上眼睛。

而另一邊，顧楚生和衛韞兩人剛一進衛韞的房間，衛韞便猛地回身，死死盯住顧楚生。

看著他的目光，顧楚生輕輕笑了，「小侯爺惱怒什麼？」

「你以後，」他冷聲開口：「離我嫂嫂遠一點。」

聽到這話，顧楚生眼裡帶著冷意，面上仍舊笑意盈盈，「這句話，您不該對自己說嗎？」

「半夜三更，孤男寡女，瓜田李下，她一貫沒有男女大防，衛家百年高門，也沒教過你禮義廉恥嗎？」

「那顧家教過你了？」衛韞冷笑：「顧楚生，你這些下作手段，你自己比我清楚。我嫂嫂乃衛家大夫人，就算要改嫁，那也是三媒六娉明媒正娶，容得你區區金部主事如此百般糾纏？」

「改嫁？」顧楚生玩味出聲：「您真會讓她改嫁？」

衛韞沒說話，他看著顧楚生，顧楚生眼光太銳利，彷若刀劍，直直刺在他心底。

他嘲諷，他譏笑，他雖然沒有說話，可是衛韞卻覺得，他每一個眼神，都充滿鄙夷。

「衛韞，」他慢慢開口，神色冷漠：「你對得起你哥嗎？」

衛韞慢慢捏起拳頭，顧楚生走向他：「她是你嫂嫂，你對她那份心思，不齷齪嗎？」

說著，顧楚生停在他面前。

他離他很近，兩人面對面，咫尺之隔，誰也沒有讓，誰也沒有退。

顧楚生與他差不多高，那雙豔麗的眼微微彎起，笑意卻不見眼底：「你自己想起來，不覺得噁心嗎？」

「我為什麼要噁心？」衛韞迎著他的目光，一字一句，平靜道：「我喜歡她，我為什麼要噁心？」

「你還真敢說！」

「我為什麼不敢？」

衛韞看著他，腦中閃過楚瑜的影子，他覺得自己彷彿是找到了某種力量，他慢慢鎮定下來，認真看著顧楚生。

他從來沒對別人說過這句話，然而如今說出口來，竟然覺得，也……並沒有那麼可怕。

他認認真真，再次重複：「我喜歡她，很喜歡她。」

「我沒傷天害理，我沒傷害別人，我喜歡一個人，我把她放在心裡，我有錯嗎？」

「可她是你嫂嫂。」

「那又如何？」衛韞提了聲音：「我兄長不在，有一天她也會喜歡別人，如果她註定要喜歡一個人，那個人為什麼不能是我？」

「那人不會是你！」

顧楚生覺得有血腥味泛上來，他說得斬釘截鐵，然而看著面前少年清澈的眼睛，他卻覺得害怕。

他並不是真的那麼肯定。

他過去一貫知道衛韞優秀，或者說衛家人，風骨在此，都是令楚瑜仰慕的存在。

上輩子的衛珺是他心裡一根刺，他一輩子都會想，如果當年衛珺沒死，如果當年楚瑜嫁給衛珺，楚瑜是不是還喜歡他。

他每想一次，就需要楚瑜證明一次。

面對衛家，面對衛韞，他骨子裡就有那麼一份自卑在。

他沒有這個人的光明磊落，沒有這個人的坦蕩寬容。他自己有的沒有的，他知道得一清二楚，而楚瑜是怎樣一個人，他也知道得一清二楚。

若說上輩子的衛韞被這世道給毀了大半，那這輩子站在他面前神色堅韌清澈的少年，則是他所知道，楚瑜最想要的存在。

可他不能說，他看著衛韞的目光，捏著拳頭，強撐著自己：「她喜歡我，從十二歲那年開始……」

「然後在十五歲結束。」衛韞平靜道：「顧楚生，她已經不喜歡你了。她開始了新的人生，如果你是真的愛她，真的想對她好，放過她。」

「然後方便你是嗎？」顧楚生嘲諷。

衛韞沉默了片刻，終於道：「顧楚生，被你愛著，真的很痛苦。」

顧楚生微微一愣，衛韞將手放在心口：「我喜歡她，我放在心裡，我守護她，我追求她。可是我不強求。」

「我希望她過得好，過得開心。如果沒有我的世界對於她來說更好，」衛韞覺得這話說出來，心裡是尖銳的疼，然而他還是乾澀出聲：「那我可以放手。感情是包容，是犧牲，是放手，是理解。不是你喜歡她，無論如何，她都該屬於你。」

「你懂什麼？」顧楚生顫抖著，他再也克制不住自己，這些話彷彿是刀斧砍在他心上，連聲音都帶著顫意：「你喜歡她多久？你為她做過多少事？衛韞我告訴你，你這份喜歡值不了多少錢，你以為你為什麼喜歡她？不是因為她多好，只是因為你年少。」

「你看過外面的世界嗎？你看過幾個女人？你經歷過幾個人對你好？你不過是，剛好在自己一無所有的時候，遇到一個全心全意對你好的人，於是你拼命想抓住她。你愛的哪裡是這個人？你愛的是你心裡那份軟弱，愛的是她剛剛好，填補你心裡那份軟弱。」

顧楚生說著，眼前迴盪的，卻是年少的自己。

哪一份愛不是夾雜著各種各樣的情緒，他說衛韞，他自己當年，怎麼不是從女子夜雨劍挑車簾那一刻開始愛上？

然而他不懂，他不明白，所以他嫉妒，這個人怎麼就能比當年的自己，早早明白這麼多？

於是他抓著他的痛腳，冷著聲：「衛韞你信不信，你只要和她分開五年，你只要再遇到幾個對你好的女人，你就會發現，你這份感情就是少年暮艾那一份悸動。你對於她，敬重、感激，甚至於你有著少年人的欲望和憐愛，可是這不是愛。」

「不是愛情的感情，這是折辱。」

這話讓衛韞微微一愣，顧楚生看著他愣神，沙啞著聲音，慢慢道：「衛小侯爺……」

他聲音裡帶著懇求：「我喜歡這個人，太多年了。」

足足三十二年。

他用了十二年時間喜歡她，用了二十年時間，知道自己喜歡她。

「我遇過很多人，我走過很多路，最後才確定，我是真的愛她。感情哪裡這麼簡單？你還這麼年輕，你怎麼就知道，自己就是真的喜歡她？」

「她向來是個膽小懦弱的人，可她決定喜歡一個人的時候，就會什麼都給他，全心全意付出。如果她付出了所有，你才發現這不過是你年少時的衝動，你忍心嗎？」

衛韞沒說話，許久後，他提醒他：「顧楚生，你只比我大兩歲。」

顧楚生沒有說話，他滿臉是淚。

衛韞的目光讓他慢慢清醒，他笑出聲來：「是，所以我不知道，你也不知道。」

「衛韞，」他平靜道：「你我做個約定。」

衛韞平靜不語，顧楚生慢慢道：「我知道你會去北境，我也知道你要在那裡謀劃衛家的出路，你在北境的時間，我不會追求她，我只會做好我的本分，在華京拼了我的命，保她無虞。」

「而你，也只做好你的本分。」

衛韞看著面前人，並不說話，他端起酒杯，平靜開口：「好。」

「北境不平，江山不定，我只是你的盟友顧楚生。」顧楚生給自己倒了酒，舉杯看向衛韞：「待你南歸，你我各憑手段，願得盛世太平……」

衛韞明白顧楚生的意思，舉杯與他相碰，看著他的眼睛，聲如珠玉擊瓷：「許以江山為聘。」

說完之後，兩人仰頭將酒一飲而盡。

願得盛世太平，許以江山為聘。

第二十九章 長公主

楚瑜第二天清晨醒來，所有人已經準備好，一行人直奔華京，各自回府。趙玥登基後，封顧楚生為金部主事，並將當年顧家的宅院重新賜還給他。於是顧楚生同楚瑜告辭後，便回了自己家中。

衛韞同楚瑜回到衛府，剛下馬車，就看見柳雪陽和蔣純帶著人站在府邸門口候著。衛韞和楚瑜微微一愣，柳雪陽便上前來，抱住衛韞，含著眼淚道：「你總算是回來了，你不知道你在外的日子，母親心裡多害怕。」

衛韞眼神軟下來，他抬手拍了拍柳雪陽的背，溫和道：「母親勿憂，我回來了。」

衛韞勸著柳雪陽，旁邊蔣純上前來，含笑看著楚瑜：「回來了？」

楚瑜瞧著蔣純笑意盈盈的模樣，打趣道：「妳看上去面帶桃花，似乎過得不錯啊？」

聽到這話，蔣純愣了愣，隨後有些不好意思道：「妳聽說了啊？」

楚瑜呆了呆，故作鎮定道：「聽說了。」

「沒想到傳這麼快，」蔣純有些無奈，卻還是道：「不過他這個人性子浮，都是張嘴亂說，你們別當真。我在衛府要待到老的。」

楚瑜點點頭，認真道：「是，男人一張嘴不能隨便信，還是要考驗一下。」

蔣純抿唇搖了搖頭：「我不會對不起二郎。」

「阿純……」楚瑜嘆息。

還想說什麼，旁邊柳雪陽終於從喜悅中緩過神來，招呼著道：「來來，先把火盆過了，把艾草水拿過來……」

於是楚瑜剩下的話止於唇間，然而蔣純眼中全是了然，似乎早已經知道楚瑜要說什麼。

楚瑜跟在衛韞後，踏過火盆，被柳雪陽用艾草沾了水，輕輕拍打在身上，洗去一身晦氣，到了祠堂，在祠堂中和列祖列宗告知回來之後，一行人才回到各自房間清洗。

長月、晚月早就已經備好水，楚瑜一進來，她們侍奉著楚瑜下了熱湯，長月給楚瑜按摩著手，晚月給楚瑜搓著背，長月一路嘴不帶停，不停道：「您要去北方就去，怎麼就把我們撇下了？這世道哪裡有主子甩開自己貼身丫鬟的道理？」

「我不是擔心妳們嗎？」楚瑜嘆了口氣：「這次是我任性，去之後才知凶險，妳看我帶了那麼多人過去，又……」

說到這裡，楚瑜心裡有幾分酸澀，擺了擺手道：「算了算了，妳們同我說說華京裡的事兒吧。」

「能有什麼事兒啊？」長月翻了個白眼：「華京裡安定著呢。」

楚瑜知道她在同自己置氣，轉頭看晚月道：「晚月妳說。」

「趙玥稱帝後，安撫了各家，該貶的貶，該升的升，他頗有手腕，權衡各方，所以華京被他接管之後，倒沒出什麼亂子，百姓安定，我們也沒受太多影響。」

楚瑜點點頭，這點她是知道的：「還有呢？」

「他提拔了顧楚生和宋世瀾，還將沈佑提為了大理寺丞，沈佑每次回來都要來府裡見六夫人，六夫人不見他，他便在門口站著，外面的人都知道，這件事在華京傳許久了。」

楚瑜愣住，沈佑的舉動，卻是她沒想到的。她皺起眉頭，不明白沈佑到底是哪裡來的臉，若是說他傳錯消息是無意，那他將救他之人從趙玥改成姚勇，這就絕對是有意隱瞞了。既然如此隱瞞，那又何必惺惺作態？

楚瑜思索著，長月見她不說話，趕忙道：「還有還有，還有一件大事。」

「嗯？」

「那個宋世瀾，宋世子，庶子出身當了世子那個，您記得吧？」

長月擠眉弄眼，楚瑜有些奇怪，宋世瀾雖然看上去有些輕浮，實際上極為沉穩，庶子之身爬上來，說狠夠狠，說穩夠穩，他又能有什麼事兒？

「他上門來求娶二夫人了！」長月興奮道：「小侯爺不在，他就找了老夫人，老夫人拿不下主意，還是二夫人親自出面拒絕的親事。當時我們都瞧著呢，這個宋世子脾氣可好，被拒絕了也沒多說什麼，還囑咐二夫人要多吃些，說她太瘦了……」

長月絮絮叨叨，楚瑜慢慢睜大了眼。緩了半天才反應過來，這果然是個大消息！

她忍不住帶了笑意，等洗完澡之後，還在飯桌上，楚瑜就拿眼打量蔣純。蔣純被她看得有些不好意思，將碗筷一擺，嘆了口氣道：「阿瑜，妳要說什麼便說吧。」

「咳咳，小七，」楚瑜轉過頭去，扯了扯衛韞的袖子，衛韞抬眼看她，眼裡帶了些疑惑，楚瑜抿唇笑道：「我和你說件好玩的事兒。」

衛韞瞧了蔣純一眼，又瞧了楚瑜一眼，有些疑惑地點了點頭，楚瑜張口道：「那個宋世子上門向阿純……」

「哎呀妳別說了！」蔣純起身捂楚瑜的嘴，楚瑜身手比她好太多，卻讓著給她捂住嘴，一副求救的模樣看著衛韞。衛韞愣了片刻，慢慢反應過來，轉頭看向柳雪陽。

柳雪陽輕咳了一聲：「是有這事兒，不過阿純不願意，就被我拒了。」

「其實宋世子也挺好的。」王嵐抱著孩子，笑著瞧向和楚瑜打鬧著的蔣純：「現在還天天送著禮呢。」

聽這話，楚瑜挑起眉頭，拼命朝蔣純眨眼，眼裡全是「真的嗎真的嗎？」

老底都被抖完，蔣純嘆了口氣，放開楚瑜道：「算了算了，你們就拿我當下酒菜吧。」

「我們哪兒敢啊？」楚瑜趕緊癱過去，靠在蔣純身上撒著嬌：「我錯了，好姐姐，我不說妳和宋世子了，妳別生氣嘛。」

「去北狄一趟，」蔣純忍不住笑了：「怎麼學得這麼潑皮無賴了？」

旁邊衛韞瞧著，眼裡帶了笑意，他很喜歡楚瑜這樣完全不設防的模樣，這會讓他覺得，自己這才是真的走進她的世界裡。

「她不是在北狄學的，」衛韞敲了敲楚瑜碗邊的桌子，示意她吃飯，同時道：「我瞧她呀，來之前就是這模樣了，之前還端著，現在對著咱們這一大家子，卻是連端著都不願意了。」

「小七說得是，」柳雪陽笑著道：「我當初怎麼就沒瞧出來，妳是隻小潑猴呢？」

一家人拿著楚瑜打趣，說說笑笑，等一頓飯吃完，宮裡便來了人，規規矩矩等在門口。

衛韞瞧見來人拿著聖旨，頓時冷了神色，楚瑜也看見了對方，收起笑意，同衛韞道：「趕快去接旨。」

衛韞知道這是楚瑜的提醒，他深吸一口氣，站起身，朝著那太監迎了過去，疾步上前道：「公公手持聖旨來傳旨，怎的不在外讓我等來接旨迎接？」

「陛下來時囑咐了奴才，」那太監笑了笑，和氣道：「小侯爺從北方歸來，車途勞頓，若是還在用膳，讓奴才就在一旁候著，等小侯爺吃過了，再來同您說進宮的事兒。」

「陛下真是體恤我等。」衛韞面露感激之色：「陛下聖恩，臣又怎可放肆？還請公公宣旨吧。」

說著衛韞退了一步，恭敬跪了下來，太監宣讀了聖旨，將聖旨交到衛韞手裡，同時朝著跪在衛韞身後的楚瑜道：「陛下還說了，宮裡梅妃娘娘與衛大夫人乃故交，一直掛念著您，您若無事，不如也進宮去看看梅妃，也當敘一個姐妹情誼。」

「勞煩娘娘掛念，」楚瑜恭恭敬敬道：「妾身對娘娘也十分思念，願與小侯爺一道入宮。」

聽到這話，太監眉開眼笑，領著兩人出去，太監單獨上了一輛馬車，楚瑜和衛韞上了後面一輛。

馬車搖搖晃晃啟程，楚瑜淡道：「你今日去，該談什麼都清楚了吧？」

「嗯。」衛韞垂著眼眸，楚瑜繼續道：「趙玥必然要將我和母親留在華京為質，你答應他。」

衛韞沒說話，楚瑜微皺起眉頭：「不是說好的嗎？」

「知道了。」衛韞低聲開口。

楚瑜瞧著他垂著眼睛，像一隻被抽走了骨頭的小狗，忍不住抬起手，揉了揉他的頭髮。

「信我。」她沉穩道：「你好好在北方發展自己的人脈，我在華京不會給你找麻煩。」

「妳要能給我找麻煩，」衛韞悶悶開口：「我說不定還能開心些。」

「孩子話。」

楚瑜拍了拍他的頭，衛韞沒有言語。

沒一會兒，馬車便到了宮門前。楚瑜和衛韞直入內廷，衛韞被領著去了御書房，楚瑜則被領著往後宮走去。

淳德帝並不算荒淫的皇帝，後宮妃子數量不多，而趙玥登基後，整個後宮，除了正在議親的姚家女以外，也就只有一個梅妃，居在棲鳳宮之中。

棲鳳宮乃皇后宮殿，梅妃居住在這裡，趙玥的心思，誰都清楚。也不知道姚家知不知道這一件事。

楚瑜思索著，來到棲鳳宮門前，她恭敬跪下，將頭抵落在地上交疊的雙手之上，門緩緩打開，帶著嘎吱之聲，一股濃烈的梅花香味從裡面撲面而來，片刻後，她聽到一個慵懶的聲音響了起來：「進來吧。」

楚瑜站起身，低著頭進了殿中，女子身著金色華服斜臥在榻上，頭髮散披落在地面上，裸露出來的脖頸上全是斑駁的紅點，對方似乎刻意做著這樣的事，在宣告著什麼。

她沒有化妝，素面朝天，神色慵懶隨意，似乎這半年來的動盪，與她沒有任何關係。

楚瑜站在她身前，恭敬道：「殿下。」

長公主瞧著自己指甲的動作微微一頓，片刻後，她輕笑出聲。

「從北境回來的人果然不一樣，我已經許久沒聽到過這個稱呼了。」說著，她嘴角噙了一絲冰冷的笑意：「妳知道他們叫我什麼？」

楚瑜誠實開口：「娘娘。」

長公主垂下眼眸，淡道：「我女兒被關起來了。」

楚瑜沒有說話，聽她繼續道：「我哥哥也死了。」

「有時候我就在想，這是我做的孽吧？」

長公主笑聲裡帶著嘲諷，她站起身，裙子拖在地面之上。

她這一身長裙繁複華麗，是華京女子很少見的衣著，因為它無法穿到外室。從這件衣服上，楚瑜便推測出來：「娘娘平日不出房門嗎？」

「妳覺得我需要，還是我能？」長公主挑眉：「妳這話說出來，真讓人難過。」

楚瑜有些疑惑：「公主……為何能見我？」

趙玥既然看管得如此嚴密，怎麼還會讓她來見她？長公主輕輕一笑：「他同我要一樣東西，我給了唄。」

楚瑜不太明白，長公主靠近她，將肩膀輕輕拉扯下來，露出上面的痕跡：「他如今想要的、我能給的，就這個了。」

楚瑜猛地睜大了眼睛。

長公主拉上衣服，坐回椅子上，撐著頭道：「我面首都多得記不清，他以為這樣就能羞辱我？」

長公主冷笑出聲：「笑話！」

楚瑜沒說話，好久後，楚瑜慢慢道：「那公主如今，又在難過什麼呢？」

長公主沒說話，楚瑜上前去，半蹲下來，握住長公主的手。

「殿下，」她嘆息出聲：「受傷了覺得難過，並不可恥。」

長公主的手微微顫抖，她靜靜看著楚瑜，艱難地笑起來。

「本宮不難過，」她慢慢出聲：「本宮一輩子都沒輸過，這一次也不會輸。」

楚瑜沒說話，她靜靜凝視著長公主，這一瞬間，她似乎看到當初她跪在宮門前，長公主整理了衣衫，將頭髮挽在耳後，說那一句「本宮要打的仗，從來沒有輸過」的模樣。

女子靜靜對視，雙方似乎都從對方眼裡看到雲湧風起。

長公主從楚瑜眼裡看到她要的江山，楚瑜也從長公主眼中看到她有的報復。

「妳信嗎？」許久後，長公主出聲，神色冷靜：「妳可願信我？」

楚瑜沒出聲，她放開長公主的手，站起身，長公主的目光落在她身上，目光中帶了幾分波動。而後便見她退了兩步，在兩人之間留出距離來，雙膝跪下，廣袖一展，雙手交疊在身前，彎腰將頭抵到地面。

長公主隨著楚瑜的動作，目光深沉，楚瑜跪在地上，沉穩開口：「願隨我主。」

長公主站起身，平靜道：「趙玥會讓衛韞去北方，但妳得留下。」

「我知。」

「我在，」長公主的手落在她額頂，目光看向大門正前方。帶著涼意的綢緞垂落在她臉頰邊上，楚瑜感受到額頂的溫度，聽她平靜出聲：「保妳衛家無虞。」

楚瑜往棲鳳宮去時，衛韞則由太監引路，來到了御書房。

趙玥正在房中練字，衛韞進來後，他抬起頭來，溫和地笑了笑：「小侯爺來了？」

他這話問得毫無皇帝該有的架子，彷彿他還只是長公主府一個面首，笑容清淺柔軟。

衛韞恭敬行了個大禮，趙玥趕忙上前扶他：「愛卿快快請起。」

「微臣見駕來遲，還請陛下恕罪。」衛韞低頭出聲，遮住眼中情緒。

趙玥嘆了口氣：「愛卿孤身入敵千里，亂了敵方陣腳，朕感激還來不及，怎麼會怪罪？」

說著，趙玥招呼著衛韞坐下道：「先坐下吧，朕也知道你才剛回來，必定是累了。只是朕有許多問題急切想問，只能讓你受累了。」

「為國獻力，乃臣本就該做之事。」

趙玥滿意點點頭，也沒有多說其他什麼，就開始向衛韞詢問去北狄之事。

他問得細緻，北狄城池路線，風土人情，都事無鉅細問下來。

衛韞是目前為止去過北狄最深處的官員，過往對於北狄的瞭解，大多來自往來商人，然而兩邊商人數量不算多，好不容易有些對北狄比較瞭解的商人，又會出於自己各方面的考量有所隱瞞，加上時間變遷，過往的資料大多不夠及時，也不夠細緻。因此這麼多年來，大楚一直處於被動防守之中。

大敵當前，最重要的就是軍情，衛韞和趙玥都自動迴避了姚勇等事，先將戰場的資訊互相交換清楚。這麼一問一答便到了深夜，等趙玥問清楚了所有事後，他吐了口氣道：「照你所說，蘇查、蘇燦本就互相鬥爭，北狄各部落之間又互相不對盤，那北狄在大楚上退兵，怕是遲早的事兒了。」

「讓他們退兵我有把握，」衛韞看著趙玥，彷彿什麼都忘了一般，認真道：「可是陛下覺得，這一次，僅僅只是讓他們退兵就夠了嗎？」

趙玥沒說話，他低頭抿了口茶，片刻後，他輕輕笑了笑：「那小侯爺還想做什麼？」

「他們如此欺我大楚，若讓他們只是退回去就夠了，等他們休整之後，他們不會再來嗎？」

「你想讓他們付出代價。」

「難道不該嗎？」

兩人靜靜對視，趙玥沒有出聲，過了一會兒，他低下頭，將滾水沖向茶葉。

他一貫愛煮茶，如今也將習慣帶到了宮裡來。

「你知道繼續打下去，要花多少錢嗎？」衛韞抿了抿唇：「北狄常年對我們動武因為他們幾乎不帶糧草，走到哪裡搶到哪裡。」

「你也想這樣？」趙玥抬眼看他。

衛韞點點頭：「北狄後方的人比較分散，我們逐一擊破，其實並不需要多少兵力。陛下只需要給我馬匹和人，糧草的問題，我自己解決。」

趙玥沒說話，他似乎是在斟酌，衛韞看著他：「陛下是打算每隔一段時間就和北狄打一仗，還是一次解決問題？」

趙玥還是不語，他將茶放在衛韞身前，衛韞繼續道：「好，那臣不說這個，陛下難道就沒有一點想法嗎？陛下在位時，若大楚能滅了陳國，將陳國併入國土，這將是何等成就！陛下難道就沒有成為聖君的想法？」

聽到這話，趙玥神色動了動。

任何一個帝王都希望自己能成為傳說中的千古一帝，然而始皇帝在前，這太難做到，於是退而求其次，能創造一個盛世為人稱讚，也是不錯。

國土疆域是衡量一個帝王的標準，哪怕是趙玥這樣的人，也難免心動。

然而他思索片刻後，還是道：「朕覺著可以再等幾年。」

他敲著桌子，慢慢道：「如今朕與顧楚生正在後方努力解決財政民生，戰場之上，其實只要能停戰就可，朕不做過多要求……」

「我有要求。」衛韞冷聲開口。

趙玥抬眼看他，慢慢出聲：「想報仇？」

衛韞變了臉色，趙玥笑出聲來：「小侯爺，你還是太年輕，君子報仇十年不晚，小侯爺為何不能再等等呢？」

等什麼呢？

有一瞬間，這句話幾乎脫口而出，然而衛韞止住了它。他深吸一口氣，慢慢道：「我的家仇，除了姚勇，早在我在北狄宮廷連點半個月天燈的時候就結束了。如果是為了家仇，我何不如此刻休戰，去找姚勇的麻煩？」

趙玥瞧著衛韞，這樣的理由他接受。

太過光明偉岸的理由，他都覺得虛偽。

衛韞看出趙玥眼裡的贊同，繼續道：「我堅持要打，是因為此時此刻，就是最佳時機。如今蘇查與蘇燦內亂，各部在我上個月騷擾之下也對北狄王庭不滿。實話同陛下說，我走之前，查過戶部帳本，這仗能不能打，我有數。」

趙玥嘴唇掛著笑，眼裡卻沒了笑意，衛韞也不在意，他直直盯著他：「陛下之所以不願意繼續打下去，不就是怕我在邊境發展自己，給您造成威脅嗎？」

趙玥皺起眉頭：「這些話你聽誰說的？你乃未來名將，又心術正直，朕不會這樣猜忌你。」

「陛下，」衛韞低頭抿了口茶：「就咱們兩個人在，何必說這些惺惺作態的話呢？」

「當時華京是我打的，姚勇是我設計的，陛下這個皇位，來得不算光正。您這樣手段上的皇位，和我談得這麼正兒八經，可笑了吧？」

「你說得也是。」趙玥言語間全是冷意，卻保持著笑容道：「那你到底要怎麼樣呢？」

「第一件事，我要姚勇的狗頭。」

趙玥敲著桌子，點了點頭：「這個人，我本也打算處理了給你送過去。」

「第二件事，我要陛下冊封我嫂嫂為一品誥命，並將她該有的軍功，都給她。」

沒想到衛韞會提這個要求，趙玥有些發愣。許久後，他慢慢笑了：「好。這個沒問題。」

「第三件事，」衛韞盯著他：「我要陛下全力配合，不說滅北狄，至少要將北狄殺到十幾年都恢復不了元氣，無法騷擾大楚。」

趙玥轉頭看向窗外，嘴邊全是嘲諷。

「衛韞，」他淡淡道：「誰給你的勇氣，這麼同朕坐地起價？」

「陛下以為，此刻為什麼我還同你在這裡談？」衛韞抿了口茶：「陛下保下了姚勇，搶走了華京，臣還能心平氣和坐在這裡，陛下以為是憑什麼？」

趙玥皺眉，衛韞抬頭凝視他：「如果不是為了滅北狄，我不會坐在這裡。為了姚勇的人頭我犧牲了這麼多，若不是為了滅北狄之大業，這口氣我忍得下來？給他多喘一口氣，對我來說都是羞辱。」

「衛韞，」趙玥苦勸：「你想想百姓。」

「你真當我在意？」衛韞勾起唇角：「我發現，你和淳德陛下一樣，總喜歡拿百姓當籌碼和我談。」

趙玥不說話，衛韞神色從容堅定，容不得半點回轉，趙玥清楚知道，衛韞如今只留了兩條路給他。

要麼，將北狄打到底，要麼，他交出姚勇。

可他不可能在這個時候交姚勇，一旦他交出這個人，就會立刻失去平衡衛韞楚臨陽等人的籌碼。

他不交出來，那衛韞不會善罷甘休，內戰一觸即發，他好不容易平定下來的局面，又將岌岌可危。

過去他可以不在意，因為坐在君主位子上的不是他，國破了山河亡了，他一走了之即可。然而如今卻不一樣，坐在位子上的是他，他的命運與這個國家息息相關。衛韞光腳的不怕穿鞋的，他卻做不到衛韞如今這份果決。

趙玥盯著衛韞：「衛韞，你如今如此逼我，就不怕日後嗎？」

衛韞輕輕一笑：「陛下乃千古聖君，知人善用，想必明白我的要求。只要滿足我的要求，我不會有任何反心，陛下並非不能分辨是非之人，我又怕什麼日後？」

趙玥目光閃了閃，似乎是想起什麼。許久後，他終於到道：「我想一想……」

「等陛下消息。」

衛韞起身，恭恭敬敬行了個禮，得到趙玥允許後，便退了下去。

看著衛韞離開後，趙玥面上神色慢慢冷下來，他猛地踹開了桌子，起身往棲鳳宮前去。

長公主剛送走了楚瑜，正坐在銅鏡前卸妝，趙玥遠遠看見那人，神色柔和下來。他來到她身後，從她手裡拿過梳子，溫和道：「殿下，我來。」

長公主沒說話，任由他將梳子握在手裡。

他神色溫柔寵溺，彷彿還在公主府裡一樣。

「我記得當年你剛來公主府時，其實什麼都不會。我本也不打算讓你做什麼，有一日你卻突然自告奮勇過來，告訴我要為我梳髮，那天是你第一次給人梳頭髮吧？」

長公主看著銅鏡裡的人，慢慢敘述起當初。

趙玥聽著這些話，先前所有的暴戾憤怒都從眼中慢慢消散，他輕輕應聲：「對，第一次，是弄疼妳了嗎？」

長公主輕笑出聲來：「是啊，從來沒有人這麼笨手笨腳過。」

「那妳還讓我梳髮？」

「你喜歡，我寵寵你，又怎麼樣？」

趙玥手微微一頓，片刻後，他苦笑起來：「殿下這樣說，真讓人受寵若驚。只是我一直不知道，殿下寵的到底是我，還是梅含雪？」

長公主沉默片刻，如果當年在長公主府他問這一句，她大概會回答他實話。

她寵的是他，一直都是。

當年挑選駙馬，之所以選中梅含雪，也不過是因為她頭一次見他，就發現，這個人真像她家小阿玥。

當時她並沒有其他感情，只是她一貫疼他，終歸是要選駙馬，不如選一個像他的。

直到後來他長大，他來到她身邊，生得這樣出眾，傲骨風華。那時候她已經是一位帶著孩子的寡婦，她才隱約發現，原來她心裡覺得最好的男人，他小時候，她覺得是她家小阿玥；他長大後，她覺得是那位秦王世子。

歲月讓她的感情逐漸變得濃烈炙熱，她也從不避諱。如果當初他問，她必然是這樣答。

可是如今他問，她卻不願意將這份答案告知於她。於是許久後，她慢慢道：「阿玥，我打小就寵你。」

「我要的是怎樣的感情，長公主不明白嗎？」趙玥平靜道：「公主一向照拂小輩，可我卻覺得，我不甘心當這個小輩。」

長公主沉默不語，趙玥玩下頭，捏著她的下巴，扭過她的頭來，面對自己，遮掩住眼中風起雲湧：「朕很想知道，朕哪裡不好？」

長公主與他對視，趙玥靜靜看著她：「長公主府那麼多面首，為什麼所有人妳都碰得，唯獨我從來不能當妳入幕之賓？」

「趙玥，」她平靜道：「我已經三年沒有召喚面首侍寢了。」

三年前是她第一次知道自己喜歡他，也是第一次同他出口說喜歡他。

然而這個時間她牢牢記在心裡，趙玥卻什麼都不記得。他輕輕一笑：「不還是有很多人在妳身邊嗎？」

「殿下，」他的臉靠近長公主：「今天衛韞讓我打北狄，放他去北方。猛虎歸山，妳說我放是不放呢？」

長公主沒說話，許久後，她慢慢道：「不放。」

趙玥微微一愣，他詫異地看著她：「為什麼？」

「你都已經說了，放他回去無異於猛虎歸山。大楚江山哪怕自斷一臂，也絕不能讓這樣對你造成威脅的人活下去。」

趙玥沒說話，他的手微微顫抖。長公主看著鏡子，平靜開口：「阿玥。」

「無論如何，」她聲音沙啞：「我都會護著你。」

趙玥握著她頭髮的手微微一緊，他突然覺得，自己彷彿還是在年少時，這個姐姐站在自己身前，不惜一切代價為自己遮風擋雨。

「我知道你不信。」長公主故作鎮定，然而趙玥卻明顯從她的語氣裡聽出了那麼幾分委屈：「可當年我那麼喜歡小花，不也為了你送走了他嗎？」

趙玥思緒微微浮動，恍惚想起當年他寄居在長公主家中，同一位正得盛寵的皇子因一隻小貓起了衝突。那隻小貓是長公主年少時最愛的貓兒，從奶貓開始餵養，一直養大。為了保他不被皇子欺負，長公主將這隻貓兒送給那個皇子賠罪，結果沒了不久，就傳來貓兒死了的消息，長公主躲在自己屋裡哭了一天，出門的時候，還怕被他知道，騙他說是沙進了眼睛。

想起這件事，趙玥心裡輕輕發顫。

他突然覺得，如今的大楚，彷彿當年那隻貓兒。長公主說著沒關係、不在意，可是等大楚真的像那貓兒死掉一般，內亂橫生、百姓流離、北狄肆意屈辱時，長公主或許還會像年少時那樣，躲著哭泣，又怕他見到。

他垂眸看著她，心中風雲變幻。

他怕極了她的眼淚，尤其是為他哭的時候。

許久後，他輕輕一嘆，站在鏡子前，抱住前面的人。

「如果我真的這麼做了，妳會很難過吧？當初妳保下衛韞，不也是看出他這份將才嗎？」

「以前妳總擔心大楚拿妳去和親，天天想著有一天大楚能踏平北狄，」說著，他朝著她笑了笑，低頭親了親她的面頰：「小姑姑，朕送給妳。」

長公主微微一愣，似是詫異，她如少女一般抬頭看他，那目光看得趙玥心潮浮動。

他盯著她，抬手撫摸上她的唇，沙啞出聲。

「朕想好好侍奉您，」他聲音裡染了情欲：「您舒服了，朕心裡高興，就許了衛韞，妳說好不好？」

長公主沒說話，她似乎是在掙扎著。

他與大楚之間，在她心中一般重量。

這個認知讓趙玥心生歡喜，他壓抑著情緒，小心翼翼吻上去，沙啞著聲道：「妳別多想了，這個決定，朕為妳做。」

「小姑姑，妳心裡有朕，朕很歡喜。」

長公主沒說話，她閉上眼睛，慢慢捏緊了拳頭。

這人覆在她身上，起起伏伏，她咬牙不語，緊閉雙眸。

他們最相愛的時候，不曾如此。如今他們刀劍相向，卻親密無間。

而另一邊，楚瑜在馬車上，靜靜等著衛韞。

她思索著方才長公主說的話。

「趙玥向來吃軟不吃硬，我會假裝愛上他，在他身邊等待時機。他心思不正，我若隨了他的意思，未來必定是一代妖妃。帝君無德，你們才有機會。」

「趙玥心思縝密，殿下懷著這樣的心思接近他，若是裝不像怎麼辦？」

「我說錯了，」長公主苦澀笑開：「我不是假裝愛上他，所以沒有什麼裝得像、裝不像。」

本來就是真的，又怎麼會當成假的？

楚瑜垂下眼眸，摸上衣服上的紋路。

這本是衛韞的習慣，她也不知道什麼時候染上。外面傳來人的腳步聲，片刻後，車簾被猛地掀起，露出衛韞俊朗清貴的面容。

他看見她，神色舒了口氣。

「嫂嫂，」他溫和出聲：「妳沒事就好。」

——《山河枕【第一部】生死赴》完——

——敬請期待《山河枕【第二部】家燈暖》——

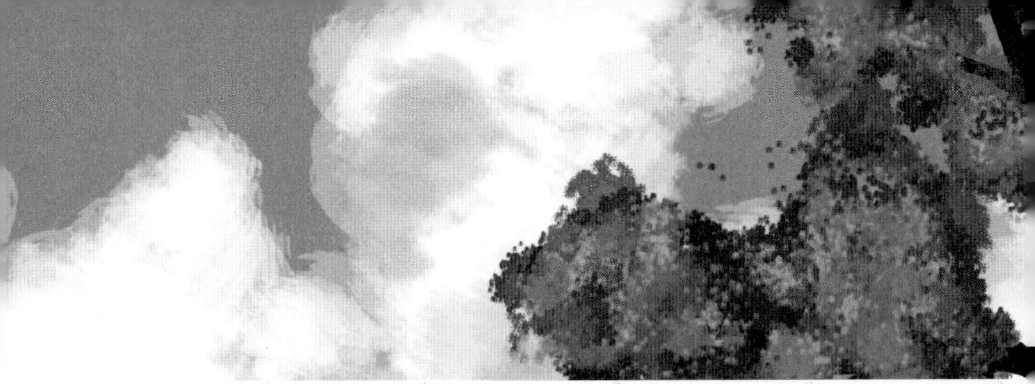

高寶書版集團
gobooks.com.tw

YE 070
山河枕【第一部】生死赴（下卷）
作　　者　墨書白
責任編輯　吳培禎
封面設計　單　宇
內頁排版　賴姵均
企　　劃　何嘉雯

發 行 人　朱凱蕾
出　　版　英屬維京群島商高寶國際有限公司台灣分公司
　　　　　Global Group Holdings, Ltd.
地　　址　台北市內湖區洲子街88號3樓
網　　址　gobooks.com.tw
電　　話　(02) 27992788
電　　郵　readers@gobooks.com.tw（讀者服務部）
傳　　真　出版部(02) 27990909　行銷部 (02) 27993088
郵政劃撥　19394552
戶　　名　英屬維京群島商高寶國際有限公司台灣分公司
發　　行　英屬維京群島商高寶國際有限公司台灣分公司
法律顧問　永然聯合法律事務所
初　　版　2024年4月

本著作物《山河枕》，作者：墨書白，由北京晉江原創網絡科技有限公司授權出版。

國家圖書館出版品預行編目(CIP)資料

山河枕. 第一部, 生死赴/墨書白著. -- 初版. -- 臺北市：英屬維京群島商高寶國際有限公司臺灣分公司, 2024.04
　冊；　公分. --

ISBN 978-986-506-953-7(上冊：平裝). --
ISBN 978-986-506-954-4(中冊：平裝). --
ISBN 978-986-506-955-1(下冊：平裝). --
ISBN 978-986-506-956-8(全套：平裝)

857.7　　113003923